本书是江苏省一流本科专业建设点"常熟理工学院汉语言文学专业"
常熟理工学院"课程思政"建设项目和江苏省卓越教师培养计划项目
"初中语文数学英语双能融合卓越教师培养模式探索"的阶段性成果

唐诗选读

孟 伟————编著

上海交通大学出版社
SHANGHAI JIAO TONG UNIVERSITY PRESS

内容提要

本书精选脍炙人口的唐诗名篇,分为作者简介、注释和简评三部分。"作者简介"扼要介绍作者的生平经历,有时兼顾介绍其诗歌创作的基本情况和艺术成就。"注释"部分,参考前人旧注和今人新注,不作繁琐考证,以简洁明了、通俗易懂为宗旨,力求帮助读者解决字词、典故等阅读障碍,同时为读者补充一些相关历史文化知识。"简评"部分,对诗歌进行分析和鉴赏,侧重于分析诗歌的主题、语言、表现手法及艺术特色等,希望对读者领会诗歌,欣赏诗歌起到一定的作用。

图书在版编目(CIP)数据

唐诗选读 / 孟伟编著. — 上海 : 上海交通大学出
版社,2022.12
ISBN 978 - 7 - 313 - 24093 - 4

Ⅰ.①唐… Ⅱ.①孟… Ⅲ.①唐诗－选集－教材
Ⅳ.①I222.742

中国版本图书馆 CIP 数据核字(2022)第 041211 号

唐诗选读
TANGSHI XUANDU

编　著:孟　伟
出版发行:上海交通大学出版社　　　　　地　　址:上海市番禺路 951 号
邮政编码:200030　　　　　　　　　　　电　　话:021 - 64071208
印　刷:上海天地海设计印刷有限公司　　经　　销:全国新华书店
开　本:787mm×1092mm　1/16　　　　印　张:15.75
字　数:331 千字
版　次:2022 年 12 月第 1 版　　　　　　印　次:2022 年 12 月第 1 次印刷
书　号:ISBN 978 - 7 - 313 - 24093 - 4
定　价:68.00 元

前　言

　　唐诗是中国诗歌发展的高峰。唐代诗坛名家辈出，涌现出一大批优秀诗人，创作了大量题材多样、内容丰富、风格各异、意境高远、动人心弦的诗篇。清人编纂的《全唐诗》收录唐诗作者2873人，唐诗49 403首。复旦大学陈尚君教授所撰《全唐诗补编》，又收录唐诗6327首，诗人1600多位，这样算来现存唐诗超过55 000首，诗人有近4500人。唐代的诗人，创作了大量人们耳熟能详、脍炙人口的佳作，取得了绚丽夺目的艺术成就。唐诗是中国诗歌发展史上的一座丰碑，是中国传统文学的瑰宝。历代文人无不热爱唐诗，学习唐诗，将唐诗视为圭臬，奉为典范。

　　唐代诗人来自社会各个阶层，帝王将相、各级官吏、文人士子、妇女儿童，以及贩夫走卒、释道倡优，还有外国作者，人数众多，身份各异。唐诗的题材也非常广泛，举凡社会政治、历史文化、宫廷生活、科举应试、恋爱婚姻、亲情友谊、宦游羁旅、山水田园、自然风物等社会与自然现象，唐诗都有涉及。正如闻一多先生所说："凡生活中用到文字的地方，他们一律用诗的形式来写，达到任何事物无不可以入诗的程度。"（闻一多《诗的唐朝》）唐代社会生活的方方面面都被诗人纳入诗中，丰富的社会生活，为唐代诗人提供了无尽的创作题材。

　　在唐诗的学习过程中，我们需要了解一些诗歌常识。从诗歌体裁来看，唐诗主要分为古体诗和近体诗两大类别。

　　首先来看古体诗。古体诗也称古诗、古风，写作方式较为灵活，不要求对仗、不讲平仄，篇幅长短不限。押韵较自由，既可以押平声韵，也可以押仄声韵。既可以一韵到底，也可以中间换韵。句式以五言和七言为主。五言古诗简称五古，是自汉代以来盛行的诗体，出现了大量著名的诗人诗作，唐代诗人也热衷于五言古诗的创作，产生了大量脍炙人口的优秀作品。七言古诗简称七古，在唐代之前较为少见。初唐时期，诗坛盛行七言歌行体长诗，出现了刘希夷《代悲白头翁》、张若虚《春江花夜月》等著名作品。七言古诗的创作在唐代取得了卓越的艺术成就，诗人诗作大量涌现，最终和五言诗共同成为中国古代诗歌的主要体裁形式。

　　其次来看近体诗。近体诗创始于南齐永明年间，以平、上、去、入四声为基础，要求避

001

免各种声韵不调之病,形成"四声八病"的诗歌创作理念。至初唐时期,近体诗在平仄、押韵、对仗等方面逐渐形成特定的形式要求,为大家所共同遵守。近体诗的创造和成熟,是中国诗歌发展史上的一件大事,它确立了我国古代诗歌最典型的形式,成为自唐代以来最为盛行的诗歌体裁之一。近体诗讲究平仄、对仗和押韵,句式固定,分为五言律诗、七言律诗和绝句。学习近体诗,对平仄、粘对、押韵及对仗等常识要有一定的了解。①

平仄。平仄是中国诗词中用字的声调。古汉语有四种声调,称为平、上、去、入。除了平声,其余三种声调有高低的变化,统称为仄声。普通话入声消失,归入仄声中的上去两声和平声中的阴平、阳平。诗词中平仄的运用有一定规则。平仄规则,发端于南朝齐梁年间,到初唐时期正式形成。基本规则就是:一句之中平仄相间;一联之中平仄相对。简单来说,记住两副对联:平平平仄仄,仄仄仄平平;仄仄平平仄,平平仄仄平。七言律诗以此类推,也要记住两副对联:仄仄平平平仄仄,平平仄仄仄平平;平平仄仄平平仄,仄仄平平仄仄平。

粘对。"粘对"是律诗平仄的基本规则。对,就是平对仄,仄对平。一联诗中,上下两句的平仄是对立的。粘,就是后联出句第二字的平仄要跟前联对句第二字相一致,也就是要平粘平,仄粘仄。具体来讲,要使第三句的第二字跟第二句的第二字相粘,第五句的第二字跟第四句的第二字相粘,第七句的第二字跟第六句的第二字相粘。以此类推,篇幅较长的排律,依照粘对的规则来安排平仄,可使全篇符合平仄规则。律诗违反了粘的规则,叫做失粘;违反了对的规则,叫做失对。

押韵。所谓押韵,就是把相同韵部的字放在规定的位置上。所谓韵部,就是将相同韵母的字归到一类。同一韵部内的字都为同韵字。律诗一般只用平声韵,要在二、四、六、八句,也就是偶句句尾押韵,绝句是二、四句押韵。无论律诗还是绝句,首句可入韵,也可不入韵。对于七言绝句来讲,首句入韵是正格。律诗押韵要求一韵到底,当中不换韵。

对仗。对仗是律诗的基本要求,在一联诗中,上下句的句型、词类和词义应该相对。具体来说,一是句型应该相同,句法结构要一致,如主谓结构对主谓结构,偏正结构对偏正结构,述补结构对述补结构等;二是要求词语所属的词类(词性)相一致,如名词对名词,动词对动词,形容词对形容词等;三是词语的意义也要相同,如天文、地理、宫室、服饰、器物、动物、植物、人体、行为、动作等,同一意义范围内的词方可为对。对仗按内容可

---

① 关于近体诗格律,王力《诗词格律》、启功《诗文声律论稿》有详细论述,读者可参看。

分为言对、事对,方式上可分为正对、反对。对仗的类型较多,有工对、宽对、流水对等。在五言、七言律诗的四联诗中,首联和尾联一般不要求对仗,当然也可以对仗;中间两联则必须对仗。对仗是否工稳、巧妙是衡量律诗艺术水平的重要标准。

本书共选录诗人近八十位,作品近三百首,着重选录广为传诵的唐诗名篇。所选诗篇附有注释和简评,力求为读者提供一部分量较为合适、解释较为详细的唐诗读本。本书所选诗歌,凡作者别集近年有整理本者,大多依整理本录入,没有整理本者则依中华书局排印本《全唐诗》录入。唐诗文本在流传过程中产生了较多异文,笔者参考各整理本的校勘成果及《全唐诗》中随文标注的异文,在注释过程中对重要异文加以说明,以便于读者阅读。古人云:"熟读唐诗三百首,不会吟诗也会吟。"阅读本书,对于读者学习唐诗、背诵唐诗,提高文学修养具有一定意义;对于读者了解并继承祖国优秀的传统文化,也会起到切实有效的作用。

由于笔者水平有限,书中难免有疏误不当之处,敬请广大读者批评指正!

目 录

·王 绩

王绩(590—644),字无功,号东皋子,绛州龙门县(今山西河津)人。隋末大儒王通之弟。隋末举孝廉,除秘书正字,出授六合县丞,后弃官还乡。武德初年,待诏门下省。贞观初年,因病去职,躬耕于东皋山,自号"东皋子"。所作诗歌具有直率自然的特点。有《王无功文集》。

野 望

东皋薄暮望,徙倚欲何依。[1]

树树皆秋色,山山唯落晖。

牧人驱犊返,猎马带禽归。

相顾无相识,长歌怀采薇。[2]

——《全唐诗》卷三十七,中华书局 1960 年版

【注释】1.东皋:山西河津有东皋村,是诗人隐居之地。在古代诗歌中,"东皋"也泛指隐居之地。徙倚(xǐ yǐ):徘徊,彷徨。2. 采薇:相传周武王灭商后,伯夷、叔齐不愿做周的臣子,在首阳山上采薇而食,最后饿死。古人常用"采薇"代指隐居。

【简评】首联因"望"而起兴,诗人在暮色中徘徊,不知应归向何方,暗示内心的彷徨。颔联写望中所见,语言朴实而气势恢宏。颈联写乡村生活的常见情景,亦是望中所见。最后,诗人借用"采薇"的典故,表达自己对隐居生活的向往之情。诗由"望"起兴,写望中所见。从首联的徘徊、彷徨,到尾联找到人生的依归,首尾呼应,混融一体。

· 王 勃

　　王勃（650—676?），字子安，绛州龙门县（今山西河津）人。隋末大儒王通之孙。十四岁应幽素科登第，授朝散郎。沛王李贤闻其名，召为修撰。后为虢州参军。勃恃才傲物，两次获罪革职，后溺水而死。王勃具有杰出的文学才华，是"初唐四杰"之一。有《王子安集》。

送社少府之任蜀川[1]

城阙辅三秦，风烟望五津。[2]

与君离别意，同是宦游人。[3]

海内存知己，天涯若比邻。[4]

无为在歧路，儿女共沾巾。[5]

——（清）蒋清翊《王子安集注》，上海古籍出版社1995年版

【注释】1.少府：官名，主管治安的县尉。蜀川：原作"蜀州"。《文苑英华》一作"蜀川"。清人蒋清翊谓，唐置蜀州在王勃殁后，此处作"蜀川"是。据改。2.城阙：指都城长安。辅：辅助，护卫。三秦：项羽曾将秦地分为三处，分封给秦王朝的三个降将。故后世称陕西为"三秦"。五津：四川境内长江的五个渡口。3.宦游：离家在外做官。4.海内：四海之内。比邻：近邻。曹植《赠白马王彪并序》云："丈夫志四海，万里犹比邻。"为此二句所本。5.无为：不要。歧路：道路分岔处。沾巾：泪水沾湿了佩巾。

【简评】首联对仗工整，送别的地点在长安，友人将去的地方是四川。秦蜀相隔千里，风烟迷茫，本不可望，诗人用一"望"字，拉近了时空距离，烘托出凄迷怅惘的离别之情。颔联点明在宦游中送人，拉近了二人心理的距离。颈联"海内存知己，天涯若比邻"，境界豁达，为人传诵。尾联作安慰之语，实则更添伤感。

· 杨　炯

杨炯（650—693），字令明，华州华阴（今陕西华阴）人。显庆四年（659）被举神童，授弘文馆待制。如意元年（692），迁盈川县令。"初唐四杰"之一。有《杨盈川集》。

从军行

烽火照西京，心中自不平。

牙璋辞凤阙，铁骑绕龙城。[1]

雪暗凋旗画，风多杂鼓声。

宁为百夫长，胜作一书生。[2]

——祝尚书《杨炯集笺注》，中华书局 2016 年版

【注释】1.牙璋：兵符，代指奉命出征的将帅。凤阙：指京城。龙城：又称龙庭，汉时匈奴的要地。2.百夫长：军中率领百人的小头目。

【简评】此诗颔联写将帅出征，一"辞"字，一"绕"字，两句意义相承，是工整的流水对。尾联则表达了诗人从军报国的强烈愿望，这也是唐代文人较为普遍的心声。

· 骆宾王

骆宾王(619？—687？)，字观光，婺州义乌(今浙江义乌)人。曾出任主部、侍御史等官职。因事获罪下狱，贬为临海丞，世称"骆临海"。武后光宅元年(684)，从徐敬业讨伐武则天，作《讨武曌檄》，传诵四方。敬业兵败后，宾王逃亡，不知所终。"初唐四杰"之一。有《骆临海集》。

在狱咏蝉并序[1]

余禁所禁垣西，是法厅事也。[2] 有古槐数株焉，虽生意可知，同殷仲文之古树；[3] 而听讼斯在，即周召伯之甘棠。[4] 每至夕照低阴，秋蝉疏引，发声幽息，有切尝闻。[5] 岂人心异于曩时，将虫响悲于前听？[6] 嗟乎！声以动容，德以象贤。[7] 故洁其身也，禀君子达人之高行；蜕其皮也，有仙都羽化之灵姿。[8] 候时而来，顺阴阳之数；[9] 应节为变，审藏用之机。[10] 有目斯开，不以道昏而昧其视；[11] 有翼自薄，不以俗厚而易其真。[12] 吟乔树之微风，韵资天纵；[13] 饮高秋之坠露，清畏人知。[14] 仆失路艰虞，遭时徽纆，[15] 不哀伤而自怨，未摇落而先衰。[16] 闻蟪蛄之流声，悟平反之已奏；[17] 见螳螂之抱影，怯危机之未安。[18] 感而缀诗，贻诸知己。[19] 庶情沿物应，哀弱羽之飘零；[20] 道寄人知，悯余声之寂寞。[21] 非谓文墨，取代幽忧云尔。[22]

　西陆蝉声唱，南冠客思侵。[23]

　那堪玄鬓影，来对白头吟。[24]

　露重飞难进，风多响易沉。[25]

　无人信高洁，谁为表予心。[26]

——(清)陈熙晋《骆临海集笺注》卷四，上海古籍出版社 1985 年版

【注释】1.在狱：唐高宗仪凤三年(678)，骆宾王因上书进谏，被诬下狱。2.禁所：囚牢。垣：墙。法厅事：听讼断案之处。3.这句借用殷仲文的典故，殷仲文看到大司马桓温府中的老槐树，叹曰："此树婆娑，无复生意。"意思是槐树虽然看上去枝叶繁茂，但实际上已经没有生机了。4.周召伯之甘棠：周代的召伯到民间巡视，为不打扰百姓，在甘棠树下审理案件。《诗经·召南·甘棠》歌颂的就是此事。5.疏引：声音悠扬。幽息：声音低沉。有切尝闻：比过去听到的蝉鸣声更加凄切。6. 曩

(nǎng)：从前。将：还是，或者。7.声以动容：蝉声听起来让人感动。德以象贤：蝉的德行和贤人相似。8.仙都：仙界之都。羽化：道教称成仙为羽化。这句是说，蝉蜕皮、脱壳就像是仙人羽化成仙一样。9.这句是说，蝉在一定时节出现，符合自然变化的规律。10.这句是说，蝉适应季节的变化，知道"藏用"的重要性。藏用：指人的隐和仕。11.昧：暗，不明。12.这句是说，蝉翼虽薄，但不因世俗喜欢厚重的东西而改变自己。13.乔树：高树。天纵：天成。14.这句是说，蝉饮坠露为生，却生怕别人知道它的高洁。15.仆：我。失路：人生受到挫折。艰虞：处境艰难。徽纆(mò)：系囚徒用的绳索，此指受到囚禁。16.未摇落而先衰：宋玉《九辩》说"悲哉！秋之为气也。萧瑟兮草木摇落而变衰"。这里是说，还没有到秋天，自己却已经衰老了。17.蟪蛄(huì gū)：蝉名。平反：指平反冤狱事。18.螳螂抱影：蝉居高饮露，螳螂委身曲伏欲捕蝉。这句暗示自己仍有被杀的危险。危机：危险。19.缀诗：写诗。贻：赠送。20.庶：希望。情沿物应：情感因外物(指蝉)而兴起。弱羽：蝉。飘零：飘落，死。21.道寄人知：把自己的想法告诉别人。余声：蝉的残声。22.文墨：文辞。非谓文墨：不是为了表现文辞之美。取代幽忧：用文辞来表现自己深沉的忧愁之情。云尔：罢了。23.西陆：指秋天。南冠：囚犯的代称。24.堪：忍受。玄鬓影：蝉。蝉色黑，故称蝉为玄鬓。白头：诗人自称。25."露重"句：蝉因露水太多飞不起来，比喻自己遭遇坎坷。"风多"句：蝉声因风多而听不到，比喻自己无法辩解冤屈。26.信高洁：相信自己是高洁的。谁为：向谁。为：向。

【简评】诗人遭遇冤狱，借蝉抒发一腔抑郁难伸之情。句句写蝉，句句不离自身的哀伤，声情并茂，哀思掩抑，是咏物诗的典范之作。诗前的长篇序言，是工整的骈文，使事用典，对仗工稳，错落有致，写蝉绘形绘声，收到了托物言志的效果，体现了诗人娴熟优美的文笔。

· 苏味道

苏味道(648—705),字守真,赵州栾城(今河北栾城)人。二十岁登进士第,历任中书侍郎、吏部侍郎、同平章事。神龙政变时,阿附张易之,贬为眉州刺史,卒于任上。苏味道擅长诗歌,与李峤、崔融、杜审言合称"文章四友"。《全唐诗》录其诗十六首。

正月十五夜

火树银花合,星桥铁锁开。¹

暗尘随马去,明月逐人来。

游伎皆秾李,行歌尽落梅。²

金吾不禁夜,玉漏莫相催。³

——《全唐诗》卷六十五,中华书局 1960 年版

【注释】1.火树银花:比喻绚烂的灯火。2. 游伎:歌女、舞女。秾李:艳若桃李的装扮。《诗经·召南·何彼秾矣》:"何彼秾矣,华如桃李。"落梅,古曲有《梅花落》,此处泛指乐曲。3.金吾:金吾卫,掌管京城戒备的官员,平时禁人夜行。玉漏:古代计时器的美称。

【简评】此诗写正月十五夜看灯、赏月及游乐场面,极为热烈。首联表达灯火绚烂之景,对仗极为工整,为人称赏。颔联"随""逐"两动词运用贴切,动感十足。颈联写歌舞欢腾之景,尾联感慨美好时光转瞬即逝,"莫"字巧妙。

· 杜审言

杜审言(645?—708),字必简,襄州襄阳(今湖北襄阳)人,随父迁居巩县(今河南巩义)。高宗咸亨元年(670)登进士第,任隰城尉,迁江阴尉,转洛阳丞,任修文馆直学士。唐中宗时,因与张易之兄弟交往,被流放峰州(今越南越池东南)。擅长五言律诗,格律谨严。有《杜审言集》。

和晋陵陆丞早春游望[1]

独有宦游人,偏惊物候新。[2]

云霞出海曙,梅柳渡江春。

淑气催黄鸟,晴光转绿蘋。[3]

忽闻歌古调,归思欲沾巾。[4]

——《全唐诗》卷六十二,中华书局 1960 年版

【注释】1. 和:指用诗应答。晋陵:今江苏常州。陆丞:陆姓县丞。2. 宦游人:离家做官的人。3. 淑气:和暖的天气。黄鸟:黄莺。4. 古调,指陆丞所作《早春游望》。

【简评】诗人宦游他乡,因而对物候变化特别敏感,首联道出了离家在外之人的独特感受。颔联、颈联承"物候新"而来,具体描写早春物候的变化。尾联则因陆丞之诗而引起强烈的思乡之情,与首联"宦游人"相呼应,并且点明因陆诗而生情,作为"和诗"来讲,手法极为巧妙。

· 刘希夷

刘希夷（651—680?），一名庭芝，字延之，汝州（今属河南）人。高宗上元二年（675）登进士第。希夷美姿容，善弹琵琶。其诗以歌行见长，词旨悲苦。《全唐诗》存其诗一卷。

代悲白头翁[1]

洛阳城东桃李花，飞来飞去落谁家？

洛阳女儿好颜色，坐见落花长叹息。[2]

今年花落颜色改，明年花开复谁在？

已见松柏摧为薪，更闻桑田变成海。

古人无复洛城东，今人还对落花风。

年年岁岁花相似，岁岁年年人不同。

寄言全盛红颜子，应怜半死白头翁。

此翁白头真可怜，伊昔红颜美少年。

公子王孙芳树下，清歌妙舞落花前。

光禄池台开锦绣，将军楼阁画神仙。[3]

一朝卧病无相识，三春行乐在谁边？

宛转蛾眉能几时？须臾鹤发乱如丝。[4]

但看古来歌舞地，惟有黄昏鸟雀悲。

——《全唐诗》卷八十二，中华书局 1960 年版

【注释】1.代：拟。诗题一作《白头吟》。2.坐：因。3.光禄：光禄勋，古代官职，此处代指高官。开锦绣：用锦绣进行装饰。4.宛转：委婉含蓄的样子。蛾眉：代指美女。须臾：一会儿。鹤发：白发。

【简评】诗以"落花"起兴，洛阳女儿因花生感，从而表达诗人对美好春光的珍惜，以及对世事无常的感慨。"年年岁岁花相似，岁岁年年人不同"是千古名句，饱含深刻的人生哲理，寄托了深沉的人生感慨。后半部分，以白头翁的今昔变化，再次表达对红颜易逝、年华易老的深沉悲哀。

·宋 之 问

宋之问(656？—712？)，一名少连，字延清，虢州弘农(今河南灵宝)人，一说汾州(今山西汾阳)人。唐高宗上元二年(675)登进士第。武后时，任宫廷侍臣，受到恩宠。后因媚附武则天宠臣张易之，被贬泷州参军。不久逃归洛阳，依附武三思，为修文官学士。后因受贿，贬为越州长史，玄宗先天年间被赐死。宋之问与沈佺期齐名，长于律诗。《全唐诗》存录其诗三卷。

度大庾岭

度岭方辞国，停轺一望家。[1]

魂随南翥鸟，泪尽北枝花。[2]

山雨初含霁，江云欲变霞。[3]

但令归有日，不敢恨长沙。[4]

——陶敏、易淑琼《沈佺期宋之问集校注》，中华书局 2001 年版

【注释】1. 岭：指大庾岭，五岭之一，在江西和广东交界处，因岭上多梅花，也称梅岭。辞国：离开京城。国：国都，指长安。轺(yáo)：一种轻便的车。2. 翥(zhù)：鸟向上飞。3. 霁：雨(或雪)止天晴。4. 长沙：用西汉贾谊事。《史记·屈原贾生列传》记载，贾谊年少多才，文帝欲擢拔为公卿。后因受谗害，被贬长沙王太傅。

【简评】此诗写诗人被贬岭南，度过大庾岭时的所见所感。颔联渲染悲伤之情，颈联写眼前所见之景，均对仗工整。尾联则表达渴望返回朝廷的强烈愿望。

渡汉江

岭外音书断，经冬复历春。[1]

近乡情更怯，不敢问来人。

——陶敏、易淑琼《沈佺期宋之问集校注》，中华书局 2001 年版

【注释】1.岭外:指岭南。

【简评】久未回家,而又音讯全无,终于要回到家乡,心情难免忐忑不安,这是每个离家在外的人都有过的感受。诗人以朴实的语言将它表现出来,真实而生动,亲切而感人。这首小诗也因此获得了耐人咀嚼的艺术韵味。

· 沈佺期

沈佺期(656？—713)，字云卿，相州内黄(今属河南)人。唐高宗上元二年(675)登进士第。曾任协律郎、考功员外郎等职。后因事流放，又起为修文馆直学士、中书舍人等，官至太子詹事。沈佺期擅长律诗，与宋之问齐名，并称"沈宋"。《全唐诗》存录其诗三卷。

杂诗

闻道黄龙戍，频年不解兵。[1]

可怜闺里月，长照汉家营。[2]

少妇今春意，良人昨夜情。[3]

谁能将旗鼓，一为取龙城。[4]

——陶敏、易淑琼《沈佺期宋之问集校注》，中华书局 2001 年版

【注释】 1.黄龙戍：唐代的边防要地，在今辽宁开元西北。2.汉家：代指唐朝。3.良人：古代女子对丈夫的称呼。4.将旗鼓：率领部队。龙城：匈奴祭天的地方，这里指敌军的大本营。

【简评】 诗写征夫、思妇的相思之情，透露了诗人的反战情绪。结句希望有人率领军队打赢战争，反映了老百姓的共同心声，也暗含对战争的怨恨之情。

古意呈乔补阙知之[1]

卢家少妇郁金堂，海燕双栖玳瑁梁。[2]

九月寒砧催木叶，十年征戍忆辽阳。[3]

白狼河北音书断，丹凤城南秋夜长。[4]

谁为含愁独不见，更教明月照流黄。[5]

——陶敏、易淑琼《沈佺期宋之问集校注》，中华书局 2001 年版

【注释】1.诗题一作"独不见"。2.卢家少妇：少妇，一作"小妇"，代指闺中思妇。玳瑁：一种海龟，龟甲有花纹，可作装饰品。用玳瑁装饰房梁，言其华贵。3.砧：这里指捣衣声。木叶：树叶。辽阳：指辽东一带，唐时是边防要地。4.白狼河：即今辽宁大凌河。丹凤城：指京城长安。5.流黄：丝织品。这里指帷帐。这两句是说，少妇含愁不见所思之人，明月却来照着帷帐，让她更加痛苦。

【简评】这首诗写女子思念戍守边关的丈夫。首联写其生活环境的富贵豪华。颔联用"十年"突出时间之长。颈联用"音书断"表明丈夫没有音讯，更见思念之深。尾联将相思之情寄于秋夜明月这样的典型环境中，带给读者凄婉哀伤的感受。此诗中间两联对仗极为工整，值得玩赏。

· 陈子昂

陈子昂(659—700),字伯玉,梓州射洪(今属四川)人。唐睿宗文明元年(684)登进士第,官麟台正字,后升右拾遗,直言敢谏。曾两度从军出塞。圣历元年(698),遭射洪县令段简迫害,冤死狱中。陈子昂反对绮靡纤弱的齐梁诗风,提出"风骨"和"兴寄"的诗歌主张,对唐代诗歌的发展产生了深远影响。有《陈伯玉文集》。

感遇[1]

兰若生春夏,芊蔚何青青。[2]

幽独空林色,朱蕤冒紫茎。[3]

迟迟白日晚,袅袅秋风生。

岁华尽摇落,芳意竟何成。

——徐鹏校点《陈子昂集》,上海古籍出版社 2013 年版

【注释】1.《感遇》全诗共三十八首,此为第二首。2. 兰若:兰花和杜若。芊蔚:草木茂盛的样子。青青:茂盛的样子。3. 蕤(ruí):花。冒:覆盖。

【简评】诗借兰若起兴,春夏茂盛的兰若,遇秋风而凋零,暗喻人生亦是如此,年轻时候的理想和抱负,老大而无成,徒增感慨。

登幽州台歌[1]

前不见古人,后不见来者。[2]

念天地之悠悠,独怆然而涕下![3]

——徐鹏校点《陈子昂集》,上海古籍出版社 2013 年版

【注释】1. 幽州台:即黄金台,又称蓟北楼,故址在今北京市大兴区,战国时燕昭王贮黄金于台上以招纳天下贤士。2. 古人:古代礼贤下士的君主。来者:后世重视人才的君主。3. 怆(chuàng)然:悲伤凄恻的样子。涕:眼泪。

【简评】诗人登上当年燕昭王招揽人才的幽州台,想到过去像燕昭王这样重用人才的君主自己没有赶上;未来有重用人才的君主,自己也无法赶上。进而又想到天地悠悠不尽,而人生却如此短暂,自己的理想和抱负恐怕永远不能实现了。因此,诗人内心无比痛苦,以至流下热泪。全诗仅用寥寥几语,沉痛地抒发了诗人怀才不遇之感,感人至深。

· 王翰

　　王翰,生卒年不详,字子羽,并州晋阳(今山西太原)人。唐睿宗景云元年(710)登进士第。曾任秘书正字、驾部员外郎、汝州长史、道州别驾等。《全唐诗》存录其诗一卷。

凉州词[1]

蒲萄美酒夜光杯,欲饮琵琶马上催。[2]

醉卧沙场君莫笑,古来征战几人回。

——《全唐诗》卷一百五十六,中华书局 1960 年版

【注释】1.凉州词:唐代乐府名。凉州:在今甘肃武威。2.蒲萄:即葡萄。夜光杯:用白玉做的杯子,这里用来形容酒杯的华贵精美。

【简评】首句写酒之美,杯之美,以乐事衬悲情。次句用"催"字,烘托战事之紧急。三、四句以戏谑的口吻表现征人的豪迈不羁,其中透露了征人即将走向战场的悲凉和无奈,这才是这首诗的主题所在。全诗韵味悠长,在抑扬顿挫之中,让人感慨万千。

· 王湾

王湾,生卒年不详,洛阳(今属河南)人。唐睿宗太极元年(712)登进士第。开元初,为荥阳主簿。曾参与校理书籍,以洛阳尉终。《全唐诗》仅存其诗十首。

次北固山下[1]

客路青山外,行舟绿水前。[2]

潮平两岸阔,风正一帆悬。[3]

海日生残夜,江春入旧年。[4]

乡书何处达,归雁洛阳边。[5]

——《全唐诗》卷一百十五,中华书局1960年版

【注释】1.次:停留。北固山:在今江苏镇江长江南岸。此诗《河岳英灵集》作《江南意》:"南国多新意,东行伺早天。潮平两岸失,风正数帆悬。海日生残夜,江春入旧年。从来观气象,惟向此中偏。"2.客路:客行之路。3.潮平:潮水上涨,与两岸齐平。风正:风正对着船帆,顺风之意。4.江春入旧年:传统节气立春多数是在农历一月,有时候也提早到前一年的农历十二月,所谓"江春入旧年",可能即是此意。5."乡书"二句:希望北飞的大雁能将我的家书捎到故乡洛阳。古人有鸿雁传书的说法。

【简评】诗写旅途之景,抒发思乡之情。额联写潮水上涨,风帆正举,后人常用以比喻事业的兴旺发达,蕴含哲理意味。颈联是久为传诵的名句,对仗极为工整而巧妙:太阳从大海升起,驱除了夜的黑暗;旧年未过,已传来春的气息。时光流转,冬去春来,而自己的旅途却无穷无尽,诗人的思乡之情也就油然而生。结句借"归雁"表达自己的乡思之情,委婉含蓄,使全诗笼罩上一层淡淡的乡愁。

· 张若虚

张若虚(647？—730？)，扬州(今属江苏)人，曾任兖州兵曹。有诗名，与贺知章、张旭、包融并称为"吴中四士"。张若虚以《春江花月夜》一诗闻名后世，被晚清学者王闿运誉为"孤篇横绝，竟为大家"。《全唐诗》仅存其诗二首。

春江花月夜[1]

春江潮水连海平，海上明月共潮生。

滟滟随波千万里，何处春江无月明！[2]

江流宛转绕芳甸，月照花林皆似霰。[3]

空里流霜不觉飞，汀上白沙看不见。

江天一色无纤尘，皎皎空中孤月轮。

江畔何人初见月？江月何年初照人？

人生代代无穷已，江月年年只相似。

不知江月待何人，但见长江送流水。

白云一片去悠悠，青枫浦上不胜愁。[4]

谁家今夜扁舟子？何处相思明月楼？

可怜楼上月裴回，应照离人妆镜台。[5]

玉户帘中卷不去，捣衣砧上拂还来。

此时相望不相闻，愿逐月华流照君。

鸿雁长飞光不度，鱼龙潜跃水成文。[6]

昨夜闲潭梦落花，可怜春半不还家。

江水流春去欲尽，江潭落月复西斜。

斜月沉沉藏海雾，碣石潇湘无限路。[7]

不知乘月几人归，落月摇情满江树。

——《全唐诗》卷一百十七，中华书局 1960 年版

【注释】1.《春江花月夜》为乐府吴声曲名,相传为南朝陈后主所作,原词已不传。2. 滟(yàn)滟:波光荡漾的样子。3. 霰(xiàn):像雪一样的小颗粒。4.青枫浦:指送别之地。5. 裴回:彷徨、徘徊的样子。6.古人有"鸿雁传书"的典故,"鲤鱼"则是书信的代称,这两句用"鸿雁""鱼龙"暗指思妇没有收到游子的书信。7. 碣石:山名,在河北海边。潇湘:湘江与潇水,在今湖南。这里用一南一北两个地名,暗指路途遥远。

【简评】"春江花月夜"既是题目,也是诗中所要表现的五种对象。全诗紧扣"月"而写,前半部分写月下的美景,表达了诗人对宇宙和人生的哲理思考。后半部分转入游子、思妇主题,月光下的离别相思之情,是自古以来最动人的情感。诗人用优美的语言,表达相思之情,收到了婉转动人的艺术效果。

· 贺 知 章

贺知章(659—744),字季真,会稽山阴(今浙江绍兴)人。武后证圣元年(695)登进士第。历任太子宾客、秘书监等职。天宝二年(744),上疏请度为道士,告老还乡。知章为人旷达,好饮酒,以诗知名于世,晚年自号"四明狂客"。《全唐诗》存录其诗一卷。

回乡偶书二首

其一

少小离乡老大回,乡音难改鬓毛衰。[1]

儿童相见不相识,笑问客从何处来。

【注释】1.鬓毛:两鬓的头发。衰:稀少。

【简评】据说此诗写于诗人八十五岁告老还乡之时。前两句抒发了世事沧桑、人生易老的无限感慨。后两句选取了一个非常富有生活情趣的画面,儿童的活泼可爱,与自己两鬓斑白的形象形成鲜明对照,有一种天真自然之趣。

其二

离别家乡岁月多,近来人事半销磨。[1]

唯有门前镜湖水,春风不改旧时波。[2]

——《全唐诗》卷一百十二,中华书局 1960 年版

【注释】1.销磨:逐渐消失、消除。2.镜湖:在今浙江绍兴会稽山的北麓,贺知章的故乡就在镜湖边上。

【简评】此诗抒发诗人久离家乡,物是人非的感慨之情。永不改变的,只有门前的镜湖水。春风拂面,水波兴起,唤起了诗人多少往日的记忆啊!

· 张九龄

张九龄(678—740),一名博物,字子寿,韶州曲江(今广东韶关)人。武后长安二年(702)登进士第。开元十年(722)迁中书舍人,二十二年(734)复迁中书令。二十五年(737)贬为荆州长史。张九龄为人正直,以直言敢谏著称。所作诗歌委婉含蓄,注重兴寄。著有《曲江集》。

感遇二首[1]

其一

兰叶春葳蕤,桂华秋皎洁。[2]

欣欣此生意,自尔为佳节。

谁知林栖者,闻风坐相悦。[3]

草木有本心,何求美人折。[4]

【注释】1.《感遇》共有十二首,皆为感事寄兴之作,这里选其中二首。2.葳蕤(wēi ruí):草木茂盛的样子。桂华:桂花。3.林栖者,指山林隐士。坐:因。4.美人:品行美好的人,这里指当权者。

【简评】作者以春兰秋桂自比,表示自己的高洁品行是出自本性,而非要为当权者所赏识。作者借咏物以抒情,表达了自己淡泊自守的心迹。

其二

江南有丹橘,经冬犹绿林。

岂伊地气暖,自有岁寒心。[1]

可以荐嘉客,奈何阻重深。[2]

运命惟所遇,循环不可寻。[3]

徒言树桃李,此木岂无阴。

——熊飞《张九龄集校注》卷二,中华书局 2008 年版

【注释】1.伊:代词,指江南。岁寒心,《论语》:"子曰:岁寒,然后知松柏之后凋也。"这里比喻坚贞的品质。2."可以"两句:用丹橘不能送给嘉客,比喻有才能的人不受重用。3.惟:原作"推",据《全唐诗》改。

【简评】屈原《橘颂》以"橘树"比喻自己坚贞不移的品质,本诗也以橘自喻,托物言志,表示自己虽然高洁正直却命运坎坷,其中暗寓牢骚不平之气。

望月怀远[1]

海上生明月,天涯共此时。[2]

情人怨遥夜,竟夕起相思。[3]

灭烛怜光满,披衣觉露滋。[4]

不堪盈手赠,还寝梦佳期。[5]

——熊飞《张九龄集校注》卷四,中华书局 2008 年版

【注释】1.怀远:怀念远方的人。2.首两句:明月从海上升起,远在天涯的人此时和自己一样望月思人。3.遥夜:长夜。竟夕:整个晚上。4.怜:爱。光满:月光照满屋子。滋:生。5.不堪:不能。盈:满。佳期:相会的日期。

【简评】此诗借明月表达相思之情。首联展现出一幅雄浑阔大的画面,历来为人所称道。接着便由景入情,转入对相思之情的抒发。文笔细腻体贴,感情深挚真切,描绘了月夜不眠的相思情景。

· 孟浩然

　　孟浩然(689—740),字浩然,号孟山人,襄阳(今属湖北)人。早年隐居鹿门山,四十岁时,入长安应进士第,不中。曾漫游吴越,晚年入荆州长史张九龄幕为从事。擅长田园山水诗,诗风清丽闲远、隽永拔俗,与王维齐名,世称"王孟"。有《孟浩然集》传世。

秋登万山寄张五[1]

北山白云里,隐者自怡悦。

相望试登高,心随雁飞灭。

愁因薄暮起,兴是清秋发。

时见归村人,平沙渡头歇。

天边树若荠,江畔舟如月。[2]

何当载酒来,共醉重阳节。[3]

——李景白《孟浩然诗集校注》卷一,中华书局 2018 年版

【注释】1.万山:一作"兰山"。万山在今湖北襄阳。2.荠:荠菜。舟:一作"洲"。3.重阳节:农历九月九日,古人在这一天有登高、饮酒、赏菊等习俗。

【简评】此诗写秋天思念朋友。登高望远,既描写眼前所见之景,也抒发心中思念之情。最后以相期共醉重阳节结束全篇,表达了对朋友的深情厚谊。其中"天边树若荠,江畔舟如月"一联,对仗工整,描摹细腻,为后人所称道。

夏日南亭怀辛大

山光忽西落,池月渐东上。[1]

散发乘夕凉,开轩卧闲敞。[2]

荷风送香气,竹露滴清响。

欲取鸣琴弹,恨无知音赏。[3]

感此怀故人,终宵劳梦想。

——李景白《孟浩然诗集校注》卷一,中华书局 2018 年版

【注释】1.山光:山上的日光。2.散发:散开头发。轩:窗。闲敞:悠闲开阔的地方。3.知音:相传春秋时钟子期能够从伯牙的琴声中听出他寄托的心意,被伯牙视为知音,后世用以比喻知心朋友。

【简评】此诗以怀念朋友为主题。诗人以自然流畅的笔触,描写夏日傍晚静谧安详的隐居生活,逐步过渡到对故人的怀念之情,收到了感情真挚、诗味隽永的艺术效果。其中"荷风送香气,竹露滴清响"一联,描写幽居生活中的细微感受,极为细腻,为人称道。

宿业师山房待丁公不至[1]

夕阳度西岭,群壑倏已暝。[2]

松月生夜凉,风泉满清听。

樵人归欲尽,烟鸟栖初定。

之子期宿来,孤琴候萝径。[3]

——李景白《孟浩然诗集校注》卷一,中华书局 2018 年版

【注释】1.师:对僧人的尊称。山房:寺院。丁公:《全唐诗》作"丁大"。2.暝:昏暗。3.之子:这个人。

【简评】此诗写山居生活的日常情景。夕阳落山,松月生凉,闻泉声而更觉幽静。结句点出等待朋友的主题。怀抱孤琴,候于萝径,人的孤单,环境的幽僻,更可见友情之可贵。

夜归鹿门歌[1]

山寺鸣钟昼已昏,渔梁渡头争渡喧。[2]

人随沙路向江村,余亦乘舟归鹿门。

鹿门月照开烟树,忽到庞公栖隐处。[3]

岩扉松径长寂寥,惟有幽人夜来去。[4]

——李景白《孟浩然诗集校注》卷二,中华书局 2018 年版

【注释】1.鹿门:山名,在今湖北襄阳。2.渔梁:渔梁洲,离鹿门山不远。3.庞公:庞德公,东

汉隐士,曾隐居鹿门山。4.岩扉:山岩洞穴的门。幽人:隐者,作者自称。

【简评】作者先写行人争渡,而自己却要归向隐居之处,平常笔墨,暗示自己远离世俗的情趣。在清幽的鹿门月色之下,作者特意提到前代隐士庞公,点明自己追慕先贤的志趣。寥寥数笔,展现了清幽淡雅、恬淡无争的隐士情怀。

望洞庭湖上张丞相[1]

八月湖水平,涵虚混太清。[2]

气蒸云梦泽,波动岳阳城。[3]

欲济无舟楫,端居耻圣明。[4]

坐观垂钓者,空有羡鱼情。[5]

——李景白《孟浩然诗集校注》卷三,中华书局 2018 年版

【注释】1.诗题,一作"临洞庭",《全唐诗》"上"作"赠"。张丞相:当指张说。2.涵虚:水汽弥漫天空。太清:道家三清之一,其境在玉清、上清之上,此指高远的天空。3.云梦泽:古代大湖,在今湖北南部、湖南北部的长江沿岸一带。动:一作"撼"。据李景白《孟浩然诗集校注》,"撼",明代之前各本作"动","撼"字当为后人所改。岳阳城:今湖南岳阳,在洞庭湖东岸。4.济:渡水。舟楫:指船。端居:安居。这句是说,自己闲居在家,实在有愧于圣明之世。5.这两句用"垂钓者"比喻做官的人,"羡鱼情"比喻自己做官的愿望。

【简评】诗的前半写景,描绘了洞庭湖的浩大气势。颔联"气蒸云梦泽,波动岳阳城",气势磅礴,对仗工整,历来为人称道。后半进入诗的主题,以"渡河无舟""临渊羡鱼"委婉含蓄地表达了希望得到张丞相举荐的愿望。诗以干谒为主题,却写得不卑不亢,不失身份,显示出作者高度的艺术才华。

与诸子登岘山[1]

人事有代谢,往来成古今。[2]

江山留胜迹,我辈复登临。[3]

水落鱼梁浅,天寒梦泽深。[4]

羊公碑尚在,读罢泪沾襟。[5]

——李景白《孟浩然诗集校注》卷三,中华书局 2018 年版

【注释】1.岘(xiàn)山:一名岘首山,在今湖北襄阳。2.代谢:更替变化。3.胜迹:指岘山、鱼梁、羊公碑等名胜古迹。4.鱼梁:鱼梁洲,在襄阳附近汉水中。梦泽:指云梦泽,即今江汉平原。5.羊公碑:西晋名将羊祜镇守荆襄时,常登岘山饮酒赋诗,羊祜卒后,百姓建碑于山,见者无不怀念羊祜而堕泪,因名"堕泪碑"。

【简评】这是一首登山怀古之作。开端即以感慨起兴,古往今来,新陈代谢,给人以沧桑变化之感,包含有一定的哲理意味。看到羊公碑,诗人想到羊祜因功业卓著而名垂后世,不禁为自己无所作为而感到伤感,以至于泪湿衣襟。

岁暮归南山

北阙休上书,南山归敝庐。[1]

不才明主弃,多病故人疏。

白发催年老,青阳逼岁除。[2]

永怀愁不寐,松月夜窗虚。

——李景白《孟浩然诗集校注》卷三,中华书局 2018 年版

【注释】1.北阙:指朝廷。敝庐:谦称,指自己的家。2.青阳:指春天。
【简评】这首诗是孟浩然落第之后所写。"不才明主弃,多病故人疏"一联,充满了求仕不得的牢骚不平。时序代谢,白发渐生,诗人将功业无成之感,化作了满怀愁绪。

过故人庄[1]

故人具鸡黍,邀我至田家。[2]

绿树村边合,青山郭外斜。[3]

开轩面场圃,把酒话桑麻。[4]

待到重阳日,还来就菊花。

——李景白《孟浩然诗集校注》卷四,中华书局 2018 年版

【注释】1.过:拜访。2.具:准备。鸡黍:丰盛的饭菜。3.郭:外城。4.轩:窗。场圃:打谷场

和菜园。桑麻:指农事。

【简评】此诗叙述做客农家的所见所感。诗人以朴实的语言、白描的手法,描绘出一番恬静祥和的农村风光,让读者感受到诚挚的故人情谊,诗歌在平淡简朴之中蕴含了深厚的情味。

秦中感秋寄远上人[1]

一丘尝欲卧,三径苦无资。[2]

北土非吾愿,东林怀我师。[3]

黄金燃桂尽,壮志逐年衰。[4]

日夕凉风至,闻蝉但益悲。

——李景白《孟浩然诗集校注》卷三,中华书局 2018 年版

【注释】1.诗题,一本无"感秋"。秦中:关中,这里指长安。上人:和尚。2.一丘:隐居之地。三径:汉末蒋诩辞官回家,门前开辟三条小径,只与隐者往来。后世用三径作为隐逸的代称。3.北土:这里指长安。东林:庐山东林寺,此指远上人所居之寺。师:法师,对僧人的敬称,此指远上人。4."黄金"句:薪柴和黄金一样昂贵,比喻京城物价高昂,处境艰难。壮志:求取功名之心。

【简评】此诗是作者在长安落第之后写给朋友远上人的作品,借以表达他内心的矛盾:想要归隐,却缺乏生活的资本;求取功名,又不是自己的本意。全诗对仗工整,语言流畅,使事用典,切合题旨,很好地体现了诗人内心的失落、悲伤之情。

宿桐庐江寄广陵旧游[1]

山暝闻猿愁,沧江急夜流。[2]

风鸣两岸叶,月照一孤舟。

建德非吾土,维扬忆旧游。[3]

还将两行泪,遥寄海西头。[4]

——李景白《孟浩然诗集校注》卷三,中华书局 2018 年版

【注释】1.桐庐江：在今浙江桐庐。广陵：今江苏扬州。旧游：老朋友。2.闻：一作"听"。沧江：桐庐江。3.建德：县名，在今浙江。维扬：扬州的别称。4.海西头：扬州近海，故称海西头。语出隋炀帝《泛龙舟歌》："借问扬州在何处？淮南江北海西头。"

【简评】诗的前半紧扣"宿"来写。深山猿啼，沧江夜流，带给诗人无限的忧愁。"孤舟"一句，强化了旅途的孤独寂寞，为下文怀人作了铺垫。后半紧扣"寄"来写，以巧妙的比喻，直抒胸臆的方式，表达了对扬州故人的深情怀念。

留别王维

寂寂竟何待，朝朝空自归。

欲寻芳草去，惜与故人违。[1]

当路谁相假，知音世所稀。[2]

只应守索寞，还掩故园扉。[3]

——李景白《孟浩然诗集校注》卷三，中华书局 2018 年版

【注释】1.寻芳草：指隐居山林。违：分别。2.当路：当权者。假：助。世所稀：世上稀有。3.索寞：一作"寂寞"。

【简评】此诗是孟浩然赴长安寻求功名不成，赠别王维的诗。诗人理想不能实现，内心充满落寞凄凉之感。"当路谁相假，知音世所稀"，落魄文人无人相助，而王维的友谊更显珍贵。诗人以沉重的语气表达了知音难遇的痛苦与辛酸，饱含怀才不遇之悲和世态炎凉之感，具有哲理意味，能够引起一切落魄失意者的共鸣。

早寒江上有怀[1]

木落雁南渡，北风江上寒。

我家襄水曲，遥隔楚云端。[2]

乡泪客中尽，孤帆天际看。

迷津欲有问，平海夕漫漫。[3]

——李景白《孟浩然诗集校注》卷四，中华书局 2018 年版

【注释】1.诗题，一本无"江上"。2.襄水：汉水流经襄阳，也称襄水。楚云：襄阳古属楚国。

3.迷津:迷失道路。津是渡口,问津就是问路。平海:平阔的水面。

【简评】首联写深秋之景,落叶萧萧,大雁南飞,寒风北吹,勾起了诗人无尽的思乡之情。"我家襄水曲,遥隔楚云端"一联,云水相隔,极言家乡之远,对仗工整巧妙,韵味绵渺。尾联借无处问津表达仕进无门的迷茫之情,天色昏暗,江海一片,象征了诗人迷茫怅惘的失落心情。

宿建德江¹

移舟泊烟渚,日暮客愁新。²

野旷天低树,江清月近人。

——李景白《孟浩然诗集校注》卷四,中华书局 2018 年版

【注释】1.建德江:今新安江流经浙江建德的一段。2.渚:水中小洲。

【简评】诗人日暮泊舟,离家在外,此刻又有新的愁绪涌上心头。到底这新愁是什么呢?诗人却按下不说,只是给读者描绘出自己泊舟所见之景,这景是那样真切自然,似乎让人身临其境,感受到他旅途的寂寞、忧愁。诗人不言愁,而愁在言外,带给读者韵味悠长的感受。

春晓

春眠不觉晓,处处闻啼鸟。

夜来风雨声,花落知多少。

——李景白《孟浩然诗集校注》卷四,中华书局 2018 年版

【简评】一夜风雨,又有多少花儿飘落?诗人在这个春天的早晨,最关心的就是落花。一句"花落知多少",隐含作者无限的惜春之情。引申开来,此句也可以表达对人的青春,以及一切已逝美好事物的叹惋之情。

· 王之涣

王之涣(688—742),字季凌,祖籍晋阳(今山西太原),后迁居绛郡(今山西新绛)。曾任衡水主簿和文安尉。王之涣为人豪放任侠,是唐代著名边塞诗人,所作诗歌韵调优美,意境高远。《全唐诗》存其诗六首。

登鹳雀楼[1]

白日依山尽,黄河入海流。

欲穷千里目,更上一层楼。[2]

——《全唐诗》卷二百五十三,中华书局 1960 年版

【注释】1.鹳雀楼:在今山西永济,东南可望中条山,西面可俯瞰黄河。2.穷:尽。

【简评】前两句写眼前所见之景,山衔落日,黄河入海,给人以大气磅礴之感。"欲穷千里目,更上一层楼",借登楼而概括出深刻的哲理:只有不断攀登,勇于进取,才能达到更为高远的境界。

凉州词

黄河远上白云间,一片孤城万仞山。[1]

羌笛何须怨杨柳,春风不度玉门关。[2]

——《全唐诗》卷二百五十三,中华书局 1960 年版

【注释】1. 仞:古代八尺为一仞。万仞:极言其高。2.羌笛:据说笛子出于羌族,故称"羌笛"。杨柳:指古乐曲《折杨柳》,古代送别时常折柳相赠,表达惜别之情。玉门关:故址在今甘肃敦煌西,是通往西域的交通要道。

【简评】前两句写景。将"黄河"与"白云"用"远上"勾连起来,在鲜明的色彩对比之中,给人以订阔遥远的感觉。"一片孤城"与"万仞山"是渺小的人与广阔自然的对比,雄奇壮阔之中,给人以荒凉僻远的感受。后两句抒情。杨柳是离情别绪的象征,《折杨柳》的曲调,最能触动边关将士的满怀离愁。"春风"既是实指,也可暗喻朝廷的

恩泽。"春风不度玉门关",委婉含蓄地表达了征人久戍难归的怨恨之情。全诗意境壮阔,暗含幽怨之情,给人以慷慨悲凉之感。

· 李颀

李颀(690? —751),赵郡(今河北赵县)人。开元二十三年(735)登进士第,曾任新乡尉,后归隐颍阳。李颀善诗歌,其七言歌行尤为后人所称道。有《李颀诗集》。

琴歌

主人有酒欢今夕,请奏鸣琴广陵客。[1]

月照城头乌半飞,霜凄万树风入衣。

铜炉华烛烛增辉,初弹渌水后楚妃。[2]

一声已动物皆静,四座无言星欲稀。[3]

清淮奉使千余里,敢告云山从此始。[4]

——《全唐诗》卷一百三十三,中华书局 1960 年版

【注释】1.广陵客:本指嵇康,他善弹琴曲《广陵散》,这里指善于弹琴的人。2.渌水、楚妃:皆琴曲名。3.星欲稀:指天快要亮了。4.清淮:今淮安。奉使:奉命出使。敢告:敬告,谦词。这两句是说,自己奉命出使清淮,听完这一晚上的琴音,马上就要踏上征程了。

【简评】诗没有从正面描写琴歌的优美动人,而是采用了侧面烘托的手法,着重写琴歌带给听众的感受,这也是诗歌表现音乐的常用手法。

听董大弹胡笳声兼寄语弄房给事[1]

蔡女昔造胡笳声，一弹一十有八拍。[2]

胡人落泪沾边草，汉使断肠对归客。[3]

古戍苍苍烽火寒，大荒阴沉飞雪白。[4]

先拂商弦后角羽，四郊秋叶惊摵摵。[5]

董夫子，通神明，深山窃听来妖精。[6]

言迟更速皆应手，将往复旋如有情。

空山百鸟散还合，万里浮云阴且晴。

嘶酸雏雁失群夜，断绝胡儿恋母声。[7]

川为静其波，鸟亦罢其鸣。

乌珠部落家乡远，逻娑沙尘哀怨生。[8]

幽音变调忽飘洒，长风吹林雨堕瓦。

迸泉飒飒飞木末，野鹿呦呦走堂下。[9]

长安城连东掖垣，凤凰池对青琐门。[10]

高才脱略名与利，日夕望君抱琴至。[11]

——《全唐诗》卷一百三十三，中华书局 1960 年版

【注释】1.董大：董庭兰，唐肃宗时宰相房琯的门客，善弹琴。胡笳：乐器名。弄：乐曲。房给事：指房琯（guǎn），曾任给事中之职。2.蔡女：即蔡琰，字文姬，东汉末年蔡邕之女，流落匈奴，相传《胡笳十八拍》为其所作。3.归客：指蔡文姬。建安十二年（207），曹操派人把她从匈奴赎回。4.古戍：古代的边防要塞。烽火：指烽火台。大荒：荒凉的原野。5.商弦：指商音。角羽：古代以宫、商、角、徵、羽为五音。摵（shè）摵：叶落声。6.董夫子：指董大。夫子是尊称。7.胡儿恋母：蔡文姬归汉时，与在匈奴生的孩子诀别。8.乌珠：一作"乌孙"，汉代西域国名。汉武帝曾派江都王女儿与乌孙国和亲。逻（luó）娑（suō）：唐代吐蕃首府，今西藏拉萨。这句指唐代文成公主、金城公主嫁到吐蕃和亲事。9.迸泉：喷涌的泉水。木末：树梢。呦（yōu）呦：鹿鸣声。10.东掖垣：指门下省。房琯任给事中，属门下省。凤凰池：指中书省。青琐门：宫门。11.高才：指房琯。脱略：不以为意。

【简评】董大弹奏的是琴曲《胡笳弄》，所以诗从蔡文姬写起。前六句，既交待了乐曲的来源，也渲染了乐曲的艺术效果。从"先拂"句开始，转入对董大弹琴的描写。作者

运用了一系列具体形象的事物来表现抽象的乐曲声,百鸟纷飞,浮云变幻,甚至联想到胡儿恋母的凄惨和远嫁异邦的哀怨,还有长风吹雨,泉水飞迸,众多具体的物象和跳跃的联想,把董大弹琴的艺术效果作了充分烘托,让读者领略了董大琴声的无穷魅力。

听安万善吹觱篥歌[1]

南山截竹为觱篥,此乐本自龟兹出。[2]

流传汉地曲转奇,凉州胡人为我吹。

傍邻闻者多叹息,远客思乡皆泪垂。

世人解听不解赏,长飙风中自来往。[3]

枯桑老柏寒飕飗,九雏鸣凤乱啾啾。[4]

龙吟虎啸一时发,万籁百泉相与秋。[5]

忽然更作渔阳掺,黄云萧条白日暗。[6]

变调如闻杨柳春,上林繁花照眼新。[7]

岁夜高堂列明烛,美酒一杯声一曲。[8]

——《全唐诗》卷一百三十三,中华书局 1960 年版

【注释】1.觱(bì)篥(lì):乐器名。2.龟(qiū)兹(cí):古西域国名,在今新疆库车一带。3.长飙(biāo):疾风,形容乐曲声音迅疾。4.飕(sōu)飗(liú):象声词,形容大风吹动树木的声音。九雏鸣凤:九只小凤凰,形容声音纷乱。5.万籁:自然界的各种声响。6.渔阳掺(chān):鼓曲名,曲声悲壮。7.杨柳春:指古乐曲《折杨柳》。上林:指上林苑,汉代皇家苑囿。8.岁夜:除夕。

【简评】李颀是妙解音律的诗人,他最善于用具体的形象来表现抽象的音乐。在这首诗中,他重在表现音乐带给人的感受。用狂风吹木、凤凰鸣叫、龙吟虎啸、万籁百泉、繁花照眼等一系列事物,形象地展现了音乐的魅力,让读者似乎置身其中,尽情领略音乐之美。

古从军行[1]

白日登山望烽火，黄昏饮马傍交河。[2]

行人刁斗风沙暗，公主琵琶幽怨多。[3]

野营万里无城郭，雨雪纷纷连大漠。

胡雁哀鸣夜夜飞，胡儿眼泪双双落。

闻道玉门犹被遮，应将性命逐轻车。[4]

年年战骨埋荒外，空见蒲桃入汉家。

——《全唐诗》卷一百三十三，中华书局 1960 年版

【注释】1.古从军行："从军行"本为乐府旧题，用"古"字表示拟古之意。2.交河：在今新疆吐鲁番境内。3.公主琵琶：汉武帝将江都王女儿细君公主嫁给乌孙国王，沿途派人在马上弹奏琵琶，解其心中烦闷。4.玉门：玉门关。遮：拦阻。据《史记·大宛列传》记载，太初元年（公元前 104 年），汉武帝命李广利攻大宛取汗血马，战不利，李广利请求罢兵，汉武帝大怒，派人关闭玉门关，不许其入关。轻车：汉代有轻车将军，这里泛指在外征战的将军。

【简评】此诗极力渲染边地环境的凄凉严酷，突出守边战士的哀怨凄惨，意在讽刺唐代帝王不顾守边将士死活而好大喜功、穷兵黩武的行径。"年年战骨埋荒外，空见蒲桃入汉家"，语意极为沉痛，是对统治者的严厉谴责。

送魏万之京[1]

朝闻游子唱离歌，昨夜微霜初度河。

鸿雁不堪愁里听，云山况是客中过。[2]

关城曙色催寒近，御苑砧声向晚多。[3]

莫是长安行乐处，空令岁月易蹉跎。[4]

——《全唐诗》卷一百三十四，中华书局 1960 年版

【注释】1.魏万：又名魏颢。2.况是：更何况是。3.关城：指潼关。御苑：皇帝的园林，此指京城长安。砧声：在砧板上捣衣的声响。4."莫是"句：不要以为长安是可以行乐

之处。令：使令，引申为度过。蹉跎：一事无成。

【简评】首联点出送别的主题，用"微霜"表明时间是初秋时节。中间两联，揣想魏万一路行程，旅途所闻所见，鸿雁、云山、曙色、砧声，都能勾起游子的愁肠，平添几分客游的惆怅。尾联叮嘱魏万，长安虽然繁华，却千万不要耽于安乐，不然就会虚度岁月。谆谆告诫，表现了一个长者对晚辈的关爱之情。

· 綦毋潜

綦毋潜,生卒年不详,字孝通,虔州南康(今属江西赣州)人。开元十四年(726)登进士第。任过宜寿尉、校书郎、右拾遗等官职。后归隐,所作诗歌多抒发隐逸之思。《全唐诗》存录其诗一卷。

春泛若耶溪[1]

幽意无断绝,此去随所偶。[2]

晚风吹行舟,花路入溪口。

际夜转西壑,隔山望南斗。[3]

潭烟飞溶溶,林月低向后。

生事且弥漫,愿为持竿叟。[4]

——《全唐诗》卷一百三十五,中华书局 1960 年版

【注释】1.若耶溪:在今浙江绍兴东南若耶山下,相传为西施浣纱处,又名浣纱溪。2.幽意:幽深的意趣。偶:遇。3.际夜:到了夜晚。南斗:星宿名。4.生事:世事。持竿叟:钓鱼翁。

【简评】此诗写春泛若耶溪的所见所感。若耶溪的清幽山水契合于诗人的隐逸之情,诗人欣赏山水,感悟人生,超脱世事之心油然而生。

· 王昌龄

王昌龄(694? —757?),字少伯,京兆长安(今西安)人。唐玄宗开元十五年(727)登进士第,授秘书省校书郎。曾先后被贬为江宁尉和龙标尉,故世称"王江宁"或"王龙标"。安史之乱时,被亳州刺史闾丘晓所杀。其诗内容丰富,题材广泛,尤以边塞、闺怨、送别等成就最高。有《王昌龄诗集》。

同从弟销南斋玩月忆山阴崔少府[1]

高卧南斋时,开帷月初吐。

清辉澹水木,演漾在窗户。[2]

苒苒几盈虚,澄澄变今古。[3]

美人清江畔,是夜越吟苦。[4]

千里其如何,微风吹兰杜。[5]

——《全唐诗》卷一百四十,中华书局 1960 年版

【注释】1.从弟:堂弟。山阴:今浙江绍兴。2.澹:水波摇动的样子,这里指月光荡漾。演漾:荡漾。3.苒苒:指时光流逝。盈虚:月缺月圆。澄澄:澄澈的月光。4.美人:指崔少府。越吟:越人庄舄(xì)在楚国任职,吟唱越歌寄托乡思,后用以比喻思乡之情。5.兰杜:兰草和杜若,都是香草,比喻人的节操和美名。这两句是说,虽然相隔千里,但崔少府的美名节操好像杜若一样,随微风而远播。

【简评】此诗前半部分写对月光的玩赏,描写细腻。后半部分写对远在山阴的朋友崔少府的思念之情,同时表达对朋友美好品行的赞美之意。

芙蓉楼送辛渐[1]

寒雨连江夜入吴,平明送客楚山孤。[2]

洛阳亲友如相问,一片冰心在玉壶。[3]

——《全唐诗》卷一百四十,中华书局 1960 年版

【注释】1.芙蓉楼:故址在今江苏镇江。2.吴:指镇江,古属吴地。楚山:镇江在战国时曾属于楚国。3.玉壶:比喻心地纯洁。语出鲍照《白头吟》"直如青丝绳,清如玉壶冰",以及姚崇《冰壶诫序》"内怀冰清,外涵玉润,此君子冰壶之德也",都是用玉壶和冰比喻品德高洁。

【简评】诗人送别朋友,托朋友给洛阳亲友带去口信,这口信不是报告平安,而是表白自己冰清玉洁、清白正直的操守。这句诗也成为冰清玉洁品格的写照,千古流传。

闺怨

闺中少妇不曾愁,春日凝妆上翠楼。[1]

忽见陌头杨柳色,悔教夫婿觅封侯。[2]

——《全唐诗》卷一百四十三,中华书局 1960 年版

【注释】1.曾:今存唐宋时期选本及《全唐诗》均作"曾",《唐诗品汇》作"知"。凝妆:画好妆容。2.陌头:道边。觅封侯:为封侯而从军。

【简评】前联从"不曾愁"写起,女主人公春日登楼,本是心情大好之时。后联却笔锋一转,巧妙变换。看到杨柳春色,女主人公忽然产生了相思之情,那种忽然之间的后悔和失落便跃然纸上,如在读者目前。诗人将女主人公内心细腻而微妙的情感变化进行了巧妙表达,意味深厚,含蕴无穷,带给读者无尽的想象和联想。

春宫曲

昨夜风开露井桃,未央前殿月轮高。[1]

平阳歌舞新承宠,帘外春寒赐锦袍。[2]

——《全唐诗》卷一百四十三,中华书局 1960 年版

【注释】1.露井:没有覆盖的井。未央:未央宫,汉代宫殿名。2."平阳歌舞"句:借汉武帝宠幸卫皇后事,比喻那些得到皇帝恩宠的后妃。卫皇后,名叫卫子夫,原是平阳公主家中的歌女,汉武帝到平阳公主家做客,看中了卫子夫,平阳公主将她送入宫中,汉武帝对她极为宠爱,立为皇后。

【简评】此诗借用汉代卫子夫得宠于汉武帝的故事,表达"宫怨"这一传统主题。前两句委婉含蓄地点出卫子夫得宠的情状。然后用"平阳歌舞"点出她的出身,得宠者未必出身高贵,暗含哀怨之情。"赐锦袍"则表明受宠之深。此诗是从失宠者的角度来

写的，他人越是得宠，自己的失落和怨恨也越是强烈。诗人言在此而意在彼，不写怨，而怨在其中，收到了深沉含蓄的艺术效果。

长信秋词[1]

奉帚平明金殿开，且将团扇暂裴回。[2]

玉颜不及寒鸦色，犹带昭阳日影来。[3]

——《全唐诗》卷一百四十三，中华书局1960年版

【注释】1.原诗五首，此选其中之一。长信：汉代长信宫。据《汉书》记载，班婕妤入宫后，深得汉成帝宠爱，后因赵飞燕而失宠。班婕妤害怕赵飞燕加害，请求到长信宫奉养太后。2.奉帚：执帚洒扫。平明：天刚亮。金殿：指长信宫。团扇：相传班婕妤曾作《团扇诗》，用团扇比喻自己失宠被弃。暂：一作"共"。3.玉颜：美好的容颜。昭阳：指昭阳殿，汉成帝常居之处。

【简评】此诗咏班婕妤失宠之事，亦是"宫怨"题材。前联写班婕妤失宠之后冷落寂寞的生活。后联，作者以议论的方式，说班婕妤空有美好的容颜，却不如乌鸦，因为乌鸦还能从昭阳殿飞来，而班婕妤却永远也回不到昭阳殿了，诗人用鲜明的对比，表达了班婕妤无限哀怨的心情。

出塞[1]

秦时明月汉时关，万里长征人未还。[2]

但使龙城飞将在，不教胡马度阴山。[3]

——《全唐诗》卷一百四十三，中华书局1960年版

【注释】1.出塞：乐府旧题。2.秦时明月汉时关：秦汉时的明月照着秦汉时的边塞。万里长征：戍守在万里之外的边关。3.龙城飞将：指汉代名将李广。李广抗击匈奴，被匈奴称为"飞将军"。龙城：匈奴祭天的地方。阴山：今大青山，在内蒙古。

【简评】前两句意境开阔雄壮，"秦汉"谓时间之悠久，"万里"谓距离之遥远。秦汉以来的边塞战争，让多少战士一去不回，从而营造了一种慷慨悲凉的气氛。后两句表达了作者美好的愿望，如果有像李广那样的名将戍守边疆，也就不会有这么多的流血牺牲了。这也代表了广大百姓的愿望。

· 祖咏

祖咏，生卒年不详，洛阳（今属河南）人。开元十三年（725）登进士第。与王维、储光羲等人友善。有文名，擅山水田园诗。《全唐诗》存录其诗一卷。

望蓟门[1]

燕台一望客心惊，箫鼓喧喧汉将营。[2]

万里寒光生积雪，三边曙色动危旌。[3]

沙场烽火连胡月，海畔云山拥蓟城。[4]

少小虽非投笔吏，论功还欲请长缨。[5]

——《全唐诗》卷一百三十一，中华书局 1960 年版

【注释】1.蓟门：蓟门关。在今北京。2.燕台：即幽州台。一名蓟北楼。相传战国时燕昭王在此筑黄金台以招揽天下贤才。望：一作"去"。客：诗人自谓。箫：此处代指号角。汉将营：以汉代唐，指唐军营。3.三边：泛指边地。危旌：高扬的旗帜。4.蓟城：在今北京市北，为幽州治所。5.投笔吏：用班超投笔从戎典故。据《后汉书·班超传》记载，班超年少时家贫，替官府抄书，后来投笔叹息说，大丈夫应该立功封侯，怎么能老是守在笔墨旁呢？后来从军，立功封侯。请长缨：据《汉书·终军传》记载，终军出使南越，向汉武帝表示，希望拿一根长缨，将南越王绑到殿下。

【简评】诗人从"望"字立意，写眼中所见，心中所想。首句重点落在"惊"字上。客心因何而"惊"呢？因为听到唐军营寨战鼓雷动，看到雪满关山，旌旗高耸。这几句将边地的险要、军威的雄壮进行了渲染。诗人意犹未尽，颈联以一个"连"字，表现边关紧张的战争气氛；以一个"拥"字，表现唐朝边郡坐山拥海的气势，给人以牢不可破之感。到此，诗人才将首句之"惊"表现得淋漓尽致。边地如此险要，军威如此整肃，引起了诗人投笔从戎、立功疆场的强烈愿望。全篇写景抒情，意境阔大，尤其是中间两联，对仗工整，气势雄浑，值得称道。

终南望余雪[1]

终南阴岭秀,积雪浮云端。[2]

林表明霁色,城中增暮寒。[3]

——《全唐诗》卷一百三十一,中华书局 1960 年版

【注释】1.终南:终南山。2.阴岭:北面的山坡。3.霁:雪后初晴。

【简评】前两句,诗人用"秀"表现终南山的秀美之感,"云端"见雪则表明终南山的高耸之势。后两句,则由雪后天晴,联想到傍晚城中又增添了几分寒意,表达了早春时节的真实感受。小诗文笔省净,含意隽永。据传,此诗是作者应试时所写,按要求本应写出十二句,祖咏只写四句就交卷了。有人问他为什么,他回答说:"意尽。"意尽即止,决不作无病呻吟,即使应试也是如此。此事也被传为佳话。

· 崔曙

崔曙,生卒年不详。一作崔署,原籍博陵(今河北安平),寓居宋州(今河南商丘)。开元二十六年(738)登进士第,任河内尉。有诗名。《全唐诗》存录其诗一卷。

九日登望仙台呈刘明府容[1]

汉文皇帝有高台,此日登临曙色开。

三晋云山皆北向,二陵风雨自东来。[2]

关门令尹谁能识,河上仙翁去不回。[3]

且欲近寻彭泽宰,陶然共醉菊花杯。[4]

——《全唐诗》卷一百五十五,中华书局1960年版

【注释】1.九日:指农历九月九日重阳节,这一天有登高、赏菊、饮酒等习俗。望仙台:汉文帝所筑,在陕西陕县。据说仙人河上公曾授给汉文帝《老子》,然后离开,不知所往,汉文帝筑台来望他,故名望仙台。2.三晋:战国时韩、赵、魏三家分晋,后称山西为"三晋"。二陵:崤山上的南北二山,合称"二陵",在今河南洛宁县北。3.关门令尹:指函谷关的守关人尹喜。据说老子将要出关时,关令尹喜强让他著书,老子因而写下《道德经》一书。河上仙翁,即河上公。4.彭泽宰:指陶渊明,曾为彭泽县令。这里借指刘明府。陶然:酣畅的样子。菊花杯:暗用陶渊明喜欢在重阳节饮酒、赏菊事。

【简评】这首诗写重阳节登高怀古,所登为汉代望仙台,紧紧围绕登台所见所想而写。中间两联对仗工整,气势雄壮,由眼前之景联想到历史遗迹、历史人物,构思极为巧妙。尾联以陶渊明比刘明府,表达了和他一起饮酒赏菊的愿望,关合题目"呈刘明府",这也是此诗的写作目的所在。

· 张旭

张旭（685？—759？），字伯高，吴郡（今江苏苏州）人。天宝年间担任金吾长史，故世称"张长史"。曾任常熟县尉。张旭是草书名家，人称"张颠"。唐文宗曾下诏以李白诗歌、裴旻剑舞、张旭草书为"三绝"。他与贺知章、包融、张若虚合称"吴中四士"。《全唐诗》存录其诗六首。

桃花溪[1]

隐隐飞桥隔野烟，石矶西畔问渔船。[2]

桃花尽日随流水，洞在清溪何处边。[3]

——《全唐诗》卷一百十七，中华书局 1960 年版

【注释】1.桃花溪：在湖南桃源西南，源自桃花山。2.飞桥：架在高处的桥。石矶：水边突出的岩石。3.洞：指陶渊明《桃花源记》所描绘的桃花源的入口。

【简评】远处的飞桥有野烟相隔，塑造了一幅朦胧飘渺的画面。在这飞桥野烟，桃花流水的纯美境界之中，诗人不禁想要追问当年的桃源洞口究竟在哪里。全诗如行云流水般自然流畅，给读者以空灵飞动，意趣盎然之感。

· 王维

王维(701—761),字摩诘,祖籍太原祁(今山西祁县),后迁居蒲州河东(今山西永济)。开元九年(721)登进士第,作太乐丞,后被贬为济州司仓参军。张九龄执政时,王维作诗干谒,被任为右拾遗。张九龄被贬后,王维也被排挤出朝廷,曾以监察御史出使边塞。安史之乱时,王维被俘,被迫接受伪职,政治上失节,恢复后受到降职处分。唐肃宗上元元年(760)任尚书右丞,世称"王右丞"。王维笃信佛教,诗歌题材多样,尤擅山水田园诗,意境清幽,多萧散闲远之趣。有《王右丞集》。

送别

下马饮君酒,问君何所之。[1]

君言不得意,归卧南山陲。

但去莫复闻,白云无尽时。

——陈铁民《王维集校注》卷七,中华书局 1997 年版

【注释】1.饮君酒:请君饮酒。何所之:到哪里去。

【简评】全诗平淡自然,意味隽永。末两句尤其富于深意,作者赞同朋友归隐南山,一句"莫复问",有多少人生的不平和痛苦都不必再提,从此但有南山白云为伴。虽然没有直说,但诗人自己对隐居生活的向往之情也自然流露于诗中。

渭川田家[1]

斜光照墟落,穷巷牛羊归。[2]

野老念牧童,倚杖候荆扉。[3]

雉雊麦苗秀,蚕眠桑叶稀。[4]

田夫荷锄立,相见语依依。

即此羡闲逸,怅然歌《式微》。[5]

——陈铁民《王维集校注》卷七,中华书局 1997 年版

【注释】1.渭川：渭水。2.光：一作"阳"。墟落：村落。穷巷：深巷。3.荆扉：柴门。4.雉雊（zhì gòu）：野鸡鸣叫。5.歌：一作"吟"。《式微》：《诗经》篇名，其中有"式微，式微，胡不归"之句，歌咏服役者的思归之情，王维借以表达归隐田园的愿望。

【简评】这首诗描绘了一幅宁静自然、安乐闲适的田园画面。结尾以吟唱《式微》收束全诗，"闲逸"是诗人对田家生活最鲜明的感受，表达作者对归隐田园的向往之情。全诗情真意切，朴实自然，是王维田园诗的名篇。

桃源行[1]

渔舟逐水爱山春，两岸桃花夹去津。[2]

坐看红树不知远，行尽青溪不见人。[3]

山口潜行始隈隩，山开旷望旋平陆。[4]

遥看一处攒云树，近入千家散花竹。[5]

樵客初传汉姓名，居人未改秦衣服。[6]

居人共住武陵源，还从物外起田园。[7]

月明松下房栊静，日出云中鸡犬喧。

惊闻俗客争来集，竞引还家问都邑。

平明闾巷扫花开，薄暮渔樵乘水入。

初因避地去人间，及至成仙遂不还。[8]

峡里谁知有人事，世中遥望空云山。

不疑灵境难闻见，尘心未尽思乡县。

出洞无论隔山水，辞家终拟长游衍。

自谓经过旧不迷，安知峰壑今来变。

当时只记入山深，青溪几度到云林。

春来遍是桃花水，不辨仙源何处寻。

——陈铁民《王维集校注》卷一，中华书局1997年版

【注释】1.桃源：指陶渊明《桃花源记》所写的桃花源。本诗歌咏《桃花源记》的故事。题下有自注："时年十九"。2.去津：一作"古津"。3.不见：一作"忽值"。4.隈（wēi）隩

(yù):山岩弯曲隐蔽处。旋:立即。5.攒:聚集。散:布满。6.樵客:打柴人。居人:指桃花源内的居民。7.武陵源:即桃花源。物外:世外。8.从这两句诗可知,王维把桃花源想象成仙境,里面的人都是神仙。

【简评】这首诗取材于陶渊明的散文《桃花源记》,将《桃花源记》的故事以诗歌的形式进行了演绎。诗歌气韵流畅,音节铿锵,将一幅幅画面展现在读者面前,使诗获得了很好的艺术效果。

使至塞上[1]

单车欲问边,属国过居延。[2]

征蓬出汉塞,归雁入胡天。

大漠孤烟直,长河落日圆。

萧关逢候骑,都护在燕然。[3]

——陈铁民《王维集校注》卷二,中华书局 1997 年版

【注释】1.此诗是开元二十五年(737),王维在监察御史任上,奉命赴河西节度使幕府所作。使:奉命出使。2.属国:附属国。这句是说经过居延属国。居延:在今内蒙古额济纳旗附近。3.萧关:古关名。候骑:侦察骑兵。都护:军中统帅。燕然:古山名,即今蒙古国杭爱山。

【简评】"大漠孤烟直,长河落日圆"一联,历来为人所称赏。广袤的草原上,升起一缕孤烟,长河流向远方,落日挂在天边,显得又大又圆。而孤烟是白色的,落日又是鲜红色的,构成一幅有色彩美的画面。写景极为生动,让人如同身临其境,富有艺术感染力。

辋川闲居赠裴秀才迪[1]

寒山转苍翠,秋水日潺湲。[2]

倚杖柴门外,临风听暮蝉。

渡头余落日,墟里上孤烟。[3]

复值接舆醉,狂歌五柳前。[4]

——陈铁民《王维集校注》卷五,中华书局 1997 年版

【注释】1.辋川：在今陕西蓝田终南山下。王维在此有别墅，晚年隐居于此。2.潺湲：水流缓慢的样子。3.墟里：村落。4.接舆：春秋时的隐士，曾在孔子面前唱歌。这里指裴迪。五柳：指陶渊明。陶渊明门前有五棵柳树，自号"五柳先生"。这里王维自比陶渊明。

【简评】"渡头余落日，墟里上孤烟"一联，将渡头、落日、村落、炊烟纳入图画之中：远处是渡口，渡口之外是一轮落日；近处有村落，村落里面炊烟升起。景物远近错落，富有层次感。落日是鲜红色的，炊烟是白色的，色彩对比极为鲜明。此联很好地体现了王维"诗中有画"的特色。全诗舒缓从容、自然流畅，而又静谧安详、亲切生动，是王维隐居生活的写照。

山居秋暝[1]

空山新雨后，天气晚来秋。

明月松间照，清泉石上流。

竹喧归浣女，莲动下渔舟。

随意春芳歇，王孙自可留。[2]

——陈铁民《王维集校注》卷五，中华书局 1997 年版

【注释】1.暝：黄昏。2.春芳：春天的芳菲。歇：消歇。"王孙"句：《楚辞·招隐士》有"王孙游兮不归，春草生兮萋萋""王孙兮归来，山中兮不可以久留"的句子。这里反其意而用之，表明自己归隐山中的决心。

【简评】诗写山居生活的所见、所闻及所感。首联写空山雨后的傍晚，一个"秋"字，平添几分秋凉。颔联写松间明月、石上清泉，都是山中特有的景象，具有清幽淡远的意味，是诗人山居的真实体验。颈联将视角转向浣女、渔舟，山居并不只有清幽，还有日常生活的喧闹，充满了生活意趣。同时也表明，诗人居于山中，并非远离人间烟火。既有山林的清幽，也有人世的喧闹，这也许就是诗人所喜爱的隐居生活。尾联借用《楚辞》典故，表达自己留居山中的意愿。

归嵩山作[1]

清川带长薄，车马去闲闲。[2]

流水如有意，暮禽相与还。

荒城临古渡，落日满秋山。

迢递嵩高下，归来且闭关。[3]

——陈铁民《王维集校注》卷二，中华书局 1997 年版

【注释】1.嵩山：在河南登封。2.薄：草木丛生。闲闲：从容不迫的样子。3.迢（tiáo）递（dì）：遥远的样子。嵩高：指嵩山。闭关：闭门谢客。

【简评】诗写归途所见之景。"闲闲"透露出诗人舒缓从容、安详闲适的心态。流水、暮禽似乎与人情谊相通，表现了诗人亲近自然的情怀。结句表达自己闭门隐居的愿望。诗借景抒情，意在言外，给读者留下想象的余地。

终南山[1]

太乙近天都，连山到海隅。[2]

白云回望合，青霭入看无。[3]

分野中峰变，阴晴众壑殊。[4]

欲投人处宿，隔水问樵夫。

——陈铁民《王维集校注》卷三，中华书局 1997 年版

【注释】1.终南山：在今陕西西安南。2.太乙：终南山的主峰，也是终南山的别称。天都：天帝所居之都。这句形容终南山之高。海隅：海角。3.霭：雾气。4.分野：古人把天上的星宿和地上的行政区域对应划分，叫分野。此处极言终南山的广阔辽远。殊：不同。

【简评】诗从远望写起，总体概括了终南山的挺拔高峻与绵延不断。接下来写置身山中，云雾弥漫，愈显山峰的奇险难测。结句写隔水相问，巧妙地表达了山势之险要变幻，溪水之萦绕曲折，给读者留下了深刻印象，收到了意在言外、含蓄不尽的审美效果。

酬张少府[1]

晚年惟好静，万事不关心。

自顾无长策，空知返旧林。[2]

松风吹解带，山月照弹琴。

君问穷通理，渔歌入浦深。

——陈铁民《王维集校注》卷五，中华书局 1997 年版

【注释】1.酬：这里是以诗作答。2.长策：好的计策。空知：只知道。旧林：指诗人在辋川的别墅。

【简评】首联表明诗人脱离俗世的生活。颔联"无长策"一语，透露了诗人仕途失意的牢骚不平。颈联"松风吹解带，山月照弹琴"，生动地体现了诗人隐逸生活的闲适情趣。尾联，问而不答，以渔歌入浦结束全诗，意在表明诗人任意穷通，遗落世事的旷达情怀，韵味无穷，含义深远。

过香积寺[1]

不知香积寺，数里入云峰。

古木无人径，深山何处钟。

泉声咽危石，日色冷青松。

薄暮空潭曲，安禅制毒龙[2]。

——陈铁民《王维集校注》卷七，中华书局 1997 年版

【注释】1.过：拜访。香积寺：故址在陕西西安。2.薄暮：傍晚。空潭曲：弯曲的水潭，显得十分空寂。安禅：安心禅坐。毒龙：比喻人的各种欲念。

【简评】首句"入云峰"，极写香积寺远在深山，颔联写寻访的路程，云峰缥缈，古木无人，只闻钟声，不见寺庙，越发给人一种悠远的感觉。颈联写入山所见之景，创造了清幽邃远的意境。结句表现自己对禅理的领悟，深化了寻访佛寺的主题。

汉江临眺

楚塞三湘接,荆门九派通。[1]

江流天地外,山色有无中。

郡邑浮前浦,波澜动远空。[2]

襄阳好风日,留醉与山翁。[3]

——陈铁民《王维集校注》卷二,中华书局 1997 年版

【注释】1.楚塞:楚国边塞。汉水一带古属楚国。三湘:指湖南一带。荆门:荆门山,在湖北宜昌。九派:长江的九条支流,也泛指长江。2.郡邑:指襄阳城。浦:水边。3.山翁:指晋人山简,山简镇守襄阳时,常携酒出游,大醉而回。

【简评】此诗气势雄浑,境界壮阔。"江流天地外,山色有无中"一联是王维以画入诗的名句。汉江流向远方,似乎已经流出了地平线之外,流向更为遥远的地方,而远处的青山若有若无,与汉江共同构成了一幅壮丽淡远的山水画面,给读者留下了无穷的想象余地。

终南别业[1]

中岁颇好道,晚家南山陲。[2]

兴来每独往,胜事空自知。

行到水穷处,坐看云起时。

偶然值林叟,谈笑无还期。[3]

——陈铁民《王维集校注》卷三,中华书局 1997 年版

【注释】1.终南:终南山。别业:别墅。2.中岁:中年。陲:边。3.无还期:忘记了回去的时间。

【简评】此诗写诗人晚年隐居辋川别墅时闲适悠然的生活。"行到水穷处,坐看云起时"一联最为后人所称赏,在山水的无穷变化之中,作者的闲适之情悠然而出,不着痕迹,而又意兴无穷。此句也可以用来比喻人生多变,世事无穷,每每看似绝境,却别有一番景象,富有哲理意蕴。

奉和圣制从蓬莱向兴庆阁道中留春雨中春望之作应制[1]

渭水自萦秦塞曲,黄山旧绕汉宫斜。[2]

銮舆迥出千门柳,阁道回看上苑花。[3]

云里帝城双凤阙,雨中春树万人家。[4]

为乘阳气行时令,不是宸游玩物华。[5]

——陈铁民《王维集校注》卷四,中华书局 1997 年版

【注释】1.奉和:奉命应和。圣制:皇帝作的诗。蓬莱:指大明宫。兴庆:指兴庆宫,在长安城东南。阁道:在楼阁间架设的通道。应制:应皇帝之命而作。2.渭水:在长安附近。萦:绕。秦塞:长安古属秦地,这里泛指长安一带。黄山:黄麓山,在今陕西兴平县。汉宫:此指唐宫殿。3.銮舆:皇帝的车驾。迥出:远出。千门:指重重宫殿。上苑:泛指皇家园林。4.双凤阙:大明宫含元殿有翔鸾阁和栖凤阁,这里泛指唐宫殿。5.阳气:春天的气息。行时令:按季节颁布有关农事的命令。宸游:天子出游。玩物华:玩赏春天的美好景物。

【简评】这是一首应制诗。诗人从渭水和黄麓山落笔,给人以大气磅礴之感。由京城、宫殿,再到皇帝的仪仗,然后落到春望的主题上面,步步深入,层次分明。尾联以天子勤政结束全诗,暗含颂扬之意,表达极为巧妙。

积雨辋川庄作

积雨空林烟火迟,蒸藜炊黍饷东菑。[1]

漠漠水田飞白鹭,阴阴夏木啭黄鹂。

山中习静观朝槿,松下清斋折露葵。[2]

野老与人争席罢,海鸥何事更相疑。[3]

——陈铁民《王维集校注》卷五,中华书局 1997 年版

【注释】1.藜:一种野菜。黍:黄米。饷:送饭。菑(zī):新开垦一年的田,这里泛指田地。2.习静:静坐。朝槿:木槿花,朝开夕谢,故称朝槿。观朝槿:暗含对人生短暂,好景不长的体悟。清斋:素食。葵:一种蔬菜。露葵:带着露水的葵。3.野老:诗人

自指。争席:据《列子》记载,杨朱自从听了老子的教诲之后,改变了他的人生态度,以前对他毕恭毕敬的家人,也敢于和他争夺坐席了。这里是说自己不存机心。"海鸥"句,典出《列子》:海边有人和海鸥相亲近,每天到海边,都有很多海鸥下来和他嬉戏。他父亲知道后,让他捉几只回来玩。等他再去海边的时候,海鸥好像知道了他的心思,不再下来了。这里是说,自己已经完全因任自然,别人不用再怀疑自己了。

【简评】"漠漠水田飞白鹭,阴阴夏木啭黄鹂"是备受称道的名句。"漠漠"形容水田开阔无边,"阴阴"形容树木浓密茂盛。"飞"是远望所见,"啭"是耳边所听。"白鹭""黄鹂"本身具有色彩浓淡的对比。诗人以细腻的观察,敏锐的感受,将辋川一带习以为常的景物摄入诗中,在读者面前展现了一幅真实而生动的艺术画面,引发读者的想象,带给读者审美的愉悦感。放在全诗之中,这两句诗与诗人淡泊宁静的心情相一致,是诗人与世无争、寂寞自守的隐居生活的写照。

酬郭给事[1]

洞门高阁霭余辉,桃李阴阴柳絮飞。[2]

禁里疏钟官舍晚,省中啼鸟吏人稀。[3]

晨摇玉珮趋金殿,夕奉天书拜琐闱。[4]

强欲从君无那老,将因卧病解朝衣。[5]

——陈铁民《王维集校注》卷四,中华书局 1997 年版

【注释】1.郭给事:其人不详。给事:官名,给事中的省称,属门下省。2.洞门:宫殿的大门。霭:云气聚集的样子。3.禁里:宫中。省中:门下省。4.趋:小步快走,表示恭敬。天书:皇帝的诏书。琐闱:宫门。5.强:勉力。从:跟随。君:指郭给事。无那:无奈。解朝衣:脱去官服,辞职之意。

【简评】郭给事是地位显赫的朝中官员。此诗前两联写宫殿的庄严,官府的雅静,显示郭给事工作地点的非同一般。颈联直接写郭给事上朝,点出其皇帝近臣的显赫地位。尾联则表示自己虽然想要跟随郭给事,却将因卧病而辞官,恭敬而不阿谀,极有分寸,不失身份。此诗暗含颂扬,又雅而不俗,在同僚酬赠诗中别具一格。

鹿柴[1]

空山不见人,但闻人语响。

返景入深林,复照青苔上。[2]

——陈铁民《王维集校注》卷五,中华书局 1997 年版

【注释】1.鹿柴(zhài):王维辋川别墅附近的地名。2.返景:返照的日光。
【简评】这首诗着意表现鹿柴的幽静。寥寥几语,点染了隐居生活的清幽宁静,给人以韵
味无穷之感。

竹里馆

独坐幽篁里,弹琴复长啸。[1]

深林人不知,明月来相照。

——陈铁民《王维集校注》卷五,中华书局 1997 年版

【注释】1.篁(huáng):竹子。
【简评】这首诗表现作者悠闲安适、自得其乐的生活情趣。弹琴、长啸,纵情而适意,意境
清幽,是隐逸生活的写照。

山中送别[1]

山中相送罢,日暮掩柴扉。

春草明年绿,王孙归不归。[2]

——陈铁民《王维集校注》卷五,中华书局 1997 年版

【注释】1.诗题一作"送别"。2."春草"两句:化用《楚辞·招隐士》"王孙游兮不归,春草生
兮萋萋"的诗意。明年:一作"年年"。王孙:指所送之人。
【简评】诗表达盼望友人归来的心情,化用了《楚辞》中的句子,将自己对朋友的真情实意
表达得委婉含蓄,耐人寻味。

相思

红豆生南国，秋来发几枝。[1]

劝君多采撷，此物最相思。[2]

——陈铁民《王维集校注》卷四，中华书局 1997 年版

【注释】1.红豆：俗名相思子。红豆树所结之子，有象征相思之情的说法。几枝：一作"故枝"。2.劝君：一作"愿君"。

【简评】这首小诗以简单平实的语言，表达深沉含蓄的相思之情，可以说是语短情长，韵味深厚，是王维广为传诵的作品之一。

杂诗

君自故乡来，应知故乡事。

来日绮窗前，寒梅著花未。[1]

——陈铁民《王维集校注》卷七，中华书局 1997 年版

【注释】1.绮窗：雕着花格的窗子。著（zhuó）花：开花。

【简评】故乡的山山水水，总是让离家在外的游子萦绕心间，挂念不已。诗人在众多的家乡风物之中，只问梅花开放与否。梅在中国文化中是高洁的象征，那么诗人的不同凡俗也就显而易见了。诗写思乡之情，而又不着痕迹，高雅而有韵味。

九月九日忆山东兄弟[1]

独在异乡为异客，每逢佳节倍思亲。

遥知兄弟登高处，遍插茱萸少一人。[2]

——陈铁民《王维集校注》卷一，中华书局 1997 年版

【注释】1.诗题下自注："时年十七"。九月九日：重阳节。山东：指华山以东。2.茱萸：一

种有浓香的植物。古代有在重阳节插茱萸或在囊中放茱萸的习俗,据说可以避邪。

【简评】首句用一个"独"字,两个"异"字,强烈地表达了客居他乡的孤独之感。而越是在亲人团聚的节日,伴随着孤独感的思乡之情会更为强烈。"独在异乡为异客,每逢佳节倍思亲",诗人用朴素平易的语言道出了对家乡的思念之情。感情是如此的真挚,能够引起一切离家在外者的强烈共鸣,可以说是中国人表达思乡之情最为常用的诗句。

送元二使安西[1]

渭城朝雨浥轻尘,客舍青青柳色新。[2]

劝君更尽一杯酒,西出阳关无故人。[3]

——陈铁民《王维集校注》卷四,中华书局 1997 年版

【注释】1.元二:其人不详。安西:指唐安西都护府,治所在今新疆库车。2.渭城:即咸阳,汉代改称渭城。浥(yì):润湿。3.阳关:汉代设置的边关,在玉门关南,故址在今甘肃敦煌南。

【简评】前两句写送别时的环境,给人一种清新明净的感觉,看不出离别的哀怨和惆怅。后两句突兀而起,出了阳关便是绝域荒漠,没有故人相伴,朋友此行一定是落寞孤独的。诗人劝酒送行,道出了对朋友的无限深情。最后两句诗以朴素的语言表达真挚的感情,情绪高昂,气氛热烈,成为传唱千古的名句。

· 裴迪

　　裴迪，生卒年不详，关中（今陕西）人。早年与王维、崔兴宗隐居终南山，在辋川与王维有诗唱和。天宝后入蜀，与杜甫诗酒唱和。所作诗多为五绝，描写田园山水，有清幽淡雅之趣。《全唐诗》存录其诗二十九首。

崔九欲往南山马上口号与别[1]

归山深浅去，须尽丘壑美。

莫学武陵人，暂游桃源里。[2]

——《全唐诗》卷一百二十九，中华书局 1960 年版

【注释】1.诗题一作"留别王维"。崔九：崔兴宗，王维表弟。2.此两句化用陶渊明《桃花源记》中的故事：武陵渔人入桃花源中，居留数日而离去。这里是劝崔九不要像武陵人一样，要坚定隐居的信念。

【简评】这首诗劝说友人要坚定隐居的信心。表达方式并不是直言相劝，而是借用武陵人的典故，委婉含蓄，意在言外。

· 崔 颢

崔颢(704?—754),汴州(今河南开封)人。唐玄宗开元十一年(723)登进士第。曾入河东军幕,后任太仆寺丞、司勋员外郎。诗风慷慨豪迈,有雄奇奔放之致。《全唐诗》存录其诗一卷。

黄鹤楼[1]

昔人已乘白云去,此地空余黄鹤楼。[2]

黄鹤一去不复返,白云千载空悠悠。

晴川历历汉阳树,春草萋萋鹦鹉洲。[3]

日暮乡关何处是,烟波江上使人愁。

——《全唐诗》卷一百三十,中华书局 1960 年版

【注释】1.黄鹤楼:在今湖北武汉黄鹤山西北黄鹤矶上,面临长江。传说仙人王子安驾鹤经过此地。一说费祎在此驾鹤登仙。2.白云:此诗唐宋时期版本均作“白云”,明代以后有选本作“黄鹤”。3.历历:分明的样子。汉阳:在武昌西北,与黄鹤楼隔江相望。春草:一作“芳草”。萋萋:草木茂盛的样子。鹦鹉洲:武汉西南长江中的小洲。

【简评】前两联从传说着笔,仙去楼空,白云千载,寄寓了诗人对世事茫茫、沧桑变化的无限感慨。颈联写登楼所见。将眼前之景携入诗中,婉转铿锵,气韵流畅。登楼远眺,烟波苍茫,引发了诗人的思乡之情。尾联遂以乡愁作结。诗人见景生情,抒发惆怅的怀古幽情,表达绵邈的思乡之愁,情景交融,意境浑成。全诗如行云流水,奔腾而下,不拘格律,而又章法井然,确实是我国古代律诗的精品。据说李白登黄鹤楼本想作诗,见到崔颢此诗,说:“眼前有景道不得,崔颢题诗在上头。”于是搁笔不作。宋代严羽《沧浪诗话》谓:“唐人七言律诗,当以崔颢《黄鹤楼》为第一。”可见此诗影响之大。

行经华阴[1]

岩峣太华俯咸京，天外三峰削不成。[2]

武帝祠前云欲散，仙人掌上雨初晴。[3]

河山北枕秦关险，驿树西连汉畤平。[4]

借问路旁名利客，无如此处学长生。[5]

——《全唐诗》卷一百三十，中华书局 1960 年版

【注释】 1.华阴：今陕西华阴，在华山北。2.岩（tiáo）峣（yáo）：山势高峻的样子。太华：华山。咸京：今陕西咸阳，曾为秦都城，故称咸京。三峰：指芙蓉、玉女、明星三峰，是华山最高的三座山。削不成：不是人工能凿削而成。3.武帝祠：相传是巨灵神将华山劈开，分为太华和少华，使河水得以畅流。汉武帝登华山时下令建巨灵祠，进行祭祀，又称"武帝祠"。仙人掌：华山上的仙人掌峰。4.秦关：函谷关，在今河南灵宝。汉畤：汉朝祭祀天地、五帝的地方，在今陕西凤翔。驿树：驿路旁的树木。5.名利客：为名利而奔走的人。学长生：学长生不老之术。

【简评】 诗写华阴一带的山川风物。前二联写华山之高峻，常言有"山如刀削"的说法，而诗人偏说"削不成"，形容山势陡峭，有鬼斧神工之妙。颈联写华阴地势之险要，交通之便利。尾联则委婉表达对华阴的赞美与喜爱之情。全诗善于从大处落笔，有气势磅礴、音韵铿锵之美。

· 刘眘虚

刘眘(shèn)虚,生卒年不详。字全乙,洪州新吴(今江西奉新)人。开元年间登进士第,当过弘文馆校书郎。为人淡泊,与王昌龄、孟浩然友善。诗多写自然风物。《全唐诗》存录其诗一卷。

阙题[1]

道由白云尽,春与青溪长。

时有落花至,远随流水香。

闲门向山路,深柳读书堂。

幽映每白日,清辉照衣裳。

——《全唐诗》卷二百五十六,中华书局 1960 年版

【注释】1.阙题:相当于"无题"。

【简评】"时有落花至,远随流水香"一联,吟咏眼前所见之景,似乎在不经意之间,信手拈来,而又自然流畅,有意蕴悠远之趣,带给读者咀嚼不尽的艺术回味。

· 常 建

常建，生卒年不详，《唐才子传》谓其为长安（今陕西西安）人。开元十五年（727）登进士第，曾为盱眙（今属江苏）县尉。仕途失意，往来于山水之间，所作诗歌在当时颇受推重。《全唐诗》存录其诗一卷。

宿王昌龄隐居

清溪深不测，隐处唯孤云。[1]

松际露微月，清光犹为君。

茅亭宿花影，药院滋苔纹。[2]

余亦谢时去，西山鸾鹤群。[3]

——《全唐诗》卷一百四十四，中华书局 1960 年版

【注释】1.隐处：隐居之处。2.滋：生。3.谢时：摆脱世俗，离开尘世。鸾鹤群：与鸾鸟、仙鹤为伍，隐居的意思。

【简评】诗人首先抓住清溪和孤云，暗示王昌龄隐居之地的清幽僻远，罕有人至。月光为隐者而照，隐者亦与月光为伴，隐者的高情远趣见于言外。因在王昌龄隐居之处住宿而受到感染，结句表明自己也要摆脱俗累，隐居西山，表明诗人与朋友在人生志趣上的契合。

破山寺后禅院[1]

清晨入古寺，初日照高林。

竹径通幽处，禅房花木深。[2]

山光悦鸟性，潭影空人心。

万籁此都寂，惟闻钟磬音。[3]

——《全唐诗》卷一百四十四，中华书局 1960 年版

【注释】 1.破山寺:即兴福寺,在今江苏常熟虞山。破山即虞山。2.竹径:宋代版本均作
"竹径",明代以后有作"曲径"者。3.万籁:自然界的各种声响。钟磬:寺庙中经常
使用的乐器。

【简评】 此诗颔联写入寺所见之景,对仗工整,意兴深微,广为传诵。"山光悦鸟性,潭影空
人心"一联,通过描写鸟儿的愉悦,表明佛寺的自然和谐;看到深邃的水潭,令人感
到心灵空寂。这两句诗含有佛禅之趣,表明参访古寺能够给人以净化心灵的独特
感受。结句在万籁皆寂的环境中,传来古寺所奏钟磬之音,更加衬托了寺院的幽
静,给人以余味无穷的感受。

· 高 适

高适(704—765),字达夫,一字仲武,沧州渤海县(今河北景县)人。早年生活穷困,落拓不羁,漫游梁、宋、齐、赵等地。后经人举荐,中有道科,授封丘(今属河南)尉。后到陇右、河西节度使哥舒翰幕下任掌书记。历任淮南、剑南节度使,官散骑常侍,封渤海县侯。所作诗歌题材广泛,内容多样,尤以边塞诗著称。有《高常侍集》。

燕歌行[1]

开元二十六年,客有从元戎出塞而还者,作《燕歌行》以示适,感征戍之事,因而和焉。[2]

汉家烟尘在东北,汉将辞家破残贼。[3]

男儿本自重横行,天子非常赐颜色。[4]

摐金伐鼓下榆关,旌旗逶迤碣石间。[5]

校尉羽书飞瀚海,单于猎火照狼山。[6]

山川萧条极边土,胡骑凭陵杂风雨。[7]

战士军前半死生,美人帐下犹歌舞![8]

大漠穷秋塞草腓,孤城落日斗兵稀。[9]

身当恩遇常轻敌,力尽关山未解围。

铁衣远戍辛勤久,玉箸应啼别离后。[10]

少妇城南欲断肠,征人蓟北空回首。[11]

边庭飘飖那可度,绝域苍茫无所有。[12]

杀气三时作阵云,寒声一夜传刁斗。[13]

相看白刃血纷纷,死节从来岂顾勋。[14]

君不见沙场征战苦,至今犹忆李将军。[15]

——刘开扬《高适诗集编年笺注》,中华书局1981年版

【注释】1.燕歌行:乐府旧题。2.开元二十六年:公元738年。元戎:主帅,此指幽州节度使张守珪。3.汉家:这里指唐朝。烟尘:指战火。残贼:凶残的敌人。4.重:看重。横行:纵横驰骋。赐颜色:赏脸,给面子。5.摐(chuāng)金伐鼓:摐,敲。金,行军乐器。伐,击打。榆关:山海关。逶迤:连绵不断。碣石:山名,在今河北昌黎。6.羽书:插有羽毛的紧急书信。瀚海:大沙漠。单于:古代匈奴的首领。猎火:指战火。狼山:狼居胥山,在今内蒙古克什克腾旗西北。7.极边土:直到边境尽头。凭陵:侵犯。8.半死生:死生各半。帐下:将军营帐。9.腓(féi):草木枯萎。一作"衰"。10.铁衣:铠甲。这里指出征的战士。玉箸:玉作的筷子,比喻战士妻子的眼泪。11.蓟北:蓟州(今天津蓟县)以北。这里泛指边境地区。12.飘飖(yáo):一作"飘飘"。无所有:一作"更何有"。13.三时:早、中、晚,形容整天在打仗。阵云:战阵上空的云。刁斗:古代军中使用的铜器,白天作炊具,晚上报更。14.死节:为国捐躯的气节。岂顾勋:哪里顾得上个人的功勋。15.李将军:指汉代名将李广,以抗击匈奴而著称。

【简评】此诗是高适边塞诗的名篇。开元年间,御史大夫张守珪隐瞒败绩,谎报战功,高适有感而发,写下此诗。诗的主题是揭露边将的腐败,歌颂战士的英勇。开篇渲染战争的紧张气氛和战士的豪迈意气。然后笔锋一转,以"战士军前半死生,美人帐下犹歌舞"两句,对边将的腐败作了沉痛有力的揭露。接着继续描写士卒浴血奋战的战斗生活,中间插入妻子相思、征人回首的片断,增强了诗歌的抒情性和感染力。

送李少府贬峡中王少府贬长沙[1]

嗟君此别意何如,驻马衔杯问谪居。[2]

巫峡啼猿数行泪,衡阳归雁几封书。[3]

青枫江上秋天远,白帝城边古木疏。[4]

圣代即今多雨露,暂时分手莫踌躇。[5]

——刘开扬《高适诗集编年笺注》,中华书局1981年版

【注释】1.少府:唐人对县尉的称呼。峡中:指夔州,今重庆奉节。2.衔杯:饮酒。谪居:贬官之地。3.巫峡:长江三峡之一。巴蜀民歌有"巴东三峡巫峡长,猿鸣三声泪沾裳"之句。衡阳归雁:传说大雁南飞,至衡阳回雁峰而止。这里由长沙联想到衡阳,意思是希望王少府到长沙后能常有书信寄来。4.青枫江:指浏水,流经长沙。白帝城:在夔州。5.圣代:对当代的美称。雨露:指皇恩。踌躇:犹豫。这里有苦闷之意。

【简评】两个朋友被贬往不同的地方,诗人以一首诗送别。中间两联以对仗的方式,将两

地的地名、风物等嵌入诗中，写景抒情，表达对两位朋友的送别之情。此二联，既二人兼顾，又能抓住二人所贬之地的各自特点，巧妙成对，韵味悠长，诗人构思之妙，令人叹服。

和王七玉门关听吹笛[1]

胡人吹笛戍楼间，楼上萧条海月闲。

借问落梅凡几曲，从风一夜满关山。[2]

——刘开扬《高适诗集编年笺注》，中华书局 1981 年版

【注释】1.此诗又作《塞上闻笛》："胡人羌笛戍楼间，楼上萧条明月闲。借问梅花何处落？风吹一夜满关山。"又作《塞上听吹笛》："雪净胡天牧马还，月明羌笛戍楼间。借问梅花何处落？风吹一夜满关山。"2.落梅：古笛曲《梅花落》。

【简评】在月明的夜晚，戍楼传来羌笛声，征人吹笛，一夜未停，可见其思乡之深。此诗各本差异较大，题作《塞上听吹笛》者似更为通行。其场景则是雪夜闻笛，一夜之间，雪满关山，似梅花飘落。诗人巧妙地将古笛曲《梅花落》拆而分之，化入诗中，语带双关，收到了深沉而含蓄的艺术效果。

别董大[1]

十里黄云白日曛，北风吹雁雪纷纷。[2]

莫愁前路无知己，天下谁人不识君。

——刘开扬《高适诗集编年笺注》，中华书局 1981 年版

【注释】1.原诗二首，此选其一。2.十里：一作"千里"。曛：日色昏暗。

【简评】此诗第二联是名句，一反送别诗中常见的悲凉情调，以"壮语"送人，给人以自信和安慰。

· 岑参

岑参(717—770),荆州江陵(今属湖北)人。天宝三载(744)登进士第。曾任安西节度使幕府掌书记。安史之乱后,做过嘉州刺史,世称"岑嘉州"。岑参几度出塞,善于描写边塞风光与军旅生活,是盛唐著名的边塞诗人,与高适齐名,并称"高岑"。有《岑嘉州集》。

与高适薛据同登慈恩寺浮图[1]

塔势如涌出,孤高耸天宫。[2]

登临出世界,磴道盘虚空。[3]

突兀压神州,峥嵘如鬼工。[4]

四角碍白日,七层摩苍穹。

下窥指高鸟,俯听闻惊风。

连山若波涛,奔凑似朝东。

青槐夹驰道,宫馆何玲珑。

秋色从西来,苍然满关中。

五陵北原上,万古青濛濛。[5]

净理了可悟,胜因夙所宗。[6]

誓将挂冠去,觉道资无穷。[7]

——陈铁民、侯忠义《岑参集校注》卷二,上海古籍出版社 1979 年版

【注释】1.慈恩寺:在今陕西西安,是唐高宗作太子时,在贞观二十年(646)为其母文德皇后所建。浮图:又称"浮屠",梵文音译,这里指佛塔。慈恩寺浮图即大雁塔。2.这两句是说,塔如同从平地涌出,耸入天宫。3.出世界:离开尘世。世界:佛教用语,指宇宙。磴道:指塔内阶梯石道。4.神州:指中国。峥嵘:高峻的样子。5.五陵:指汉代五个皇帝的陵墓,都在长安以北。6.净理:清净的佛理。胜因:善因善缘。夙:素来。宗:宗奉。7.挂冠:指辞官。觉道:悟道。资:助。

【简评】此诗抓住慈恩寺塔突兀而起、高耸入云的特点,运用比喻的手法,极尽夸张之能

事,反复渲染,将登塔之后的所见所感尽情表达,境界开阔,大气混融,读之有身临其境之感。结尾几句,因登佛塔而了悟佛理,切合登塔主题。

走马川行奉送出师西征[1]

君不见走马川行雪海边,平沙莽莽黄入天![2]

轮台九月风夜吼,一川碎石大如斗,随风满地石乱走。[3]

匈奴草黄马正肥,金山西见烟尘飞,汉家大将西出师。[4]

将军金甲夜不脱,半夜军行戈相拨,风头如刀面如割。

马毛带雪汗气蒸,五花连钱旋作冰,幕中草檄砚水凝。[5]

虏骑闻之应胆慑,料知短兵不敢接,车师西门伫献捷。[6]

——陈铁民、侯忠义《岑参集校注》卷二,上海古籍出版社 1979 年版

【注释】1.走马川:地名,在今新疆。行:古诗的一种体裁。2.雪海:在新疆天山地区。行:此处是衍文,应该没有这个字。3.轮台:在今新疆库车东。4.金山:今新疆阿尔泰山。汉家大将:指封常清。5.五花:五花马,良马名。连钱:良马名。旋:随即。幕中草檄:在军帐中起草文书。6.虏骑:敌军。慑:害怕。车师:古国名,唐时为北庭都护府治所北庭城。伫:站立。

【简评】诗从描写边塞环境入手,展现出沙漠地带狂风怒吼、飞沙走石的险恶景象,给人以雄浑悲壮之感。在这样的环境下,越发衬托出将军的英勇、战士的无畏。这样一支在恶劣环境中仍然保持高昂斗志的军队,当然会让敌人闻风丧胆。诗的结尾,作者表达了对主帅胜利凯旋的坚定信心。全诗慷慨悲壮而又情绪高昂,确实能够起到鼓舞士气、振奋人心的作用。

轮台歌奉送封大夫出师西征[1]

轮台城头夜吹角，轮台城北旄头落。[2]

羽书昨夜过渠黎，单于已在金山西。[3]

戍楼西望烟尘黑，汉军屯在轮台北。[4]

上将拥旄西出征，平明吹笛大军行。[5]

四边伐鼓雪海涌，三军大呼阴山动。

虏塞兵气连云屯，战场白骨缠草根。

剑河风急雪片阔，沙口石冻马蹄脱。

亚相勤王甘苦辛，誓将报主静边尘。[6]

古来青史谁不见，今见功名胜古人。

——陈铁民、侯忠义《岑参集校注》卷二，上海古籍出版社 1979 年版

【注释】1. 封大夫：即封常清，曾任御史大夫。天宝年间，任北庭督护、伊西节度使、瀚海军使，调岑参任安西、北庭节度判官。封常清驻军轮台，出师西征，岑参作此诗送行。2.角：军中号角。旄（máo）头：即昴星，古时用以象征胡人。旄头落：谓胡人败亡之兆。3.羽书：军中文书，上插羽毛以示紧急。渠黎：西域地名，在轮台东南。4.烟尘黑：烽火台上用黑烟报警。汉军：代指唐军。5.旄：用牦牛尾作装饰的旗子，是派遣使臣或委任为将的标志。平明：天刚亮。6.亚相：汉代称御史大夫为亚相，这里指封常清。勤王：为王事劳苦。

【简评】此诗与前一篇《走马川行》是同一时期的作品。诗侧重于烘托十万火急的战争气氛，"三军大呼阴山动"描写军威雷动、气势如山的场面，展现出唐军昂扬向上的战斗豪情。最后四句，颂扬封常清杀敌立功的报国情怀，切合送将军出征的主题。

白雪歌送武判官归京[1]

北风卷地白草折,胡天八月即飞雪。[2]

忽如一夜春风来,千树万树梨花开。

散入珠帘湿罗幕,狐裘不暖锦衾薄。[3]

将军角弓不得控,都护铁衣冷难著。[4]

瀚海阑干百丈冰,愁云惨淡万里凝。[5]

中军置酒饮归客,胡琴琵琶与羌笛。[6]

纷纷暮雪下辕门,风掣红旗冻不翻。[7]

轮台东门送君去,去时雪满天山路。

山回路转不见君,雪上空留马行处。

——陈铁民、侯忠义《岑参集校注》卷二,上海古籍出版社 1979 年版

【注释】1.武判官:其人不详。判官是官职名。2.白草:一种秋天变白的草,生长在西域。胡天:指西域地区的天气。3.衾(qīn):被子。4.角弓:用牛角作装饰的弓。都(dū)护:都护府的长官。铁衣:铁甲衣。著(zhuó):穿。5.瀚海:即大沙漠。阑干:纵横交错的样子。6.中军:主帅所在的军营。这里指主帅营帐。7.辕门:营门。掣:拽,拉。

【简评】这是一首咏雪送人之作,全诗紧紧围绕"飞雪"与"送别"着笔。其中,"忽如一夜春风来,千树万树梨花开"是极具奇思妙想的名句:塞外满天飞舞的雪花和内地千树万树的梨花,都给人一种层叠堆积、漫天无际的感觉。诗人妙笔生花,借梨花以喻雪花,想象出人意表。寒冷无情的雪花经诗人巧妙的比喻,带给人温暖而又美好的感觉。

寄左省杜拾遗[1]

联步趋丹陛,分曹限紫微。[2]

晓随天仗入,暮惹御香归。[3]

白发悲花落,青云羡鸟飞。[4]

圣朝无阙事,自觉谏书稀。[5]

——陈铁民、侯忠义《岑参集校注》卷三,上海古籍出版社 1979 年版

【注释】1.左省：唐代的门下省，因在宣政殿之左（东面），故称左省或东台。杜拾遗：指杜甫，时任门下省左拾遗。2."联步"句：岑参时官右补阙，属中书省。中书省在宣政殿西面，称西台或右省。杜、岑二人同为谏官，常分列左右觐见皇帝，故曰联步。趋：小步快走，表示恭敬。丹陛(bì)：红色的殿前台阶。曹：官属。限：界限。紫微：本为星名，古人以紫微星为天帝所居，后用以指皇帝住所，这里指宣政殿。3.天仗：天子仪仗。惹：沾染。御香：皇帝宫殿点的香。4.白发：作者自谓。青云：仕途得志。5.阙事：缺失的事情。阙，同"缺"。谏书：劝谏皇帝的奏疏。

【简评】前两联写与杜甫同为谏官，每天共同上朝之事。"白发悲花落，青云羡鸟飞"一联，说自己年纪老大，见落花而自伤，对那些仕途得志者满怀羡慕之情。此联寄寓诗人的世事之悲与身世之感，给读者以凄凉沉重之感。尾联是对朝廷的颂扬，符合诗人任职右拾遗的身份。

奉和中书贾至舍人早朝大明宫[1]

鸡鸣紫陌曙光寒，莺啭皇州春色阑。[2]

金阙晓钟开万户，玉阶仙仗拥千官。[3]

花迎剑珮星初落，柳拂旌旗露未干。[4]

独有凤凰池上客，阳春一曲和皆难。[5]

——陈铁民、侯忠义《岑参集校注》卷三，上海古籍出版社 1979 年版

【注释】1.贾至：字幼邻，洛阳人，天宝末年随玄宗入蜀，后为中书舍人。2.紫陌：长安的街道。皇州：京城。阑：尽。3.金阙：金殿。万户：宫中的殿门。玉阶：宫殿的台阶。仙仗：早朝时的仪仗。4.剑珮：宝剑。星初落：刚刚天亮。5.凤凰池：中书省，也称凤池。客：指贾至。阳春：古曲名。《阳春》《白雪》都是古代名曲，所谓"曲高和寡"，即指这两首曲子。这里用来称赞贾至的诗。

【简评】贾至原诗题为《早朝大明宫呈两省僚友》，当时岑参、杜甫、王维都有和作。岑参此诗紧扣"早朝"来写，首句"鸡鸣""晓钟""星初落""露未干"都是表明"早"的词语。百官早朝，仪仗庄严，华美典雅，气势宏伟。中间两联对仗工整，以优美的语言展现皇帝早朝的声势，隐含颂扬功德的意味。

逢入京使[1]

故园东望路漫漫,双袖龙钟泪不干。[2]

马上相逢无纸笔,凭君传语报平安。

——陈铁民、侯忠义《岑参集校注》卷二,上海古籍出版社 1979 年版

【注释】1.入京使:奉命去京城的使者。2.故园:家乡。龙钟:叠韵连绵词,形容被泪水沾湿的样子。

【简评】"路漫漫"表明离家之远,"泪不干"表明思家之深。正在此时,偶遇入京使者,仓促之间,只能给家人捎个平安口信。诗人将眼前事写入诗中,明白如话,不加雕饰,富有生活气息,给人以亲切自然之感。

· 李 白

李白(701—762),字太白,号青莲居士,出生于碎叶城(今属吉尔吉斯斯坦),五岁随父迁居四川绵州(今四川江油)青莲乡。早年读书家乡。开元十二年(724)秋出蜀,以安陆(今属湖北)和任城(今山东济宁)为中心,长期漫游。李白素有远大的政治理想,天宝元年(742),应诏入京,任翰林供奉。天宝三载(744),李白被玄宗"赐金放还",离开长安,从此又漫游四方。安史之乱中,李白被永王李璘召至幕中任职。后李璘谋乱兵败,李白受到牵连,流放夜郎,途中遇赦而回。宝应元年(762),在其族叔当涂令李阳冰处病逝。

李白一生蔑视权贵,漫游天下,纵酒赋诗,寻仙访道,仗剑任侠,广结良朋,具有强烈的个性色彩,素有"诗仙"之称。李白用热烈而奔放的情感,丰富而奇特的想象,大胆的夸张,奇妙的比喻,融会古今,而又自出新意,创作了大量具有高度艺术成就的诗歌,对后世文学产生了深远影响。有《李太白集》传世。

下终南山过斛斯山人宿置酒[1]

暮从碧山下,山月随人归。

却顾所来径,苍苍横翠微。[2]

相携及田家,童稚开荆扉。[3]

绿竹入幽径,青萝拂行衣。

欢言得所憩,美酒聊共挥。

长歌吟松风,曲尽河星稀。[4]

我醉君复乐,陶然共忘机。[5]

——瞿蜕园、朱金城《李白集校注》卷二十,上海古籍出版社 1980 年版

【注释】1.过:拜访。斛斯山人:姓斛斯的隐士。2.却顾:回头看。翠微:草木幽深茂盛的山坡。3.荆扉:柴门。4.松风:指古琴曲《风入松》。河星:银河中的星星。5.陶然:欢乐的样子。忘机:忘却巧诈心机。

【简评】此诗从下山写起,暮色苍茫,山月随人,富有隐士的意趣。"欢言"两句,"长歌"两句,写宾主宴饮之乐,欢畅淋漓,在美酒欢歌之中,表现了诗人遗世忘机的志趣。

月下独酌

花间一壶酒,独酌无相亲。

举杯邀明月,对影成三人。[1]

月既不解饮,影徒随我身。

暂伴月将影,行乐须及春。

我歌月徘徊,我舞影零乱。

醒时同交欢,醉后各分散。

永结无情游,相期邈云汉。[2]

——瞿蜕园、朱金城《李白集校注》卷二十三,上海古籍出版社 1980 年版

【注释】1.三人:指李白、月亮和人的影子。2.无情:忘却世情。邈:远。云汉:银河。

【简评】月下独酌,本是落寞无奈之举,但李白总是这样豪放不羁,他将月与影视为自己的朋友,于是纵情歌舞,及时行乐。此诗富于奇思妙想,与月同游,也是诗人出世思想的体现。

关山月[1]

明月出天山,苍茫云海间。

长风几万里,吹度玉门关。

汉下白登道,胡窥青海湾。[2]

由来征战地,不见有人还。

戍客望边色,思归多苦颜。

高楼当此夜,叹息未应闲。[3]

——瞿蜕园、朱金城《李白集校注》卷四,上海古籍出版社 1980 年版

【注释】1.关山月:乐府旧题。2.白登:白登山,在今山西大同。据《汉书》记载,当年汉高祖刘邦率军亲征匈奴,被困白登山。胡:此指吐蕃(bō)。青海湾:即青海湖。3.高楼:指守边将士的妻子。

【简评】诗人从"月"落笔,开篇展现出一幅雄浑苍茫的景象。伴随月光将读者带到天山、玉门关、青海湾这些边塞征战之地。"由来征战地,不见有人还",道尽了边境战争的残酷!作者发为浩叹,感情悲壮而凄凉。最后用戍客之愁容和思妇之叹息作结,使全诗产生了意蕴深沉、感情强烈的效果。

子夜吴歌[1]

长安一片月,万户捣衣声。

秋风吹不尽,总是玉关情。[2]

何日平胡虏,良人罢远征。[3]

——瞿蜕园、朱金城《李白集校注》卷六,上海古籍出版社 1980 年版

【注释】1.子夜吴歌:古乐府名,起于吴地。2.玉关:玉门关。3.良人:妻子对丈夫的称呼。

【简评】此诗写妻子对戍边丈夫的思念之情。"捣衣"是为丈夫缝制冬衣作准备,无尽的捣衣声寄托了妻子对丈夫深沉的思念之情。结句表达妻子希望战争结束,丈夫早日回家的美好愿望,感情平实而真切。

长干行¹

妾发初覆额，折花门前剧。²

郎骑竹马来，绕床弄青梅。³

同居长干里，两小无嫌猜。⁴

十四为君妇，羞颜未尝开。

低头向暗壁，千唤不一回。⁵

十五始展眉，愿同尘与灰。⁶

常存抱柱信，岂上望夫台。⁷

十六君远行，瞿塘滟滪堆。⁸

五月不可触，猿声天上哀。⁹

门前迟行迹，一一生绿苔。

苔深不能扫，落叶秋风早。

八月蝴蝶来，双飞西园草。

感此伤妾心，坐愁红颜老。¹⁰

早晚下三巴，预将书报家。¹¹

相迎不道远，直至长风沙。¹²

——瞿蜕园、朱金城《李白集校注》卷四，上海古籍出版社 1980 年版

【注释】1.长干行：乐府旧题，本是江南一带民歌。长干：长干里，故址在今南京市。2.妾：古代女子自称。初覆额：头发刚刚盖住额头，是女童的发式。剧：游戏，玩耍。3.竹马：拿竹竿当马骑，是儿童的游戏。床：坐具。4."两小"句：即两小无猜。5.此两句写女子婚后含羞的样子。6.展眉：眉头舒展，不再害羞。"愿同"句：表明与丈夫同生共死的决心。7.抱柱信：据《庄子》所记，尾生与女子相约在桥下见面，女子未到，水涨，尾生抱着桥柱被淹死。后来用"抱柱"比喻对爱情忠贞不二。望夫台：传说丈夫外出不归，女子每天到台上张望，最后化为望夫石。这里用来比喻对丈夫的坚贞感情。8.瞿塘：指瞿塘峡，长江三峡之一。滟滪堆：瞿塘峡口的一堆大石头。9.这句是说，五月份江水上涨，滟滪堆淹没在水中，触到会有危险。10.坐：因。11.早晚：何时。三巴：古代巴郡、巴东、巴西合称三巴，在今重庆市东部。12.长风沙：地名，在今安徽安庆东长江边。

【简评】诗以一个女子的口吻叙述其情感历程。从青梅竹马、两小无猜，到新婚的羞涩，再到对丈夫刻骨铭心的思念之情，细腻温柔、缠绵婉转，层次清晰，历历在目。诗人以民歌的表现方法，不加雕琢，信口而出，朴素自然，有乐府诗的风味。

庐山谣寄卢侍御虚舟[1]

我本楚狂人，凤歌笑孔丘。[2]

手持绿玉杖，朝别黄鹤楼。

五岳寻仙不辞远，一生好入名山游。

庐山秀出南斗旁，屏风九叠云锦张，影落明湖青黛光。[3]

金阙前开二峰长，银河倒挂三石梁。[4]

香炉瀑布遥相望，回崖沓嶂凌苍苍。[5]

翠影红霞映朝日，鸟飞不到吴天长。[6]

登高壮观天地间，大江茫茫去不还。

黄云万里动风色，白波九道流雪山。[7]

好为庐山谣，兴因庐山发。

闲窥石镜清我心，谢公行处苍苔没。[8]

早服还丹无世情，琴心三叠道初成。[9]

遥见仙人彩云里，手把芙蓉朝玉京。[10]

先期汗漫九垓上，愿接卢敖游太清。[11]

——瞿蜕园、朱金城《李白集校注》卷十四，上海古籍出版社 1980 年版

【注释】1.庐山：在江西九江。卢侍御虚舟：卢虚舟，唐肃宗时曾任殿中侍御史。2.楚狂人：春秋时楚国隐士接舆，李白以此人自喻。凤歌笑孔丘：据《论语》记载，楚狂接舆在孔子前唱道："凤兮，凤兮，何德之衰？"含有劝孔子在乱世不要做官，不然会有危险的意思。3.南斗：星宿名。古人把地上的区域和天上的星宿相对应，庐山与南斗相对应。屏风九叠：庐山胜景，在五老峰东北。明湖：鄱阳湖。青黛：青黑色。4.金阙(què)：金阙岩，在香炉峰西南。二峰：香炉峰和双剑峰。银河：瀑布。5.香炉瀑布：香炉峰边的瀑布。沓(tà)嶂：重叠的山峰。凌：凌驾，高出。苍苍：青天。6.翠影：青翠的山影。吴天：庐山古属吴国，因此将这一带的天空称为吴天。7.白

波九道：长江的九条支流。8.石镜：庐山石镜峰上有圆石悬崖，光亮如镜。谢公：谢灵运，他曾登庐山。9.还丹：道家的丹药。琴心三叠：道家修炼术语，能使心神清净。10.玉京：道教神仙元始天尊所居之处。11.先期：预先约定。汗漫：传说中的神仙。九垓：九天。接：交往。卢敖：传说中的神仙人物。太清：道教认为天上有三清，即玉清、上清、太清。太清为天的最高处。

【简评】此诗是李白描绘庐山的名作。开篇便以"楚狂"自比，表现了诗人不为世俗所羁的豪放性格。诗人以浪漫奔放的文笔，远眺近观，描绘了庐山雄奇壮丽、秀美明媚的景象。庐山胜境被诗人一一纳入笔下，给读者以身临其境之感。"登高"以下四句，作者以如椽大笔，绘制了长江的雄伟气象，宏肆奔放，气势磅礴，大有涵盖万里、吞吐宇宙的气势。李白崇奉道教，他不但遨游名山，还寻仙访道，表现出摆脱世俗、远离人世的高远志趣，这使其诗歌更增添了奇思异想的浪漫色彩。

梦游天姥吟留别[1]

海客谈瀛洲，烟涛微茫信难求。[2]

越人语天姥，云霞明灭或可睹。[3]

天姥连天向天横，势拔五岳掩赤城。[4]

天台四万八千丈，对此欲倒东南倾。[5]

我欲因之梦吴越，一夜飞度镜湖月。[6]

湖月照我影，送我至剡溪。[7]

谢公宿处今尚在，渌水荡漾清猿啼。[8]

脚著谢公屐，身登青云梯。[9]

半壁见海日，空中闻天鸡。[10]

千岩万转路不定，迷花倚石忽已暝。

熊咆龙吟殷岩泉，慄深林兮惊层巅。[11]

云青青兮欲雨，水澹澹兮生烟。

列缺霹雳，丘峦崩摧。[12]

洞天石扉，訇然中开。[13]

青冥浩荡不见底，日月照耀金银台。[14]

霓为衣兮风为马，云之君兮纷纷而来下。[15]

虎鼓瑟兮鸾回车，仙之人兮列如麻。

忽魂悸以魄动，怳惊起而长嗟。[16]

惟觉时之枕席，失向来之烟霞。

世间行乐亦如此，古来万事东流水。

别君去兮何时还，且放白鹿青崖间，须行即骑访名山。

安能摧眉折腰事权贵，使我不得开心颜。

——瞿蜕园、朱金城《李白集校注》卷十四，上海古籍出版社 1980 年版

【注释】 1.天姥（mǔ）：天姥山，在浙江天台、新昌之间。2.海客：往来海上的人。瀛洲：传说

中的海上仙山。信：确实。3.越人：浙江一带的人，天姥山属古越国（今浙江）。云霞：此诗早期版本均作"云霓"，清代始有作"云霞"者。4.拔：超越。赤城：山名。5.天台：天台山。6.镜湖，即鉴湖，在浙江绍兴。7.剡溪：曹娥江上游，在浙江。8.谢公：指谢灵运。他曾游天姥山，宿在剡溪。渌（lù）：清澈。9.谢公屐（jī）：谢灵运专门为登山制作的一种木屐，上山去其前齿，下山去其后齿，世称"谢公屐"。10.半壁：半山。11.殷：本来是形容雷声的象声词，这里作动词，震动。慄：惊恐。12.列缺：指闪电。13.洞天：道教所说的神仙住所。石扉：石门。訇（hōng）然：轰然巨响。14.青冥：青色的天空。金银台：神仙宫殿。15.云之君：指云神。16.恍：同"恍"，心神不定的样子。

【简评】这是李白最富浪漫色彩的名篇之一。诗首先借越人对天姥的描述，虚写天姥的高大雄伟，引起读者无限的遐思向往之情。诗人借梦中游山，倏来忽往，亦幻亦真，以丰富的联想、大胆的夸张描绘了天姥山奇异多姿、雄奇灵秀的景色。诗人还将神话中的人物和故事融入诗篇，与仙人往来，问道求仙，遗落世事，赋予诗篇神奇浪漫的色彩。最后七句是梦醒后的抒情，发出了"安能摧眉折腰事权贵，使我不得开心颜"的呐喊，这是对世俗社会的蔑视，显示了诗人狂放不羁的性格，是诗人高洁正直人格的鲜明体现。

金陵酒肆留别[1]

风吹柳花满店香，吴姬压酒唤客尝。[2]

金陵子弟来相送，欲行不行各尽觞。[3]

请君试问东流水，别意与之谁短长。

——瞿蜕园、朱金城《李白集校注》卷十五，上海古籍出版社 1980 年版

【注释】1.金陵：今江苏南京。酒肆：酒店。2.吴姬：酒店中的侍女，金陵属古吴国，故称。压酒：取酒。3.觞（shāng）：酒杯。

【简评】诗写酒店送别场面，短短六句，以飘逸的笔触，泼墨而出，不加雕琢而尽显离情。最后两句，以滔滔东去的长江水来比喻金陵子弟送别诗人，以及诗人留别金陵子弟的深情厚谊，形象生动，使送别之情得到了热烈奔放的表达。

宣州谢朓楼饯别校书叔云[1]

弃我去者昨日之日不可留。

乱我心者今日之日多烦忧。

长风万里送秋雁,对此可以酣高楼。[2]

蓬莱文章建安骨,中间小谢又清发。[3]

俱怀逸兴壮思飞,欲上青天览明月。[4]

抽刀断水水更流,举杯销愁愁更愁。

人生在世不称意,明朝散发弄扁舟。

——瞿蜕园、朱金城《李白集校注》卷十八,上海古籍出版社 1980 年版

【注释】1.宣州:今安徽宣城。谢朓:字玄晖,南朝齐著名诗人。谢朓楼:谢朓任宣城太守时所建。饯别:饮酒送别。校书叔云:校书是官职名,校书郎的简称。李白族叔李云,曾任校书郎。2.酣:畅饮。3.蓬莱文章:蓬莱是传说中收藏秘籍的海上仙山,因为李云任校书郎,这里用蓬莱指李云。建安骨:建安时期的文学具有刚健爽朗的特点,被称为"建安风骨",这里指李云的文章有建安风骨。小谢:指谢朓。谢朓是谢灵运的族侄,后人称谢灵运为大谢,谢朓为小谢。这里是李白以谢朓自比。清发:清新秀发。4.览:通"揽",摘取。

【简评】开篇突兀而起,喷薄而出,以长达十一字的句式,表达自己对时光流逝的深沉叹惋,以及种种烦忧郁结心头的精神苦闷。三、四句忽然一转,秋高气爽,长风万里,饯别李云,正可以开怀畅饮,一扫烦忧。"欲上青天览明月",真是逸兴横飞,想落天外。然而现实的烦忧是如此强烈,"举杯销愁愁更愁",充满无奈的人生感慨。最后则说既然人生失意,那就要乘扁舟而归隐,做一个自由自在的人,体现了诗人不屈于现实社会,勇于追求自由的精神气概。

蜀道难[1]

噫吁嚱！危乎高哉！蜀道之难，难于上青天。[2]

蚕丛及鱼凫，开国何茫然！[3]

尔来四万八千岁，不与秦塞通人烟。[4]

西当太白有鸟道，可以横绝峨眉巅。[5]

地崩山摧壮士死，然后天梯石栈相钩连。[6]

上有六龙回日之高标，下有冲波逆折之回川。[7]

黄鹤之飞尚不得过，猿猱欲度愁攀援。[8]

青泥何盘盘！百步九折萦岩峦。[9]

扪参历井仰胁息，以手抚膺坐长叹。[10]

问君西游何时还，畏途巉岩不可攀。[11]

但见悲鸟号古木，雄飞雌从绕林间。

又闻子规啼，夜月愁空山。[12]

蜀道之难，难於上青天，使人听此凋朱颜。[13]

连峰去天不盈尺，枯松倒挂倚绝壁。

飞湍瀑流争喧豗，砯崖转石万壑雷。[14]

其险也若此，嗟尔远道之人胡为乎来哉！[15]

剑阁峥嵘而崔嵬，一夫当关，万夫莫开。[16]

所守或匪亲，化为狼与豺。[17]

朝避猛虎，夕避长蛇。

磨牙吮血，杀人如麻。[18]

锦城虽云乐，不如早还家。[19]

蜀道之难，难于上青天，侧身西望常咨嗟。[20]

——瞿蜕园、朱金城《李白集校注》卷三，上海古籍出版社 1980 年版

【注释】1.蜀道难：乐府旧题。蜀道：指进入四川的道路。2.噫吁嚱：惊叹声。3.蚕丛、鱼凫

(fú):都是传说中古蜀国的国王。茫然:形容时间遥远。4.尔来:自那时以来。四万八千岁:极言时间之长,并非实指。秦塞:秦地,今陕西。通人烟:交通往来。5.太白:太白山,秦岭主峰。鸟道:只有鸟才能飞过去的道路,形容山路险峻。横绝:横渡。峨嵋巅:峨嵋山顶。6."地崩"句:据《华阳国志》记载,秦惠王许嫁五美女给蜀王,蜀王派五丁力士去迎回。在返回途中,见一大蛇钻入山穴中,五力士拽住蛇尾用力拉,忽然山崩,力士、美女都被压死,山也分为五岭,从此秦蜀之间有了通道。天梯:形容山路险峻像高耸入云的梯子。石栈:在山石上架设的栈道。7.六龙:在古代神话中,羲和驾着六条龙拉的车,载着太阳由东向西运行。回日:形容山太高,羲和的车子也得纡回绕道。高标:高峰。冲波:水流冲击而成的波浪。逆折:水流湍急回旋。回川:纡回的川流。8.黄鹤:黄鹄。猿猱(náo):猿猴。9.青泥:青泥岭,入蜀要道。盘盘:盘旋曲折。萦:绕。10.扪:摸。历:经过。参、井:星宿名。仰胁息:屏住呼吸。膺:胸。11.君:指入蜀的人。西游:蜀在秦的西南。畏途:可怕的道路。巉(chán)岩:陡峭的山岩。12.子规:杜鹃鸟,相传为古蜀帝杜宇(号望帝)的魂魄所化,啼声悲切。13.凋朱颜:容颜为之衰老。朱颜:红颜。14.喧豗(huī):喧闹声。砯(pīng):水击岩石。万壑雷:指水冲击岩石发出的回响。15.嗟:叹息声。胡为乎:为什么啊。16.剑阁:剑门关,为川北门户,在今四川剑阁北。峥嵘、崔嵬:山峦险峻的样子。一夫当关,万夫莫开:语出晋张载《剑阁铭》"一夫荷戟,万夫趦趄。形胜之地,匪亲勿居"。17.或:如果。"化为"句:是说守关的人如果不是亲信,就会化为豺狼一样的人。18.以上四句是说,行于蜀道,既要躲避毒蛇猛兽,还要防备杀人的强盗。19.锦城:成都,以产锦著称,故称锦官城或锦城。20.咨嗟:叹息。

【简评】诗人展开丰富的联想和想象,运用极度夸张的笔法,同时将历史故事、神话传说融入诗中,对蜀道的奇险壮丽进行了细致的渲染描摹。"蜀道之难,难于上青天"一句反复出现,咨嗟叹惋,为读者展现了一幅峥嵘绚丽的山水画卷。诗歌使用了大量散文化的句式,长短错落,跌宕生姿。据传李白初入长安,贺知章读罢此诗,大为称赏,号李白为"谪仙人"。

长相思[1]

长相思，在长安。

络纬秋啼金井阑，微霜凄凄簟色寒。[2]

孤灯不明思欲绝，卷帷望月空长叹。

美人如花隔云端。[3]

上有青冥之高天，下有渌水之波澜。[4]

天长路远魂飞苦，梦魂不到关山难。

长相思，摧心肝！

——瞿蜕园、朱金城《李白集校注》卷三，上海古籍出版社 1980 年版

【注释】1.长相思：本为乐府旧题。2.络纬：一种昆虫，又叫莎鸡，俗称纺织娘。簟（diàn）：竹席。3.美人：所思念的人。4.高天：一作"长天"。

【简评】诗人将相思之情放在秋夜来写，感叹道路悠远，美人难求。给人以凄婉哀怨，意兴悠长的感觉。以美人比君主是自屈原以来的传统，所以前人多认为此诗是李白被放之后不忘君主而作。

行路难[1]

金樽清酒斗十千，玉盘珍羞直万钱。[2]

停杯投箸不能食，拔剑四顾心茫然。

欲渡黄河冰塞川，将登太行雪满山。

闲来垂钓碧溪上，忽复乘舟梦日边。[3]

行路难，行路难，多歧路，今安在？

长风破浪会有时，直挂云帆济沧海。[4]

——瞿蜕园、朱金城《李白集校注》卷三，上海古籍出版社 1980 年版

【注释】1.行路难：乐府旧题。2.金樽：形容精美的酒杯。斗十千：一斗酒价值十千钱，言酒好价高。珍羞：珍贵的菜肴。直：同"值"。3.垂钓碧溪上：碧，一作"坐"。据说

姜子牙未遇周文王时曾在渭水垂钓。乘舟梦日边：据说伊尹未遇商汤前曾梦见乘舟自日月边上经过。这两句诗用姜子牙和伊尹的典故说明人生际遇无常，暗中感慨明主难遇。4.“长风”句：南朝宗悫(què)年少时，叔父问他的志向，他说："愿乘长风破万里浪。"济：渡。

【简评】天宝三载(744)，李白被玄宗"赐金还乡"，离开长安。政治抱负无法实现，对李白是一个沉重的打击。在这首诗里，诗人面对美酒佳肴，却四顾茫然，用"渡河""登山"为喻，表现对世道艰难的感慨。但诗人并没有就此沉沦，"长风破浪会有时，直挂云帆济沧海"，化用南朝宗悫语而气势更为豪迈，充分表达了诗人胸怀壮志的乐观精神，诗人自信而又洒脱的形象也跃然纸上。

将进酒¹

君不见，黄河之水天上来，奔流到海不复回！

君不见，高堂明镜悲白发，朝如青丝暮成雪！

人生得意须尽欢，莫使金樽空对月。

天生我材必有用，千金散尽还复来。

烹羊宰牛且为乐，会须一饮三百杯。²

岑夫子，丹丘生。³

进酒君莫停。⁴

与君歌一曲，请君为我倾耳听。

钟鼓馔玉不足贵，但愿长醉不用醒。⁵

古来圣贤皆寂寞，惟有饮者留其名。

陈王昔时宴平乐，斗酒十千恣欢谑。⁶

主人何为言少钱？径须沽取对君酌。⁷

五花马，千金裘。⁸

呼儿将出换美酒，与尔同销万古愁。⁹

——瞿蜕园、朱金城《李白集校注》卷三，上海古籍出版社1980年版

【注释】1.将进酒：乐府旧题。将：请。2.会须：应当。3.岑夫子：岑勋。丹丘生：元丹丘。二人均为李白的好友。4.进酒君莫停：一作"将进酒，杯莫停"；一本无此五字。

5.钟鼓:古代富贵人家吃饭时要敲钟打鼓,馔玉:以玉做的食物,形容精美高贵。不用醒:一作"不复醒"。6.陈王:曹植,曾被封为陈王。平乐:平乐观。恣:任意。欢谑(xuè):欢笑。以上两句化用曹植《名都篇》诗句:"归来宴平乐,美酒斗十千。"7.沽取:买来。8.五花马:五色花纹的良马。千金裘:价值千金的皮衣。9.将出:取出。

【简评】此诗开端用"君不见"领起两个长句,将时光易逝、人生短暂的感慨进行了爆发式的抒发,产生了震撼人心的艺术魅力。进而,诗人借酒起兴,将自己的满怀惆怅、一腔豪情展现得淋漓尽致。"天生我材必有用"是诗人历经困顿失意之后,乐观自信的呐喊,代表了自古以来怀才不遇者的共同呼声。全诗突兀而起,一泻千里,人生的种种不如意在纵酒狂歌中得到了释放。此诗意兴淋漓,笔墨酣畅,充分体现了诗人豪迈不羁、昂扬乐观的精神,是李白传诵千古的名篇。

赠孟浩然

吾爱孟夫子,风流天下闻。[1]

红颜弃轩冕,白首卧松云。[2]

醉月频中圣,迷花不事君。[3]

高山安可仰,徒此揖清芬。[4]

——瞿蜕园、朱金城《李白集校注》卷九,上海古籍出版社 1980 年版

【注释】1.夫子:对男子的尊称。风流:指文采出众。2.红颜:青年。轩冕:古代大夫的车子和礼帽,这里指仕宦。卧松云:隐居山林。3.中圣:成为圣人。古人说,饮清酒醉者为圣人,饮浊酒醉者为贤人。这句是说,孟浩然经常在月下饮酒,并且饮醉。迷花:迷恋隐居生活。4."高山"句:《诗经·小雅·车辖》说"高山仰止,景行行止",后人用"高山仰止"比喻人品行高洁,值得人仰慕。揖:作揖,表示尊敬。清芬:喻美好的品行。

【简评】诗写李白对孟浩然的钦敬仰慕之情。"风流天下闻"是对孟浩然的极高评价。中间两联写孟浩然弃官归隐、饮酒自乐的隐士生活。尾联直接表达了对孟浩然的敬仰之情。全诗风神飘逸,舒卷自如,生动描绘了孟浩然风流儒雅的隐者形象,同时也表达了两人在思想感情上的共鸣。

渡荆门送别[1]

渡远荆门外，来从楚国游。[2]

山随平野尽，江入大荒流。[3]

月下飞天镜，云生结海楼。[4]

仍怜故乡水，万里送行舟。[5]

——瞿蜕园、朱金城《李白集校注》卷十五，上海古籍出版社 1980 年版

【注释】1.荆门：荆门山，在今湖北宜都北，长江南岸，是古代楚地和蜀地交界之地。2.楚国：今湖北一带。3.大荒：荒原。4.月下：月亮倒映在江中，如同飞下的天镜。海楼：海市蜃楼，云气折射出的各种景象。5.怜：爱。故乡水：从李白故乡四川流来的长江水。

【简评】"山随平野尽，江入大荒流"一联写长江流出三峡之后，群山逐渐隐去，大江奔流在一望无际的原野之上，雄浑开阔，壮丽高远，如同将万里河山纳入咫尺画幅，具有高度的艺术概括力。尾联以江水送人，表达自己的思乡之情，委婉含蓄，耐人寻味。

送友人

青山横北郭，白水绕东城。[1]

此地一为别，孤蓬万里征。[2]

浮云游子意，落日故人情。[3]

挥手自兹去，萧萧班马鸣。[4]

——瞿蜕园、朱金城《李白集校注》卷十八，上海古籍出版社 1980 年版

【注释】1.郭：外城。2.蓬：蓬草。古人常用蓬草来形容离家在外，漂泊不定的旅人。3."浮云"句：用浮云的飘忽不定比喻游子的心情。"落日"句：太阳缓缓落山，似乎不忍离去，比喻朋友之间依依不舍的惜别之情。4.自兹：从此。萧萧：形容马鸣声。《诗经·小雅·车攻》有"萧萧马鸣"的诗句。班马：分别时的马。班：分开。

【简评】首联点明送别的地点，"横"写青山之静，"绕"写流水之动，对仗工整，色彩明丽。颔联以"孤蓬"为喻，写友人漂泊不定的凄凉，表达自己对友人的关切之情。颈联

以"浮云""落日"象征离情别意,有见景生情、情景交融的效果。尾联以马鸣表离情,连马都不忍分别,何况是人呢? 语短情长,意在言外。

听蜀僧濬弹琴

蜀僧抱绿绮,西下峨眉峰。[1]

为我一挥手,如听万壑松。[2]

客心洗流水,余响入霜钟。[3]

不觉碧山暮,秋云暗几重。

——瞿蜕园、朱金城《李白集校注》卷二十四,上海古籍出版社 1980 年版

【注释】1.绿绮:相传司马相如有琴名曰绿绮,这里指古琴。2.挥手:弹琴。万壑松:千山万壑的松涛声。3."客心"句:客人听了琴声,内心像被流水洗过一样清净。霜钟:傍晚的钟声。这句是说,琴声和钟声融合在了一起。

【简评】此诗别出新意,重点写自己对音乐的感受。"万壑松"是对琴声的形象描绘。"客心洗流水,余响入霜钟"一联,着重表达自己与琴声的共鸣,琴声仿佛和钟声交融在一起,给人以"余音绕梁,三日不绝"的感觉,充分表现了音乐的魅力。

夜泊牛渚怀古[1]

牛渚西江夜,青天无片云。[2]

登舟望秋月,空忆谢将军。[3]

余亦能高咏,斯人不可闻。[4]

明朝挂帆席,枫叶落纷纷。[5]

——瞿蜕园、朱金城《李白集校注》卷二十二,上海古籍出版社 1980 年版

【注释】1.牛渚:山名,在今安徽当涂西北。2.西江:从江西到南京的一段长江,古称西江。3.谢将军:东晋谢尚,官镇西将军,镇守牛渚时,曾在秋夜泛舟赏月,遇到袁宏在船上吟咏自己作的《咏史诗》,谢尚听后大为赞赏,袁宏从此也声名大振。李白说自己空忆谢将军,表达怀才不遇之感。4.高咏:高声吟唱,就是说自己也有才华。斯

人：此人。指谢尚。5.挂帆席：一作"洞庭去"。落：一作"正"。

【简评】诗人夜泊牛渚，想到东晋时袁宏在此地月下朗吟而被谢尚赏识的故事，于是有感而发，借吟咏谢尚知遇袁宏之事，表达自己空有才华而不遇知音的感慨之情。尾联以枫叶落纷纷，烘托自己因为感慨知音难遇而引起的落寞凄凉之情，寓情于景，以景结情，构造出一种含而不露、意兴悠然的气氛。

登金陵凤凰台[1]

凤凰台上凤凰游，凤去台空江自流。

吴宫花草埋幽径，晋代衣冠成古丘。[2]

三山半落青天外，一水中分白鹭洲。[3]

总为浮云能蔽日，长安不见使人愁。[4]

——瞿蜕园、朱金城《李白集校注》卷二十一，上海古籍出版社 1980 年版

【注释】1.金陵：今江苏南京。凤凰台：故址在金陵凤凰山上。相传刘宋元嘉年间有凤凰落在山上，故称。2.吴宫：三国时吴国建都于南京时所筑的宫殿。晋代：指东晋建都金陵。衣冠：指当时的豪门贵族。3.三山：南京西南的三座山峰，濒临长江。一水：一作"二水"。白鹭洲：南京西南长江中的沙洲，江流被其分为二支。因洲上多聚白鹭，故名。4.总为：总是因为。浮云蔽日：形容奸臣遮蔽贤良。古人常以"浮云"比小人，以"日"比君主。长安：代指君主。

【简评】首联从传说落笔，将读者的思绪带到久远的过去。以江水依旧，衬托凤去楼空，暗含沧桑变化之感。颔联借吴宫的繁华不再和晋代的风流远去继续抒发怀古之情，给读者以古往今来，繁华如梦的深沉感慨。颈联宕开一笔，由历史的沉思，转入对眼前风光的描写，即景成句，开阔壮丽。尾联由写景转入抒情，寄寓自己仕途失意，报国无门的哀伤之情。李白此诗可以与崔颢的《黄鹤楼》对读，二诗在立意造句、章法结构方面存在明显的相似之处：二诗首联都从传说入手，造句巧妙自然，李诗后出，明显受到崔诗影响。颈联，二诗均写眼前所见之景，对仗工整，各擅胜场。但二诗在章法、立意方面也有明显不同：崔诗前二联皆是对有关黄鹤楼传说的渲染和感慨。李诗首联从凤凰台传说入手，二联便切入怀古主题，登台怀古，丰富了诗歌的内涵。尾联崔诗以思乡作结，而李诗则抒发仕途坎坷、怀才不遇之感，感慨更为深沉。二诗都有音韵流畅、意境浑成的特点，抒情写景，也各具特色，都是千古传诵的名篇。

怨情

美人卷珠帘，深坐颦蛾眉。[1]

但见泪痕湿，不知心恨谁。

——瞿蜕园、朱金城《李白集校注》卷二十五，上海古籍出版社 1980 年版

【注释】1.深坐：犹言久坐。颦：皱眉。蛾眉：细长而弯曲的眉毛。

【简评】这是一首写闺怨之情的小诗，通过"颦蛾眉""泪痕湿"点出了闺中女子深沉的幽怨之情。

玉阶怨[1]

玉阶生白露，夜久侵罗袜。[2]

却下水精帘，玲珑望秋月。[3]

——瞿蜕园、朱金城《李白集校注》卷五，上海古籍出版社 1980 年版

【注释】1.玉阶怨：本是乐府旧题，李白此作，写闺怨之情。2.侵罗袜：露水打湿了丝织的袜子。3.水精：即水晶帘。玲珑：澄澈明亮的样子。

【简评】诗写女子的怨思之情，却不着一"怨"字。通过夜久不归，露水打湿罗袜，以及"望月"的动作表达怨恨之情，委婉含蓄，意味隽永。

送孟浩然之广陵[1]

故人西辞黄鹤楼，烟花三月下扬州。[2]

孤帆远影碧山尽，惟见长江天际流。[3]

——瞿蜕园、朱金城《李白集校注》卷十五，上海古籍出版社 1980 年版

【注释】1.之：往。广陵：今江苏扬州。2.故人：老朋友。黄鹤楼：在今武汉。烟花三月：形容繁花似锦的春光。3.碧山：一作"碧空"。现存宋刻本均作"碧山"，敦煌残卷本作"绿山"。

【简评】送别时间是繁花似锦的春天,朋友要去的地方是让人无比向往的扬州,而朋友本身又是那样的风流儒雅。对于生性浪漫的李白来讲,这是一次充满诗情画意的送别。于是在读者眼前展现出一幅画面:诗人目送朋友的航船越行越远,最后只剩下滚滚东流的长江水,而这江水正好寄托了诗人对朋友无限的深情厚谊。全诗语短情长,韵味无穷,是千古传诵的名篇。

早发白帝城[1]

朝辞白帝彩云间,千里江陵一日还。[2]

两岸猿声啼不尽,轻舟已过万重山。[3]

——瞿蜕园、朱金城《李白集校注》卷九,上海古籍出版社 1980 年版

【注释】1.此诗作于唐肃宗乾元二年(759),李白因入永王璘幕府,被流放夜郎,行至白帝城,忽闻得赦。此诗即回舟江陵时所作。白帝城,在今重庆奉节东白帝山上。2.江陵:在今湖北。3.啼不尽:瞿蜕园、朱金城《李白集校注》谓各本皆作"尽",清代选本有作"住"者,当为后人臆改。

【简评】这首诗抒发诗人遇赦而归的喜悦欢畅之情。"千里"和"一日",空间距离的遥远和时间的短暂形成鲜明对照,强化了对船行之快的感受。崇山峻岭倏忽而过,两岸猿声也被甩在身后。诗人借这如离弦之箭的小船,淋漓尽致地表达出他绝处逢生的欢畅心情。

清平调词三首[1]

其一

云想衣裳花想容,春风拂槛露华浓。[2]

若非群玉山头见,会向瑶台月下逢。[3]

【注释】1.清平调:乐府旧题。李白在长安供奉翰林时,适逢唐玄宗和杨贵妃在宫中观赏牡丹,李白奉诏写下这三首诗。2."云想"句:看到杨贵妃的衣服就想到了云朵,看到杨贵妃的面容就想到了花朵,极言贵妃之美。槛:栏杆。露华:露水似乎都有光彩。3.群玉山:神话中西王母所居之处,这里指仙山。瑶台:神话中西王母所居之宫。

【简评】诗以牡丹比花容,以云彩比衣裳,将杨贵妃的花容月貌、高雅华贵作了尽情渲染。

花承雨露,象征着人承恩泽,人和花浑融一体,美艳夺目。如此美艳,似乎已经不是人间所有。后两句以仙女来比贵妃,将读者带入仙山瑶台,亦真亦幻,美不胜收。

其二

一枝红艳露凝香,云雨巫山枉断肠。[1]

借问汉宫谁得似,可怜飞燕倚新妆。[2]

【注释】1.云雨巫山:用楚王在巫山遇神女事作喻。这句是说,让楚王深深思念的巫山神女也不如杨贵妃美貌。2.借问:请问。可怜:可爱。飞燕:指赵飞燕,是汉成帝的宠妃。

【简评】这一首还是以花喻人,花人交映。杨贵妃到底有多美呢?当年让楚王为之断肠的巫山神女,在贵妃面前黯然失色;汉成帝的宠妃赵飞燕,也须化好新妆,才能和美色天然的贵妃一比高下。以神比人,以古喻今,留给读者丰富的想象。

其三

名花倾国两相欢,常得君王带笑看。[1]

解释春风无限恨,沈香亭北倚阑干。[2]

——瞿蜕园、朱金城《李白集校注》卷五,上海古籍出版社 1980 年版

【注释】1.名花:指牡丹花。倾国:指杨贵妃。汉代李延年作歌说:"北方有佳人,绝世而独立。一顾倾人城,再顾倾人国。倾城与倾国,佳人难再得。"后世用倾城倾国指美女。2.解释:消释。沉香亭:在唐兴庆宫图龙池东。

【简评】这一首以唐玄宗的感受来写杨贵妃之美。伤春本是常有之恨,但相伴美人和名花,足以消解君王所有的愁恨。最后点出看花的地点在沉香亭,将君王、贵妃和名花融为一体,花光人面,情意缱绻,风流高雅,给读者以无穷的遐想。

· 杜 甫

杜甫(712—770)，字子美。祖籍湖北襄阳，出生于河南巩县，祖父是初唐诗人杜审言。杜甫早年漫游吴越，开元二十三年(735)举进士落第，漫游齐赵。玄宗天宝五载(746)，西入长安，求官不成，困居长安十年之久。四十四岁时，才得到一个看守兵甲器仗的小官。安史之乱爆发后，举家迁到鄜州羌村避难。后往灵武投奔唐肃宗，途中为叛军所俘。至德二载(757)赴凤翔，拜左拾遗。乾元二年(759)，杜甫弃官入蜀，在成都营造草堂，后世称"杜甫草堂"。宝应元年(762)，蜀地发生战乱，杜甫转徙于梓州、阆州，两年后归成都。后经老友剑南节度使严武举荐任检校工部员外郎，世称"杜工部"。严武死后，蜀中战乱，杜甫携家漂泊于四川、湖南一带。大历五年(770)，病死于湘江的一条船上。

杜甫深受儒家思想影响，抱有"致君尧舜上，再使风俗淳"的远大理想。一生关注社会现实，关心民生疾苦，积极用诗歌反映社会生活，后世有"诗史"之称。杜甫在诗歌方面，题材广泛，各体兼工。尤其是律诗，以格律精严、对仗工整而著称于世。杜诗具有"沉郁顿挫"的独特风格，艺术成就冠绝古今，后世有"诗圣"之称。有《杜工部集》。

望岳

岱宗夫如何？齐鲁青未了。[1]

造化钟神秀，阴阳割昏晓。[2]

荡胸生曾云，决眦入归鸟。[3]

会当凌绝顶，一览众山小。[4]

——萧涤非主编《杜甫全集校注》卷一，人民文学出版社 2013 年版

【注释】1.岱宗：泰山。泰山居五岳之首，故称岱宗。齐鲁：周王朝分封天下，齐国在泰山北，鲁国在泰山南，后泛指山东一带。2.造化：大自然。钟：聚集。阴阳：山南为阳，山北为阴。山南山北昏晓不同，极言泰山之高。3.曾(céng)：同"层"。眦(zì)：眼眶。4."一览"句：化用孟子"孔子登东山而小鲁，登泰山而小天下"(《孟子·尽心上》)之句。

【简评】此诗作于杜甫青年时代。全诗紧扣"望"字而写，由远及近，勾画出泰山高峻雄伟的壮观气势。首联，诗人在青绿郁茂、望不到边际的齐鲁大地，望见泰山突兀而起，给人以气势雄伟之感。中间两联具体表现泰山的雄伟高峻。尾联则表达自己的愿望：有一天一定要登上泰山绝顶，俯视群山。体现了青年杜甫乐观豪迈、积极

向上的精神气概。

赠卫八处士[1]

人生不相见，动如参与商。[2]

今夕复何夕，共此灯烛光。

少壮能几时，鬓发各已苍。[3]

访旧半为鬼，惊呼热中肠。

焉知二十载，重上君子堂。

昔别君未婚，儿女忽成行。

怡然敬父执，问我来何方。[4]

问答乃未已，儿女罗酒浆。

夜雨剪春韭，新炊间黄粱。[5]

主称会面难，一举累十觞。[6]

十觞亦不醉，感子故意长。[7]

明日隔山岳，世事两茫茫。

——萧涤非主编《杜甫全集校注》卷五，人民文学出版社 2013 年版

【注释】1.卫八：身世不详。处士：隐士。2.动：动辄，往往。参与商：参星和商星。参星居西，商星居东，此出彼没，永不相见。3.苍：灰白色。4.父执：父亲的挚友。5.间：搀和。黄粱：黄小米。6.觞：酒杯。7.故意：老友的情意。

【简评】诗从人生重逢之难写起，与卫八处士重逢的欣喜之情溢于言表。"访旧半为鬼，惊呼热中肠"，生动地表达了老友重逢的感慨之情。用昔日故人多已去世和卫八儿女成行相对比，平增了人生无常、世事沧桑之感。"夜雨剪春韭"之句，千载之前的农家生活如在目前。而"明日隔山岳，世事两茫茫"的感慨，给读者留下了无尽的怅惘之情。诗歌生动地描绘了"老友重逢"这一人生经历，抒发了人生别易会难的真实感受，感情真挚，语言朴实，凡有此经历者，皆可引起共鸣。

梦李白二首

死别已吞声，生别常恻恻。[1]

江南瘴疠地，逐客无消息。[2]

故人入我梦，明我长相忆。

恐非平生魂，路远不可测。[3]

魂来枫林青，魂返关塞黑。

君今在罗网，何以有羽翼。[4]

落月满屋梁，犹疑照颜色。[5]

水深波浪阔，无使蛟龙得。[6]

【注释】1.吞声：无声地悲泣。恻恻：悲伤。2.瘴疠地：瘴气瘟疫流行的地方。逐客：指李白。3.平生魂：活着的魂魄。4.在罗网：指李白获罪流放，如鱼鸟陷入罗网。5.颜色：指李白的容颜。6.这两句是希望李白多加小心，不要被人陷害。

【简评】李白与杜甫两位大诗人有着深厚的友谊。唐肃宗乾元元年(758)李白因参加永王李璘的军事行动，被流放夜郎(今贵州桐梓县)，后遇赦而回。杜甫远在秦州，不知李白赦还，忧思成梦，写下两首《梦李白》。这是第一首，因为李白没有消息，安危难测而相忆更深。从故人入梦落笔，恍恍惚惚，亦幻亦真，表现了诗人对朋友深厚的情意和殷切的思念。

其二

浮云终日行，游子久不至。[1]

三夜频梦君，情亲见君意。

告归常局促，苦道来不易。[2]

江湖多风波，舟楫恐失坠。

出门搔白首，若负平生志。

冠盖满京华，斯人独憔悴。[3]

孰云网恢恢，将老身反累。[4]

千秋万岁名，寂寞身后事。[5]

——萧涤非主编《杜甫全集校注》卷五，人民文学出版社 2013 年版

【注释】1.游子:指李白。2.局促:匆促不安的样子。3.冠盖:帽子和车盖,借指达官贵人。斯人:指李白。4. 网恢恢:《老子》说"天网恢恢,疏而不失",此处指法网。恢恢:宽广而难以捉摸。这句是说,谁说天网宽疏,可是对你却过于严峻。5.身后:身死之后。

【简评】夜梦故人,引起了诗人的无限牵念之情。想到故人的不平遭际,诗人无限感叹。"冠盖满京华,斯人独憔悴",是对李白怀才不遇的同情和哀伤;"千秋万岁名,寂寞身后事",则寄托了诗人对李白的高度评价和深沉感慨。

奉赠韦左丞丈二十二韵[1]

纨袴不饿死，儒冠多误身。[2]

丈人试静听，贱子请具陈。[3]

甫昔少年日，早充观国宾。[4]

读书破万卷，下笔如有神。

赋料扬雄敌，诗看子建亲。[5]

李邕求识面，王翰愿卜邻。[6]

自谓颇挺出，立登要路津。[7]

致君尧舜上，再使风俗淳。[8]

此意竟萧条，行歌非隐沦。[9]

骑驴三十载，旅食京华春。

朝扣富儿门，暮随肥马尘。

残杯与冷炙，到处潜悲辛。

主上顷见征，欻然欲求伸。[10]

青冥却垂翅，蹭蹬无纵鳞。[11]

甚愧丈人厚，甚知丈人真。

每于百僚上，猥诵佳句新。[12]

窃效贡公喜，难甘原宪贫。[13]

焉能心怏怏，只是走踆踆。[14]

今欲东入海，即将西去秦。[15]

尚怜终南山，回首清渭滨。

常拟报一饭，况怀辞大臣。[16]

白鸥没浩荡，万里谁能驯？[17]

——萧涤非主编《杜甫全集校注》卷二，人民文学出版社 2013 年版

【注释】1.韦左丞：尚书左丞韦济。2.纨袴：指富贵人家子弟。儒冠：戴儒家帽子的人，儒

生。3. 丈人:对长辈的尊称,这里指韦济。贱子:杜甫自称。4. "甫昔"句:指开元二十三年(735)杜甫在洛阳参加进士考试,作为宾客,观看到国家的盛德光辉。5. 扬雄:东汉著名辞赋家。子建:曹植,字子建,曹魏时期的著名诗人。6. 李邕:唐代著名文人,曾任北海郡太守。王翰:唐代著名诗人。7. 挺出:杰出。要路津:指重要职位。8. 尧舜:传说中上古的圣君。9. 萧条:指理想落空。10. 欻(xū)然:忽然,一下子,指时间快。欲求伸:希望得到君主的重用。11. 蹭蹬:路途险阻难行,比喻人生困顿不顺。12. 猥:谦辞,犹言辱。13. 贡公:西汉人贡禹,与王吉为友,闻吉显贵,高兴得弹冠相庆,认为自己也将出头。这里杜甫说自己也曾自比贡禹,期待韦济能荐拔自己。难甘:难以甘心忍受。原宪:孔子的学生,以贫穷出名。14. 怏怏:不高兴,不满意。踆(cūn)踆:迟疑不前的样子。15. 东入海:避世隐居。孔子曾言:"道不行,乘桴浮于海。"16. 报一饭:报答一饭之恩。用了春秋时灵辄报答赵宣子,汉代韩信报答漂母的故事。辞大臣:辞别韦济。17. 白鸥:诗人自比。

【简评】杜甫自述生平,从中可知杜甫年轻时因自己的杰出才华而颇为自负,困守长安时期的困顿情景也跃然纸上。"致君尧舜上,再使风俗淳"是诗人远大的理想和抱负,也是其终生关心国家和社会的内在动力。全诗直抒胸臆而又情真意厚,既是自我剖白,也表达了对韦济的感激之情。

自京赴奉先县咏怀五百字[1]

杜陵有布衣，老大意转拙。[2]

许身一何愚，窃比稷与契。[3]

居然成濩落，白首甘契阔。[4]

盖棺事则已，此志常觊豁。[5]

穷年忧黎元，叹息肠内热。[6]

取笑同学翁，浩歌弥激烈。

非无江海志，潇洒送日月。

生逢尧舜君，不忍便永诀。

当今廊庙具，构厦岂云缺。[7]

葵藿倾太阳，物性固莫夺。[8]

顾惟蝼蚁辈，但自求其穴。

胡为慕大鲸，辄拟偃溟渤。[9]

以兹悟生理，独耻事干谒。[10]

兀兀遂至今，忍为尘埃没。[11]

终愧巢与由，未能易其节。[12]

沉饮聊自遣，放歌颇愁绝。

岁暮百草零，疾风高冈裂。

天衢阴峥嵘，客子中夜发。[13]

霜严衣带断，指直不得结。

凌晨过骊山，御榻在嵽嵲。[14]

蚩尤塞寒空，蹴踏崖谷滑。[15]

瑶池气郁律，羽林相摩戛。[16]

君臣留欢娱，乐动殷胶葛。[17]

赐浴皆长缨，与宴非短褐。[18]

彤庭所分帛，本自寒女出。[19]

鞭挞其夫家，聚敛贡城阙。

圣人筐篚恩，实欲邦国活。[20]

臣如忽至理，君岂弃此物。

多士盈朝廷，仁者宜战栗。[21]

况闻内金盘，尽在卫霍室。[22]

中堂舞神仙，烟雾蒙玉质。[23]

暖客貂鼠裘，悲管逐清瑟。

劝客驼蹄羹，霜橙压香橘。

朱门酒肉臭，路有冻死骨。

荣枯咫尺异，惆怅难再述。

北辕就泾渭，官渡又改辙。

群冰从西下，极目高崒兀。[24]

疑是崆峒来，恐触天柱折。[25]

河梁幸未拆，枝撑声窸窣。[26]

行旅相攀援，川广不可越。

老妻既异县，十口隔风雪。

谁能久不顾，庶往共饥渴。[27]

入门闻号啕，幼子饥已卒。

吾宁舍一哀，里巷亦呜咽。[28]

所愧为人父，无食致夭折。

岂知秋禾登，贫窭有仓卒。[29]

生常免租税，名不隶征伐。

抚迹犹酸辛，平人固骚屑。[30]

默思失业徒，因念远戍卒。

忧端齐终南，澒洞不可掇。[31]

——萧涤非主编《杜甫全集校注》卷三，人民文学出版社 2013 年版

【注释】1. 诗题下有原注:"天宝十四载十一月初作。"京:首都长安。奉先县:今陕西蒲城。2.杜陵:在长安城东南。杜甫祖籍杜陵,因此常自称少陵野老或杜陵布衣。布衣:平民。拙:这里指执着,不知变通。3. 稷与契:传说中辅佐舜的两位大臣。4. 濩(huò)落:廓落,大而无用,这里指理想无法实现。契阔:辛勤劳苦。5. 觊豁:希望实现。6. 穷年:终年。黎元:老百姓。7. 廊庙具:治国之才。构厦:构建大厦,比喻治理国家。8. 葵:向日葵。藿:植物名,一年生草本,夏天开黄色蝶形花。莫夺:一作"难夺"。9. 溟渤:大海。10.生理:生计。干谒:为谋求禄位而请见当权的人。11. 兀兀:独立,不求人。尘埃没:指被埋没,没有获得仕进的机会。12. 巢与由:巢父、许由都是尧时的隐士。易:改变。13. 天衢:京城的街道。客子:诗人自指。14. 嶻(dì)嶭(niè):形容山高,此指骊山。15. 蚩尤:黄帝与蚩尤作战,蚩尤作大雾。后人以蚩尤代指大雾。蹴(cù)踏:踩踏。16. 瑶池:传说中的仙境,此指骊山温泉。气郁律:温泉热气蒸腾。羽林:皇帝的禁卫军。摩戛:武器相碰撞。17. 殷:盛,多。胶葛:广大貌。这句是说乐声响彻云霄。18.长缨:高官戴的帽子,借指权贵。短褐:粗布短衣,借指平民百姓。19. 彤庭:朝廷。20. 圣人:指皇帝。筐篚:两种盛物器具。古代皇帝以筐、篚盛物赏赐大臣。21.多士:指朝廷众臣。"仁者"句:意谓仁者想到朝廷人才济济,不知自己能否为国效力,应当感到十分惶恐不安。22.内金盘:内,指宫内。金盘,代指高贵的用具。卫霍室:西汉的卫青、霍去病为皇帝外戚,此处代指杨国忠兄妹。23.烟雾:形容舞女的衣服像烟雾一样轻盈。24. 高崒兀:崒兀,山高貌,此句形容河中冰凌高耸。25. 崆峒:山名,在今甘肃平凉。天柱:古代神话说,天的四角都有柱子支撑,叫天柱。此句形容冰水汹涌,有天崩地裂之感。26. 梁:桥。枝撑:桥的支柱。窸窣(xī sū):象声词,形容轻微细碎之声。27. 庶:希望。28."吾宁"句:即使我想自我安慰,不去悲痛,可邻居们都已经在呜咽啼哭了,我怎能不悲痛呢? 29. 登:谷物成熟。贫窭(jù):贫穷。仓卒:此指意外的不幸。30.骚屑:愁苦。31.终南:指终南山。澒(hòng)洞:广大的样子。掇:收拾。

【简评】此诗首先自叙平生理想,"穷年忧黎元,叹息肠内热"是诗人忧国忧民的自我写照。继写归家途中路过骊山,听到山上传来的音乐之声,联想到家国责任,发出"朱门酒肉臭,路有冻死骨"的深沉感慨。最后,诗人回到家中,看到幼子饿死的惨况,引起深刻的思考,表达了对平民百姓的担忧和同情。全诗剖析自我,关心国家,将个人的遭遇与国家、百姓紧密相连,这是杜甫身上的可贵品质。

寄韩谏议注[1]

今我不乐思岳阳，身欲奋飞病在床。

美人娟娟隔秋水，濯足洞庭望八荒。[2]

鸿飞冥冥日月白，青枫叶赤天雨霜。[3]

玉京群帝集北斗，或骑麒麟翳凤凰。[4]

芙蓉旌旗烟雾乐，影动倒景摇潇湘。[5]

星宫之君醉琼浆，羽人稀少不在旁。[6]

似闻昨者赤松子，恐是汉代韩张良。[7]

昔随刘氏定长安，帷幄未改神惨伤。[8]

国家成败吾岂敢，色难腥腐餐风香。[9]

周南留滞古所惜，南极老人应寿昌。[10]

美人胡为隔秋水，焉得置之贡玉堂。[11]

——萧涤非主编《杜甫全集校注》卷十六，人民文学出版社 2013 年版

【注释】 1.韩谏议：即韩注，曾任谏议大夫。2.美人：多用以比喻君子，此指韩注。娟娟：美好的样子。濯：洗。洞庭：指洞庭湖。八荒：八方极远之地。3.冥冥：高远难见的样子。这句是说，韩注已经归隐。雨（yù）霜：下霜。4.玉京：玉京山，道教认为是天的中心。群帝：众仙人。或：有的。翳（yì）：遮蔽。5.芙蓉旌旗：指仙人所用仪仗。乐：一作"落"。潇湘：潇水和湘水，在湖南境内。6.星宫之君：星神。琼浆：仙酒。羽人：穿羽衣的仙人。7.赤松子：传说中的仙人名。韩张良：张良字子房，是汉代开国功臣，因为他是战国时期韩国人，所以称韩张良，这里用以比韩注。8."昔随"句：指当年张良辅佐刘邦建立汉王朝。帷幄：指张良，史书称张良能够"运筹帷幄之中，决胜千里之外"。9."国家"句：国家的治乱安危我怎么敢坐视不管呢？色难：面有难色。腥腐：指腐败邪恶的势力。风香：一作"枫香"。10.周南留滞：指司马迁的父亲司马谈因病没能参加汉武帝在泰山举行的封禅大典，留在周南（今洛阳），引以为憾。这里比喻韩注不能为国家出力。南极老人：星名，即老人星，古人认为是长寿和兴盛的象征，这里比喻韩注。11.胡为：为何。贡：献。玉堂：指朝廷。

【简评】 韩注曾任谏议大夫，后被贬岳阳，遂有隐居之意。诗人以美人、羽人、赤松子、张良、司马谈、南极老人等一系列意象对他进行了比附，希望韩注为国效力。诗笔空灵缥缈、变化无端，尤其是其中对游仙情景的描写，极富浪漫色彩。

丹青引[1]

将军魏武之子孙，于今为庶为清门。[2]

英雄割据虽已矣，文采风流今尚存。[3]

学书初学卫夫人，但恨无过王右军。[4]

丹青不知老将至，富贵于我如浮云。[5]

开元之中常引见，承恩数上南薰殿。[6]

凌烟功臣少颜色，将军下笔开生面。[7]

良相头上进贤冠，猛将腰间大羽箭。[8]

褒公鄂公毛发动，英姿飒爽来酣战。[9]

先帝天马玉花骢，画工如山貌不同。[10]

是日牵来赤墀下，迥立阊阖生长风。[11]

诏谓将军拂绢素，意匠惨澹经营中。[12]

斯须九重真龙出，一洗万古凡马空。[13]

玉花却在御榻上，榻上庭前屹相向。

至尊含笑催赐金，圉人太仆皆惆怅。[14]

弟子韩幹早入室，亦能画马穷殊相。[15]

幹惟画肉不画骨，忍使骅骝气凋丧。[16]

将军画善盖有神，必逢佳士亦写真。

即今漂泊干戈际，屡貌寻常行路人。

途穷反遭俗眼白，世上未有如公贫。

但看古来盛名下，终日坎壈缠其身。[17]

——萧涤非主编《杜甫全集校注》卷十一，人民文学出版社 2013 年版

【注释】1.题下原注："赠曹将军霸"。丹青：本指绘画颜料，这里指绘画。引：一种诗歌体裁。2.魏武：指魏武帝曹操。庶：平民。曹霸在玄宗末年获罪，被贬为庶民。清门：寒门。3.英雄割据：指曹操在汉末统一北方。文采风流：指建安时期，曹氏父

子能诗善文,有很高的文化修养。4.书:书法。卫夫人:名烁,东晋著名女书法家,王羲之曾向她学书法。王右军:即东晋著名书法家王羲之,字逸少,曾任右军将军。5."丹青"句:指曹霸专心绘画,不知老之将至。"富贵"句,是说曹霸轻视富贵。语出《论语·述而》:"不义而富且贵,于我如浮云。"6.常引见:常被皇帝召见。南薰殿:在唐皇宫兴庆宫内。7.凌烟功臣:凌烟是凌烟阁的简称,唐太宗曾命阁立本画二十四功臣像于其中。开生面:重画功臣像,使其更生动。8.进贤冠:唐代文臣儒士戴的礼帽。大羽箭:唐太宗特制的一种大杆长箭。9.褒公鄂公:指褒国公段志玄、鄂国公尉迟敬德,二人都是凌烟阁所画功臣。10.先帝:指唐玄宗。玉花骢(cōng):唐玄宗的名马。11.是日:这一天。赤墀(chí):宫殿中的红色台阶。迥立:昂首站立。阊(chāng)阖(hé):本意指神话中的天宫门,这里指宫殿大门。生长风:马站立的地方似乎有风生出,形容马的威武。12.意匠:构思。惨澹(dàn)经营:苦心设计。13.斯须:片刻。九重:指皇宫。14.至尊:皇帝。圉(yǔ)人:负责养马的人。太仆:掌管皇帝车马的官。惆怅:因画中的马太有神态,赛过真马而怅然若失。15.韩幹:最初师从曹霸,以画马著称,也是著名画家。入室:学生得到老师真传,称为入室。穷殊相:画尽各种不同的形态。16.骅骝(huá liú):传说是周穆王的八骏之一,这里泛指名马。气凋丧:丧失生气。17.坎壈(lǎn):困顿、不得志。这两句是说,自古以来负有盛名的人,往往都是困顿不得志的。

【简评】开篇追叙曹霸家世以及早年师承,强调其轻视名利的品格。曹霸是深受玄宗宠幸的名画家,杜甫抓住他当年描画凌烟阁功臣,以及为玄宗御马玉花骢画像这两个主要事迹,浓墨重彩地突出了他非凡的绘画技艺。最后诗人以苍凉悲壮的笔调,铺叙安史之乱后曹霸流落民间的落魄境地。末句发为咏叹,既有对曹霸的宽慰,也有诗人对自身境遇的无限感慨之情,能让一切怀才不遇、困顿失意的仁人志士产生强烈共鸣。

古柏行

孔明庙前有老柏,柯如青铜根如石。[1]

霜皮溜雨四十围,黛色参天二千尺。[2]

君臣已与时际会,树木犹为人爱惜。[3]

云来气接巫峡长,月出寒通雪山白。[4]

忆昨路绕锦亭东,先主武侯同閟宫。[5]

崔嵬枝干郊原古,窈窕丹青户牖空。[6]

落落盘踞虽得地,冥冥孤高多烈风。[7]

扶持自是神明力,正直元因造化功。[8]

大厦如倾要梁栋,万牛回首丘山重。[9]

不露文章世已惊,未辞剪伐谁能送。[10]

苦心岂免容蝼蚁,香叶曾经宿鸾凤。[11]

志士幽人莫怨嗟,古来材大难为用。

——萧涤非主编《杜甫全集校注》卷十二,人民文学出版社 2013 年版

【注释】1. 孔明庙:这里指夔州诸葛亮庙。柯:枝干。2.霜皮:象霜一样白的树皮。一人合抱为围。黛色:青黑色。3.君臣:指刘备和诸葛亮。际会:遇合。4.“云来”句:古柏气接巫峡,极言其气势雄伟。雪山:即西岭,岷山主峰。5.锦亭:成都杜甫草堂附近的亭子,因在锦江附近,故称锦亭。閟(bì)宫:指祠庙。成都昭烈(刘备)庙和武侯(诸葛亮)祠连在一起,故云“同閟宫”。6.崔嵬:高大的样子。窈窕:幽深的样子。丹青:庙内的绘画。户牖空:室内空虚。牖,窗户。7.落落:独立挺拔。得地:得其所在。冥冥:天空高远的样子。8.元:原本。9.“万牛”句:古柏重如丘山,万牛都拉不动它。10.不露文章:指古柏没有美丽的枝叶。文章:色彩美丽。“未辞”句:古柏虽然不怕被砍伐,但是谁能运送它去做栋梁呢。比喻栋梁之材虽想为世所用,但没有机会。11.“苦心”句:柏树木心味苦,但仍不免为蝼蚁所伤。蝼蚁:喻小人。鸾凤:鸾鸟和凤凰。比喻贤人。

【简评】杜甫流寓四川,对诸葛亮极为景仰。诗因孔明庙前古柏而发端起情,笔笔不离古柏,既有实写也有虚写,虚实结合,突出了古柏的恢弘气度。诗寓抒怀于咏物之中,借古柏表达了对刘备与诸葛亮君臣调合的感慨之情。结尾感叹“大材难用”,表达了诗人强烈的世事之感、身世之悲以及怀才不遇的深沉感愤。

观公孙大娘弟子舞剑器行并序[1]

大历二年十月十九日，[2] 夔府别驾元持宅，[3] 见临颍李十二娘舞《剑器》，[4] 壮其蔚跂。[5] 问其所师，曰："余，公孙大娘弟子也。"开元五载，[6] 余尚童稚，记于郾城观公孙氏舞《剑器浑脱》。[7] 浏漓顿挫，[8] 独出冠时。自高头宜春、梨园二伎坊内人，泊外供奉，[9] 晓是舞者，圣文神武皇帝初，[10] 公孙一人而已。玉貌锦衣，况余白首。[11] 今兹弟子，亦匪盛颜。[12] 既辨其由来，知波澜莫二。[13] 抚事慷慨，聊为《剑器行》。往者吴人张旭善草书书帖，[14] 数尝于邺县见公孙大娘舞《西河剑器》，[15] 自此草书长进，豪荡感激，即公孙可知矣！

> 昔有佳人公孙氏，一舞剑器动四方。
>
> 观者如山色沮丧，天地为之久低昂。
>
> 㸌如羿射九日落，矫如群帝骖龙翔。[16]
>
> 来如雷霆收震怒，罢如江海凝清光。
>
> 绛唇珠袖两寂寞，况有弟子传芬芳。[17]
>
> 临颍美人在白帝，妙舞此曲神扬扬。[18]
>
> 与余问答既有以，感时抚事增惋伤。[19]
>
> 先帝侍女八千人，公孙剑器初第一。[20]
>
> 五十年间似反掌，风尘澒洞昏王室。[21]
>
> 梨园弟子散如烟，女乐余姿映寒日。[22]
>
> 金粟堆南木已拱，瞿塘石城草萧瑟。[23]
>
> 玳筵急管曲复终，乐极哀来月东出。[24]
>
> 老夫不知其所往，足茧荒山转愁疾。[25]

——萧涤非主编《杜甫全集校注》卷十八，人民文学出版社 2013 年版

【注释】1.公孙大娘：开元年间著名舞蹈艺人。剑器：唐代的一种舞蹈，手持剑器而舞。2.大历二年：公元 767 年。3.夔府：夔州，唐代曾经设州府，在今重庆奉节。别驾：刺史佐官。元持：其人不详。4.临颍：在今河南。5.蔚跂：形容舞姿矫健。6.开元五载：公元 717 年。"五"，一作"三"。7.郾城：在今河南。浑脱：舞蹈名。8.浏漓顿挫：形容舞姿富于节奏。9.高头：前头，指在皇帝面前。宜春、梨园：唐玄宗时演

习乐舞的地方。伎坊:教坊,教演音乐舞蹈的地方。内人:指梨园弟子。洎(jì):及。外供奉:设于宫外的教坊。10.圣文神武皇帝:唐玄宗的尊号。11."玉貌锦衣,况余白首"两句:想起当年公孙大娘容颜俊美,衣饰华丽,今已不在,而自己也已经白了头发。12.匪:非,不是。13.波澜莫二:一脉相承,没有两样。14.张旭:唐代书法家,善草书。15.邺县:今属河南安阳。西河剑器:剑器舞中的一种。16.爉:金光闪烁。羿射九日:传说尧时十日并出,草木枯焦,尧命羿射落九个太阳。矫:身姿矫健。群帝:天上众仙。骖龙翔:驾龙飞翔。17.况有:一作"晚有"。18.临颍美人:指李十二娘。白帝:白帝城,在夔州。19.既有以:有其缘由。指序中"既辨其由来"之意。20.先帝:指唐玄宗。初第一:本为第一。21.风尘澒洞:风尘,指战乱。澒洞,漫无边际。22.女乐余姿:指李十二娘仍有当年的风姿。映寒日:李十二娘舞剑器是在十月,所以说"映寒日"。23.金粟堆:陕西蒲城东北金粟山唐玄宗的陵墓。木已拱:两手合抱。瞿塘石城:白帝城。夔州近瞿塘峡。24.玳筵:精美的筵席。25.老夫:作者自指。其:自指。这两句是说,离开了元持宅,我不知道自己该向何处去。用生了茧的脚走在荒山上,又担心走得太快。意谓自己不忍离去。

【简评】本篇描写观看公孙大娘及其弟子李十二娘的剑舞,描摹细腻,笔势飞动。诗的主旨在于借剑舞起情,由李十二娘到公孙大娘,再到玄宗,感时抚事,咏叹开元、天宝以来五十年的治乱兴衰,暗寓个人的身世之悲,带给读者无限落寞悲凉的感触。

兵车行[1]

车辚辚，马萧萧，行人弓箭各在腰。[2]

耶娘妻子走相送，尘埃不见咸阳桥。[3]

牵衣顿足拦道哭，哭声直上干云霄。

道旁过者问行人，行人但云点行频。[4]

或从十五北防河，便至四十西营田。[5]

去时里正与裹头，归来头白还戍边。[6]

边亭流血成海水，武皇开边意未已。[7]

君不闻，汉家山东二百州，千村万落生荆杞。[8]

纵有健妇把锄犁，禾生陇亩无东西。[9]

况复秦兵耐苦战，被驱不异犬与鸡。[10]

长者虽有问，役夫敢申恨？[11]

且如今年冬，未休关西卒。[12]

县官急索租，租税从何出？[13]

信知生男恶，反是生女好；

生女犹是嫁比邻，生男埋没随百草。[14]

君不见，青海头，古来白骨无人收。[15]

新鬼烦冤旧鬼哭，天阴雨湿声啾啾。[16]

——萧涤非主编《杜甫全集校注》卷一，人民文学出版社 2013 年版

【注释】1.兵车行：此诗和下面的《丽人行》都是杜甫自创的新题乐府。2.辚辚：车轮滚动的声音。萧萧：马鸣的声音。行人：出征的战士。3.耶：同"爷"，父亲。妻子：妻子和儿女。咸阳桥：即渭桥，在长安西北。4.点行：按户籍名册强行征调入伍。频：频繁。5.或：有的人。北防河：在黄河以北驻防。西营田：在河西营田。营田：即屯田，指驻守边防的战士，兼做垦荒工作。6.里正：唐制每百户为一里，设里正一人，管理农桑、赋役、户籍等事情。7.武皇：指汉武帝，这里借指唐玄宗。开边：以武力拓展疆土。8.山东二百州：唐代华山以东共有二百十七州，这里举其整数。荆杞：荆棘等灌木丛。9.陇亩：田亩。无东西：指地里的庄稼长得不成行列。10.秦兵：指陕西一带的兵丁。11.敢申恨：岂敢申诉内心的怨恨。12.关西卒：函谷

关以西的士卒。这句是说,因连年征战,本应回来换休的关西卒也没有回来。13.县官:古代天子称县官,这里指朝廷。14.犹是:一作"犹得"。15.青海头:青海边。唐代多在青海附近与吐蕃打仗。16.啾啾:这里形容呜咽抽泣的声音。

【简评】此诗主题在于揭露唐王朝连年征战,穷兵黩武,给百姓造成的深重灾难。诗人抓住出征送行的典型场面,将生离死别、妻离子散的场景展现在读者面前。以朴实的语言,深沉的感情,揭露了战争带给人民的痛苦,将批判的矛头直指最高统治者,表现了诗人忧心国事、同情百姓的爱国情怀。

丽人行

三月三日天气新,长安水边多丽人。¹

态浓意远淑且真,肌理细腻骨肉匀。²

绣罗衣裳照暮春,蹙金孔雀银麒麟。³

头上何所有,翠为匎叶垂鬓唇。⁴

背后何所见,珠压腰衱稳称身。⁵

就中云幕椒房亲,赐名大国虢与秦。⁶

紫驼之峰出翠釜,水精之盘行素鳞。⁷

犀箸厌饫久未下,鸾刀缕切空纷纶。⁸

黄门飞鞚不动尘,御厨络绎送八珍。⁹

箫鼓哀吟感鬼神,宾从杂遝实要津。¹⁰

后来鞍马何逡巡,当轩下马入锦茵。¹¹

杨花雪落覆白蘋,青鸟飞去衔红巾。¹²

炙手可热势绝伦,慎莫近前丞相嗔。¹³

——萧涤非主编《杜甫全集校注》卷二,人民文学出版社 2013 年版

【注释】1.三月三日:古代的上巳节,这天人们到水边祭祀,除灾求福,后来演变成游春宴饮的节日。长安水边:长安城东南有曲江,是当时人们的游览胜地。2.态浓意远:姿态艳丽,神情高雅。肌理细腻:皮肤细腻柔滑。骨肉匀:体态匀称。3.绣罗衣裳:有刺绣的丝绸衣服。蹙(cù):一种刺绣的方法。金孔雀:用金线绣的孔雀。银麒麟:用银线绣的麒麟。4.翠:翠玉片。匎(è)叶:女子的头饰。鬓唇:鬓边。5.珠

压腰衱：上面缀有珍珠的裙腰带。稳称身：衣服妥贴合身。6.就中：其中。云幕：画有云彩的帐幕，指宫殿。椒房：古代皇后居住的宫殿以花椒和泥涂墙，后以椒房指皇后。云幕椒房亲：后妃亲属，这里指杨贵妃姊妹。虢与秦：杨贵妃得宠后，她的三个姐姐都封为国夫人，大姐封韩国夫人，三姐封虢国夫人，八姐封秦国夫人。7.紫驼之峰：骆驼峰上的肉，是当时的一道名菜。翠釜：精致的锅。水精：即水晶。行：传送。素鳞：白色的鱼。8.犀箸：犀牛角做的筷子。厌饫(yù)：吃腻了。鸾刀：柄上带有铃铛的刀。缕切：细切。空纷纶：白忙一阵子。9.黄门：宦官的通称。飞鞚：快马飞驰。鞚：马勒头。不动尘：形容马跑得快。八珍：泛指各种珍稀菜肴。10.宾从：宾客。杂遝(tà)：纷乱。要津：代指有权有势的人。11.后来鞍马：最后骑马来的人，指杨国忠。逡巡：本意是徘徊，这里用来形容杨国忠趾高气昂的样子。当轩下马：直到车前才下马。锦茵：锦制的地毯。12.杨花雪落：曲江多杨柳，暮春杨花飘落如雪。前人认为这句是暗喻杨国忠与虢国夫人的暧昧关系。青鸟：神话中为西王母传递消息的神鸟，后用以指男女之间的信使。红巾：红手帕。这句是说杨氏兄妹暗通消息。13.炙手可热：比喻杨家气焰逼人。势绝伦：权势无人可比。丞相：指杨国忠。嗔：恼怒。

【简评】此诗从三月三日上巳节长安水边丽人游宴写起，详细描摹了杨家兄妹骄奢淫逸的生活，曲折地反映了皇帝的昏庸和朝政的腐败。诗人以严肃认真的态度描摹杨氏姊妹豪华奢华的服饰和饮食，笔触精工细腻，生动逼真。此诗没有一语涉及讽刺，但深刻的批判和讽刺已经跃然纸上。

春望[1]

国破山河在，城春草木深。[2]

感时花溅泪，恨别鸟惊心。[3]

烽火连三月，家书抵万金。[4]

白头搔更短，浑欲不胜簪。[5]

——萧涤非主编《杜甫全集校注》卷三，人民文学出版社 2013 年版

【注释】1.此诗作于至德二载(757)三月，当时安禄山叛军已占领长安。2.国破：指长安沦陷。山河在：山河依旧。草木深：草木茂盛。3."感时"句：感叹国事，泪水溅在花上。怨恨别离，听到鸟鸣也感到心惊。4.烽火：指战火。家书：家信。抵：值。5.浑欲：犹言简直。胜：承受。

【简评】长安被安史叛军占领后，诗人身陷城中。春光美好的季节，却到处是茂盛的草木，昔日繁华的首都满是破败荒凉的景象。目睹此景，引起了诗人深沉的亡国之痛。

"感时花溅泪,恨别鸟惊心"一联,以花鸟寄托感时伤别之情,借景抒情,对仗工整,慷慨沉重,含蕴丰富,是杜诗中的名句。

月夜[1]

今夜鄜州月,闺中只独看。[2]

遥怜小儿女,未解忆长安。

香雾云鬟湿,清辉玉臂寒。

何时倚虚幌,双照泪痕干。[3]

——萧涤非主编《杜甫全集校注》卷三,人民文学出版社 2013 年版

【注释】1.天宝十五载(756)五月,杜甫携家避难于鄜州。八月,只身投奔唐肃宗,途中被叛军俘获,滞留于长安。此诗是杜甫在长安思念家人而作。2.鄜州:今陕西富县。闺中:此处指妻子。3.虚幌:指帷幔。这两句是说,何时才能和妻子团聚,双双倚着帷幔看月,不再流泪。

【简评】这首诗抒发对妻子儿女的思念之情。不写自己如何思念,却从对方落墨,悬想妻子思念自己。以儿女的不解忆,更显妻子思念之情的深沉。末句以"双照"对应前面的"独看",表达了诗人盼望团聚的心情。

春宿左省[1]

花隐掖垣暮,啾啾栖鸟过。[2]

星临万户动,月傍九霄多。[3]

不寝听金钥,因风想玉珂。[4]

明朝有封事,数问夜如何。[5]

——萧涤非主编《杜甫全集校注》卷四,人民文学出版社 2013 年版

【注释】1.宿:值夜。左省:指门下省。2.掖垣:宫墙。3.九霄:本指九天,这里指宫殿。4.金钥:开启殿门的钥匙声响。玉珂:挂在马笼头上的玉饰品。这句是说,想象早上百官骑马鸣珂入朝的情景。5.封事:臣子上书奏事,装在密封的袋子里,以防泄

漏机密。数(shuò):屡次。

【简评】此诗前二联写左省夜色,描摹生动传神,对仗工整妥帖,"月傍九霄多"含有颂扬天子的味道。后二联写自己值夜时的心情,用"听""想""问"几个动词,刻画难以入眠的自我形象,表现了自己勤于国事、忠于职守的精神。

至德二载,甫自京金光门出,间道归凤翔。乾元初,从左拾遗移华州掾,与亲故别,因出此门,有悲往事[1]

此道昔归顺,西郊胡正繁。[2]

至今残破胆,应有未招魂。[3]

近侍归京邑,移官岂至尊。[4]

无才日衰老,驻马望千门。[5]

——萧涤非主编《杜甫全集校注》卷五,人民文学出版社 2013 年版

【注释】1.至德二载:公元 757 年。金光门:长安外城有三座门,中间是金光门。间道:小路。乾元:唐肃宗年号,公元 758－760 年。移:这里是贬官的意思。华州:今属陕西省渭南市。掾:属官。2.此道:指金光门。归顺:指杜甫投奔唐肃宗事。西郊:长安城西门外。胡:叛军。3.残破胆:一作"犹破胆"。未招魂:意谓魂不守舍,心有余悸。4.近侍:皇帝跟前的官,指左拾遗。作者至德二载到凤翔任左拾遗,同年十月随肃宗还长安。"移官"句:意谓这次被贬到华州任职不可能是肃宗的本意。这里是反语,含有对肃宗的牢骚。5.驻马:停马。千门:千门万户。

【简评】安史之乱中,杜甫被叛军俘获,关在长安。至德二载,他从长安金光门出城,由小路逃至凤翔见唐肃宗,被任命为左拾遗。乾元元年(758)因上疏营救好友房琯而得罪,被贬为华州司功参军,恰好又从金光门出城。作者感慨今昔,写下此诗。诗人睹物生情,追念往事,抒发了自己忠于朝廷却无辜被贬的牢骚不平。"无才"句,自伤自叹。"驻马"句,用一个"望"字,将诗人深沉抑郁,满怀凄凉的形象瞬间凝固于纸上,获得了永久的艺术魅力。

月夜忆舍弟[1]

戍鼓断人行,边秋一雁声。[2]

露从今夜白,月是故乡明。[3]

有弟皆分散,无家问死生。

寄书长不达,况乃未休兵。

——萧涤非主编《杜甫全集校注》卷六,人民文学出版社 2013 年版

【注释】 1.舍弟:家弟。2.戍鼓:戍楼上的更鼓,鼓后禁止行人通行。边秋:一作"秋边"。一雁:孤雁。古人以雁行喻兄弟。一雁,暗喻兄弟分散。3."露从"句:此诗可能写于白露节。

【简评】 诗以望月怀人为主题,深情无限,含蓄蕴藉。"露从今夜白,月是故乡明"一联,将白露和明月拆开倒置,笔法矫健有力,显示了诗人高度的语言技巧。"月是故乡明"是每个离家游子都有的感受,一经诗人道出,便引起了读者强烈的共鸣,获得了不朽的艺术生命。

天末怀李白[1]

凉风起天末,君子意如何。[2]

鸿雁几时到,江湖秋水多。[3]

文章憎命达,魑魅喜人过。[4]

应共冤魂语,投诗赠汨罗。[5]

——萧涤非主编《杜甫全集校注》卷六,人民文学出版社 2013 年版

【注释】 1.天末:天边。此诗作于乾元二年(759),作者此时流寓秦州。秦州地处边关,故称天末。当时李白流放夜郎,已遇赦而还,但杜甫还不知道。2.君子:指李白。3.鸿雁:古人有鸿雁传书的说法。这两句是说,自己寄给李白的书信恐怕很难到达。4."文章"句:意思是说有文才的人命运都不好。魑魅:山神鬼怪。这里是说,李白要小心小人陷害。5.冤魂:指屈原。屈原无罪被放逐,投汨罗江而死。李白获罪,也是被冤枉,与屈原相似。这两句说杜甫想象李白路过汨罗江应当会写诗纪念屈原。

【简评】因秋风而引起对友人的思念之情，开篇便给人以萧瑟凄凉之感。江湖秋水，暗喻世道险恶。音信渺茫，平添多少怀想揣测。"文章憎命达"一句，以饱含哲理的诗句，寄寓了作者无限的悲愤不平，道尽了千古文人身世坎坷的遭遇。尾联驰骋想象，用李白向屈原赠诗，曲折地表达诗人因李白忠君爱国却遭遇流放而引起的悲愤之情。

奉济驿重送严公四韵[1]

远送从此别，青山空复情。[2]

几时杯重把，昨夜月同行。

列郡讴歌惜，三朝出入荣。[3]

江村独归处，寂寞养残生。

——萧涤非主编《杜甫全集校注》卷九，人民文学出版社 2013 年版

【注释】1.奉济驿：在今四川绵阳。严公：严武，字季鹰，时任成都尹，兼任剑南节度使。四韵：律诗一般两句一韵，共四韵。2.空复情：言别后看到青山依旧，空有离情。3.列郡：指严武所领各州县。讴歌惜：颂扬严武，惋惜他离任。三朝：严武曾在玄宗、肃宗、代宗三朝任职。

【简评】严武任剑南节度使时，亲自到草堂探视杜甫，两人结有深厚情谊。此诗表现杜甫送别严武时眷恋不舍的深情。"列郡讴歌惜，三朝出入荣"两句，饱含颂扬之意，切合严武的身份。尾联用告别严武之后的孤寂凄凉，反衬自己对严武知遇之情的感激。全诗质朴平易，诚挚感人。

别房太尉墓[1]

他乡复行役，驻马别孤坟。[2]

近泪无干土，低空有断云。[3]

对棋陪谢傅，把剑觅徐君。[4]

唯见林花落，莺啼送客闻。

——萧涤非主编《杜甫全集校注》卷十一，人民文学出版社 2013 年版

【注释】1.诗题下有原注："阆州"。阆州在今四川东北部,房太尉墓所在地。房太尉:房琯,玄宗奔蜀时拜为宰相。2.复行役:因仕宦而不断奔走。3."近泪"句:用眼泪流湿了坟上的土壤来形容泪流之多,悲伤之深。4.谢傅:谢安,东晋名将,官至太傅,喜欢下棋。这里用谢安比房琯。"把剑"句:据《史记》记载,春秋时,吴国公子季札出使晋国,路过徐国,徐国国君爱其宝剑。季札心知其意,因有出使任务,心想出使回来后再将宝剑赠与徐君。等他回来之时,徐君已经去世。季札将宝剑挂在徐君墓前的树上,然后离去。这里用徐君指房琯。

【简评】杜甫为救房琯,上疏力谏,得罪皇帝,几遭刑戮,二人结有深厚情谊。杜甫在他乡行役之中,还不忘老友,特地到老友坟前致哀。自己洒泪无数,天空断云低沉。寥寥几语,营造出凄凉哀伤的气氛。"对棋陪谢傅,把剑觅徐君"一联,借用典故,表达了对房琯生前死后的情谊,切合死者的身份,典雅而有深情。

旅夜书怀

细草微风岸,危樯独夜舟。[1]

星垂平野阔,月涌大江流。

名岂文章著,官应老病休。[2]

飘零何所似,天地一沙鸥。[3]

——萧涤非主编《杜甫全集校注》卷十二,人民文学出版社 2013 年版

【注释】1.危樯:高耸的桅杆。2."名岂"两句:自己的名声难道应该因为文章而显著吗?自己的官职也因为年老多病而罢休。3.飘零:一作"飘飘"。

【简评】这首诗前半写景。"星垂平野阔,月涌大江流",描绘了一幅壮阔的画面:在星星垂挂的天空下,平野越发显得开阔。月光映照在江中,随江流而涌动。这幅画面具有立体感和动态美,是杜诗写景的名句。后半抒情。诗人一向在政治上有远大抱负,因为文章而获得名声并不是他的本意。表面上说因年老多病而休官,其实是对仕途失意的不满与愤激。最后以沙鸥自比,见景生情,表现内心漂泊无助的凄凉感受。

登岳阳楼[1]

昔闻洞庭水，今上岳阳楼。

吴楚东南坼，乾坤日夜浮。[2]

亲朋无一字，老病有孤舟。[3]

戎马关山北，凭轩涕泗流。[4]

——萧涤非主编《杜甫全集校注》卷十九，人民文学出版社 2013 年版

【注释】1.岳阳楼：湖南岳阳城的西门城楼，下临洞庭湖。2."吴楚"句：吴楚两地被洞庭湖分开。吴地在湖之东，楚地在湖之西。坼（chè）：分裂，裂开。乾坤：天地。天地仿佛浮动于洞庭湖之上，极言洞庭湖之大。3. 无一字：没有音信。字：这里指书信。4."戎马"句：指当时西北地区战事未平。凭轩：倚着栏杆。涕泗：眼泪鼻涕。

【简评】领联"吴楚东南坼，乾坤日夜浮"，展示了洞庭湖吞吐宇宙，包孕乾坤的雄伟气象，是描写洞庭湖的名句。颈联写个人处境的孤寂凄凉，暗含漂泊西南以来的身世之悲。尾联因登上岳阳楼远眺而联想到边关战事未息，由个人的孤苦，转到对国事的忧心。这首诗很鲜明地体现了杜甫的个性，那就是他时刻不忘国家、社会和百姓，即使自己已经落魄无依，但每每会将个人情感与国家命运相联系，体现出强烈的社会责任感、使命感，他的诗歌也因此具有感人的艺术魅力。

蜀相[1]

丞相祠堂何处寻，锦官城外柏森森。[2]

映阶碧草自春色，隔叶黄鹂空好音。

三顾频烦天下计，两朝开济老臣心。[3]

出师未捷身先死，长使英雄泪满襟。[4]

——萧涤非主编《杜甫全集校注》卷七，人民文学出版社 2013 年版

【注释】1.蜀相：指诸葛亮，刘备在蜀即位后，他任丞相。2.丞相祠堂：指武侯祠。锦官城：指四川成都。3.三顾：指刘备三顾茅庐请诸葛亮出山之事。频烦：多次。两朝：指先主刘备，后主刘禅。开济：指辅佐刘备开国，帮助刘禅继业。4."出师"句：指蜀汉刘禅建兴十二年（234），诸葛亮出师伐魏，在五丈原与司马懿对峙，病死军中的

事情。

【简评】诗人拜访武侯祠，追慕诸葛亮。首联自问自答，点出武侯祠所在位置。"柏"在中国文化里是坚贞品格的象征，"柏森森"既是诗人远望所见，也暗寓诸葛亮忠君爱国的凛凛正气，千载之下仍令人无限景仰。颔联写进入祠堂的见闻和感受，碧草是眼前所见，黄鹂是耳中所闻，"自""空"是诗人的主观感受。斯人已去，草木无情，冷落凄凉，无人理会的碧草和黄鹂触动了诗人的历史沧桑感。颈联概括了诸葛亮的一生际遇和功业。尾联则表达对诸葛亮理想未能实现的哀伤叹惋之情，高度概括了英雄志士因壮志未酬而产生的悲愤之情。

客至[1]

舍南舍北皆春水，但见群鸥日日来。

花径不曾缘客扫，蓬门今始为君开。

盘飧市远无兼味，樽酒家贫只旧醅。[2]

肯与邻翁相对饮，隔篱呼取尽余杯。[3]

——萧涤非主编《杜甫全集校注》卷八，人民文学出版社 2013 年版

【注释】1.客：指崔明府。原诗自注"喜崔明府相过"。"明府"是唐人对县令的称呼。2.盘飧(sūn)：泛指盘中食物。飧：熟食叫飧。市远：距离集市远。兼味：两种以上的菜肴。旧醅(pēi)：隔年的陈酒。3.肯：肯不肯，能不能。

【简评】这是一首充满生活情趣的诗。首联用群鸥日日来，表明自己亲近自然、毫无机心的生活状态，也点出诗人家中少有客人往还。颔联写出朋友来访时的无比快乐。颈联对自己的贫寒简朴，似乎充满歉疚之意，更见诗人的淳朴厚道。尾联则表现诗人酒兴酣畅，邀邻家老翁对饮，让人感受到亲切而自然的气氛。

野望

西山白雪三奇戍，南浦清江万里桥。[1]

海内风尘诸弟隔，天涯涕泪一身遥。[2]

唯将迟暮供多病，未有涓埃答圣朝。[3]

跨马出郊时极目，不堪人事日萧条。[4]

——萧涤非主编《杜甫全集校注》卷八，人民文学出版社 2013 年版

【注释】1.西山:即雪岭,在成都西,常年积雪,是岷山主峰。三奇戍:唐军戍名。一作"三城戍",指松(今四川松潘)、维(今四川理县西)、保(今四川理县一带)三州,这三州是当时的边防要地,有兵驻守。南浦:指成都南郊外的水边。清江:指锦江。万里桥:在成都城南。相传诸葛亮送费祎访问吴国时说:"万里之行,始于此桥。"因此得名。2.风尘:战乱。诸弟隔:与兄弟们分隔。一身遥:杜甫此时远在四川。3.迟暮:年老。供多病:交给多病之身。涓埃:细小的流水和尘埃,比喻微小。答:报答。圣朝:对皇朝的尊称。4.极目:放眼远望。不堪:不能忍受。人事:世事。

【简评】此诗作于安史之乱尚未平息,诗人寓居成都之时。正当国家多难,自己流落西南,与亲人分隔,深感年老多病,不能为国效力。此时野外眺望,见景生情,触目伤怀,可以说国恨、家愁、身世之悲一起涌上心头,令人无限感慨。全诗气韵雄沉,意气悲壮,对仗工整而又音韵铿锵,表现了诗人感时伤事的复杂心情。

闻官军收河南河北[1]

剑外忽传收蓟北,初闻涕泪满衣裳。[2]

却看妻子愁何在,漫卷诗书喜欲狂。[3]

白日放歌须纵酒,青春作伴好还乡。

即从巴峡穿巫峡,便下襄阳向洛阳。[4]

——萧涤非主编《杜甫全集校注》卷十,人民文学出版社 2013 年版

【注释】1.此诗作于唐代宗广德元年(763)春,杜甫时在梓州(今四川三台)。这一年正月,唐军收复河南、河北等地区,安史之乱结束。2.剑外:剑门关以南地区,即今四川。蓟北:今河北北部,是安禄山、史思明的老巢。3.妻子:妻子儿女。漫卷:随便收起来。4.巴峡:指今重庆嘉陵江中的巴峡。巫峡:长江三峡之一。襄阳:今湖北襄阳。洛阳:杜甫家在洛阳。此句下有原注:"余有田园在东京(洛阳)。"这两句是杜甫预计回家的路线。

【简评】这首诗表现了诗人听说叛乱平定之后欣喜若狂的心情。首联"忽传"二字,表明消息来得突然,"涕泪满衣裳"让读者看到了诗人喜极而泣、悲喜交加的样子。悲的是一场叛乱,给自己带来多少国恨家愁、漂泊之苦;喜的是盼望了这么多年,叛乱终于平定了。颔联接着写喜悦之情。"愁何在"写出了妻子儿女的欣喜之情。"漫卷诗书"的动作,直接点出了"喜欲狂"的心情。颈联写诗人纵酒放歌,表现其狂喜之情。尾联接上文"好还乡"而来,诗人马上设计了回家的路线,用"从""穿""下""向"四个动作,连接四个地名,展开想象的翅膀,将一个个飞驰的画面展现在读者面前,让读者也充分感受到诗人欣喜若狂的心情。

登高[1]

风急天高猿啸哀，渚清沙白鸟飞回。[2]

无边落木萧萧下，不尽长江滚滚来。[3]

万里悲秋常作客，百年多病独登台。[4]

艰难苦恨繁霜鬓，潦倒新停浊酒杯。[5]

——萧涤非主编《杜甫全集校注》卷十七，人民文学出版社 2013 年版

【注释】1.登高：此诗是大历二年(767)秋，杜甫在夔州所作。2.渚：水中的小洲。3.落木：落叶。萧萧：落叶的声音。4.万里：离家万里，极言夔州与家乡相距遥远。百年：犹言一生。5.艰难：世道艰难。苦恨：极恨，甚恨。繁霜鬓：鬓角有很多白发。潦倒：困顿失意。

【简评】首联直写眼前所见，突兀而起，气势磅礴。颔联抓住"落叶"和"江水"，表现秋天萧瑟凄凉、雄浑壮阔的境界。颈联写"悲"。流寓他乡，久客难归，年老多病，孤独无助，种种人生境遇，让诗人无限悲凉，深化了诗的悲秋主题，同时暗寓自己功业无成、身世飘沦的无限感慨。尾联写"恨"。白发渐生，饱含多少家国之痛、身世之悲；因病戒酒，万般愁肠，无从排解，平添多少憾恨之情。全诗写景抒情，意境雄阔而又慷慨激越，是杜诗"沈郁顿挫"风格的代表作品，表明杜甫在七言律诗的创作上，达到了炉火纯青的艺术境界。此诗也被明代胡应麟推为"古今七言律第一"。

登楼

花近高楼伤客心，万方多难此登临。[1]

锦江春色来天地，玉垒浮云变古今。[2]

北极朝廷终不改，西山寇盗莫相侵。[3]

可怜后主还祠庙，日暮聊为梁甫吟。[4]

——萧涤非主编《杜甫全集校注》卷十一，人民文学出版社 2013 年版

【注释】1.客：诗人自指。万方多难：指安史之乱以来，国家内忧外患的局面。2.锦江：即濯锦江，一名浣花溪，岷江的支流，流经成都城西，杜甫的草堂临近锦江。玉垒：

玉垒山,在今四川灌县西北。3.北极:北极星,借指唐王朝。终不改:广德元年(763)冬,吐蕃人侵长安,立广武王李承宏为帝,十五天后撤退。之后郭子仪收复京师,代宗还都。所以说"终不改"。西山寇盗:指吐蕃。当时吐蕃侵犯了四川多地。4.后主还祠庙:后主指刘备之子刘禅,他虽然无能,但有诸葛亮辅佐,死后还有祠庙祭祀。梁甫吟:汉代乐府曲名。诸葛亮躬耕南阳时喜欢吟诵《梁甫吟》。这两句是杜甫怀念诸葛亮,叹息唐王朝没有诸葛亮一样的英雄,担心代宗身后,连刘禅都不如。

【简评】安史之乱刚刚平定,吐蕃又攻陷长安,继而侵扰四川各州县。诗人客居成都,借登楼之机,抒发了忧国忧时的沉痛情怀。首联从登楼所见写起。繁花满眼,却让诗人无比伤心。这是以乐景写哀的手法。颔联写景,浓浓春意伴随着锦江水扑面而来,玉垒山上的浮云,古往今来,永无止息,令人联想到世事沧桑。此联对仗工整,描摹细腻,景中含情,气势充沛而又涵义深刻,是杜诗的名句。颈联议论时事。相信唐王朝能够平定战乱,告诫吐蕃不要轻举妄动,信心满怀而又义正词严。尾联,借后主刘禅委婉地表达对朝政的担忧,寄托了诗人对国家命运的深切忧虑。

宿府[1]

清秋幕府井梧寒,独宿江城蜡炬残。[2]

永夜角声悲自语,中天月色好谁看。[3]

风尘荏苒音书绝,关塞萧条行路难。[4]

已忍伶俜十年事,强移栖息一枝安。[5]

——萧涤非主编《杜甫全集校注》卷十一,人民文学出版社 2013 年版

【注释】1.宿府:在严武幕府中值宿。唐代宗广德二年(764),严武镇守四川,举荐杜甫任节度使参谋、检校工部员外郎。2.井梧:井边的梧桐树。蜡炬:蜡烛。蜡炬残:蜡烛将要燃尽,表示深夜。3.永夜:长夜。4.荏(rěn)苒(rǎn):时光流逝。风尘荏苒:指战乱不息。5.伶(líng)俜(pīng):孤独的样子。十年:从安史之乱(755)到广德二年(764)刚好十年。强:勉强。一枝安:用《庄子·逍遥游》"鹪鹩巢于深林,不过一枝"意,喻自己在严武幕府中,得到了暂时的安定。

【简评】首联交代季节和环境。"寒"不但点出时令,也暗含诗人的凄凉之感。"蜡炬残"表明诗人深夜不眠,愁思满怀。颔联,一夜鼓角,照应前面的不眠之意,同时也表明战事未平,国家多难。鼓角本无所谓"悲",此处的"悲"是诗人内心情感的外化表现;月色再好也无人欣赏,透露出国家多难,个人漂泊他乡的落寞凄凉、无可奈何

之情。颈联,"风尘荏苒"暗喻战事未息,"音书绝"表明亲人阻隔;"关塞萧条"暗喻时事艰难,"行路难"隐含个人命运之悲。尾联表明自己已经忍受了十年漂泊之苦,如今寄人篱下,也只得一时安稳,未来不知还要面临怎样的苦难,感时伤事,沉郁悲凉。

阁夜[1]

岁暮阴阳催短景,天涯霜雪霁寒宵。[2]

五更鼓角声悲壮,三峡星河影动摇。[3]

野哭几家闻战伐,夷歌是处起渔樵。[4]

卧龙跃马终黄土,人事音书漫寂寥。[5]

——萧涤非主编《杜甫全集校注》卷十五,人民文学出版社 2013 年版

【注释】1.阁:夔州西阁。2.阴阳:日月。景:日光。短景:冬天夜长日短。霁:雪止天晴。3.鼓角:军鼓和号角。星河:银河。这句是说,银河星影随着三峡水而动摇。4.几家:一作"千家"。战伐:蜀地军阀的混战。夷歌:少数民族的歌曲。起渔樵:起于渔夫樵夫之中。5.卧龙:诸葛亮。跃马:公孙述。公孙述在西汉末年趁乱占据四川,称白帝。二人在夔州都有祠庙。人事音书:亲戚朋友的音讯。漫寂寥:任其寂寞寥落。

【简评】此诗写诗人夜宿西阁的感受。首联,"岁暮"点明时节,"催"表明时间之快。"天涯"表明离家之远。岁末年终,人在天涯,诗人将时光流逝、漂泊憔悴的感受形诸笔端。颔联是杜诗的名句。"鼓角"暗喻战事未息,"影动摇"象征诗人内心情感的激动不平。此联用壮丽的语言,表达了诗人沉郁苍凉的情怀。后两联即事抒情,先写连年战伐带给人民的痛苦,再借诸葛亮、公孙述表达深沉的历史感慨。全诗气韵流畅,感情深沉,格律严整,气象雄奇,不愧是传诵千古的名篇。

咏怀古迹五首[1]

支离东北风尘际,漂泊西南天地间。[2]

三峡楼台淹日月,五溪衣服共云山。[3]

羯胡事主终无赖,词客哀时且未还。[4]

庾信平生最萧瑟,暮年诗赋动江关。[5]

【注释】1.《咏怀古迹》五首,作于大历元年(766)。第一首咏江陵的庾信宅。2.支离:本意是破碎不全,这里是流离的意思。东北:对蜀地来讲,关中就是东北。风尘:战乱。西南:指杜甫安史之乱后流寓四川等地。3.楼台:这里泛指房屋。淹:长久地停留。"五溪"句:四川地区的五条溪水,有不同的少数民族居住其中,这些民族的衣服也是各不相同。4.羯(jié)胡:明写南朝侯景叛梁,暗指安禄山叛唐。羯:西北的少数民族。词客:指庾信。5."庾信"两句:庾信,字子山,梁元帝时出使北周,被留不归,经常思念故乡,作《哀江南赋》,以寄托乡关之思。萧瑟:困顿失意。江关:泛指江南。

【简评】杜甫对庾信非常推崇,写有"清新庾开府""庾信文章老更成"等诗句。庾信由南入北,羁留他乡,以诗赋表达乡关之思,这些都和杜甫此时的生活经历有相似之处。此诗从诗人自己遭逢战乱,漂泊西南写起,叙述其在三峡一带长久淹留,与服饰各异的少数民族相杂而居,进而写其路过湖北江陵,凭吊庾信遗迹。诗人以古喻今,借庾信以喻自己,表达了飘零憔悴的人生感受。

其二

摇落深知宋玉悲,风流儒雅亦吾师。[1]

怅望千秋一洒泪,萧条异代不同时。[2]

江山故宅空文藻,云雨荒台岂梦思。[3]

最是楚宫俱泯灭,舟人指点到今疑。[4]

【注释】1.宋玉:战国时楚国人,是继屈原之后著名的楚辞作家。他在《九辩》中说:"悲哉,秋之为气也。萧瑟兮,草木摇落而变衰。"风流儒雅:指宋玉华丽的文采和文雅的风度。2."怅望"两句:自己遥想千秋之前的宋玉不禁洒下泪水。自己和宋玉虽然时代不同,但萧条凄凉的处境是一样的。3.故宅:归州(今湖北秭归)有宋玉宅。空文藻:只留下宋玉的文采。云雨荒台:指宋玉作《高唐赋》,描写楚王梦中与神女相会的故事。岂梦思:难道《高唐赋》只是写一场梦吗? 4."最是"两句:最令人伤感的是楚国宫殿早已泯灭了,至今船夫指点遗迹,还让人感到怀疑。

【简评】宋玉才华出众而不遇于时,他写《九辩》就是借"悲秋"来抒发自己"贫士失职而志不平"的感慨。杜甫写此诗时正流寓西南,年老多病,与宋玉有着相似的身世经历。前两联表达诗人对宋玉深切的缅怀。杜甫对宋玉具有深刻的理解和同情,将其视为旷代知音,借吟咏宋玉表达了诗人因遭逢时乱而怀才不遇的深沉感慨。后两联说楚宫泯灭,而宋玉文藻依旧,寄托了诗人强烈的感喟之情。

其三

群山万壑赴荆门,生长明妃尚有村。[1]

一去紫台连朔漠,独留青冢向黄昏。[2]

画图省识春风面,环珮空归月夜魂。[3]

千载琵琶作胡语,分明怨恨曲中论。[4]

【注释】1.壑:山谷。赴:奔赴。荆门:荆门山。明妃:指王昭君,名王嫱。汉元帝宫人。西晋时为避司马昭讳改称明妃。汉元帝时朝廷与匈奴和亲,王昭君远嫁呼韩邪单于。尚有村:还留有昭君生活过的村子。2.紫台:皇宫。朔漠:北方的大沙漠。青冢:昭君墓,在今内蒙古呼和浩特市郊,据说塞外草黄时,只有此冢草青,故名。3.“画图”句:据说汉元帝后宫佳丽很多,每次让画工画下容貌,按图召见。宫人都贿赂画工,昭君自恃貌美,没有贿赂画工,画工故意将她画得很丑,所以一直没被召见。后来匈奴入朝求和亲,就让昭君前去。临行之前,皇帝才知道原来昭君是后宫最美的。于是查办此事,将画工毛延寿斩首。省识:明白、认识。春风面:美丽的容貌。环珮:女性的装饰品,这里指昭君。4.琵琶:本为西域胡人乐器。胡语:胡音。曲中论:用乐曲来倾诉的意思。相传昭君在匈奴曾作歌表达自己的怨恨之情,后人称之为《昭君怨》。

【简评】昭君远嫁塞外,和亲匈奴,虽然今天看来是民族团结的使者,但古人往往从她远离家乡、思念亲人着眼,表达其哀怨之情。杜甫晚年漂泊西南,和家人音书阻绝,昭君的不幸命运,引起了诗人的无限同情,此诗也是借昭君来抒发诗人自己远离家乡、飘零憔悴的身世之悲。诗人以生动的语言,刻画了昭君哀怨的形象,引起读者对昭君的无比同情,此诗也成为吟咏昭君故事的著名作品。

其四

蜀主窥吴幸三峡，崩年亦在永安宫。¹

翠华想像空山里，玉殿虚无野寺中。²

古庙杉松巢水鹤，岁时伏腊走村翁。³

武侯祠屋常邻近，一体君臣祭祀同。⁴

【注释】1.蜀主：指刘备。窥吴：有攻打东吴的企图。幸：皇帝出行到某处。崩：帝王死。永安宫：三国蜀汉章武二年(222)，刘备率军出三峡攻打东吴，兵败退至鱼复(今重庆奉节)白帝城，改鱼复为永安，建永安宫，次年病死永安宫。2.翠华：这里指刘备的仪仗。这句是说，在空山里想象刘备当年的仪仗。玉殿：永安宫。此句下有原注："殿今为卧龙寺，庙在宫东。"3.古庙：奉节东面的刘备庙。巢水鹤：鹤在上面筑巢。岁时伏腊：逢年过节的时候。伏：农历六月。腊：农历十二月。走村翁：村中的老年人忙着奔走祭祀。4.武侯祠：诸葛亮封武乡侯，武侯祠与先主庙相邻。一体君臣：君臣和谐，如同一体。祭祀同：一同接受后人祭祀。

【简评】此诗因永安宫而感怀刘备。当年的宫殿已变成荒凉的野寺，引起诗人对历史沧桑变化的感慨。最后落到武侯祠，咏叹刘备与诸葛亮君臣相契，感慨明君须有贤臣佐助，君臣相得才能成就一番事业，这是此诗的主题所在。

其五

诸葛大名垂宇宙，宗臣遗像肃清高。¹

三分割据纡筹策，万古云霄一羽毛。²

伯仲之间见伊吕，指挥若定失萧曹。³

运移汉祚终难复，志决身歼军务劳。⁴

——萧涤非主编《杜甫全集校注》卷十三，人民文学出版社 2013 年版

【注释】1.垂：流布。宗臣：国家重臣。肃清高：是说在诸葛亮的遗像前，为其清高的品节而肃然起敬。2.三分割据：魏、蜀、吴三国鼎立。纡：有"曲"的意思，这里指费苦心。筹策：谋划。羽毛：借指鸾凤。这句是说，千百年来诸葛亮像翱翔云霄的鸾凤一样受人景仰。3.伯仲：兄弟。伯仲之间：犹言不相上下。伊吕：指辅佐商汤的伊尹和辅佐周文王、武王的吕尚，都是开国功臣。萧曹：辅佐汉高祖刘邦的萧何和曹参，也都是开国功臣。失萧曹：连萧曹也不如诸葛亮。4.运移：国运改变。祚：帝位。志决：志向坚决。身歼：身死。

【简评】诗人瞻仰武侯庙,表达对诸葛亮的热情赞颂。开篇一句,悬空而起,对诸葛亮的无限景仰之情,溢于言表。中间两联对诸葛亮三分天下的功业和政治、军事才干给予高度评价。最后诗人不以成败论英雄,对诸葛亮操劳军务,死于军中寄予无限感慨。此诗可以说是自诗人肺腑流出,铿锵沉郁,收到了感人至深的艺术效果。

秋兴[1]

玉露凋伤枫树林,巫山巫峡气萧森。[2]

江间波浪兼天涌,塞上风云接地阴。[3]

丛菊两开他日泪,孤舟一系故园心。[4]

寒衣处处催刀尺,白帝城高急暮砧。[5]

——萧涤非主编《杜甫全集校注》卷十三,人民文学出版社 2013 年版

【注释】1.《秋兴》,原诗八首,是唐代宗大历元年(766)秋杜甫滞留夔州时所作,这里选其中第一首。2. 巫山巫峡:在今重庆东部,巫峡是三峡之一。3.塞:此指夔州。接地阴:阴云笼罩大地。4.他日:昔日,往日。这两句是说,自己在夔州已经两次因菊开而落泪,总是想着能乘坐孤舟回到家乡。5.催刀尺:催人裁剪冬衣。白帝城:即奉节城,夔州州治所在,下临长江。

【简评】首联因见到秋天巫山巫峡的萧森景象而起兴。颔联直写眼前所见之景,长江在三峡间奔流,波浪滔天,巫山一带秋阴漠漠,描绘出一幅壮阔的景象。颈联写自己已经两次因菊开而落泪,多么渴望乘坐孤舟返回家乡。此联对仗工整,感情沉郁,表达了自己漂泊他乡的孤独之感,以及对故乡的思念之情。尾联写听到傍晚传来的捣衣声是那样的急促,家家户户都在裁剪冬衣了,而自己仍然漂泊在外,听到捣衣声,更加引起了对家乡亲人的思念。全诗情景交融,气韵雄沉,最能体现杜诗沉郁顿挫的艺术特点。

八阵图[1]

功盖三分国,名成八阵图。[2]

江流石不转,遗恨失吞吴。[3]

——萧涤非主编《杜甫全集校注》卷十二,人民文学出版社 2013 年版

【注释】 1.八阵图:相传是诸葛亮为推演兵法而布置的阵图。八阵是天、地、风、云、龙、虎、鸟、蛇八种阵势。相传多处都有八阵图,这里指夔州(重庆奉节)江边的八阵图。2."功盖"句:诸葛亮在三国时的功业天下第一。3."江流"句:据说夔州八阵图江水不能冲散,夏天为水所淹,冬天水退则又出现。"遗恨"句:诸葛亮以没有灭吴为恨。

【简评】 借八阵图赞扬诸葛亮的盖世功业,并且表达诗人对诸葛亮功业未成的无限遗憾。此诗篇幅简短,而意蕴丰富,语调悠扬,有含蓄不尽的韵味。以五言绝句咏史,由于篇幅有限,更需要言简意赅,主题明确,这首小诗堪称典范之作。

江南逢李龟年[1]

岐王宅里寻常见,崔九堂前几度闻。[2]

正是江南好风景,落花时节又逢君。

——萧涤非主编《杜甫全集校注》卷二十,人民文学出版社 2013 年版

【注释】 1.李龟年:唐代开元、天宝年间的著名乐人,善歌唱,受到唐玄宗的优待。安史之乱后,流落到湖南一带,每逢良辰美景,为人歌唱,座中无不掩泪罢酒。杜甫少年时曾在洛阳听过他歌唱,这次又偶遇于潭州(今湖南长沙)。2.岐王:名李范,是唐睿宗之子,唐玄宗之弟。崔九:唐玄宗宠臣崔涤。

【简评】 歌舞升平的开元盛世,是唐王朝的鼎盛时期,杜甫和李龟年都曾出入于王公贵族之家。时隔四十年之后,二人再度相逢。前两句追忆当年与李龟年的接触,流露了作者对当年开元盛世的深情怀念。"落花时节"既是写眼前所见晚春之景,又暗喻唐王朝的衰落颓败。诗人将世事沧桑之感,身世流落之痛,白发迟暮之悲寄寓诗中,沉痛凄凉,而又举重若轻,浑然无迹,显示了诗人高度的艺术概括力和表现力。

· 元 结

元结（719—772），字次山，汝州鲁山（今河南鲁山）人。天宝十三载（754）登进士第。安史之乱时，为右金吾兵曹参军、山南东道节度参谋，击讨史思明，立有战功。转任道州刺史、容州刺史、御史中丞等职。有《元次山文集》。

贼退示官吏并序

癸卯岁，西原贼入道州，[1] 焚烧杀掠，几尽而去。明年，贼又攻永州，破邵，[2] 不犯此州边鄙而退，[3] 岂力能制敌与？盖蒙其伤怜而已！诸使何为忍苦征敛？[4] 故作诗一篇，以示官吏。

昔岁逢太平，山林二十年。

泉源在庭户，洞壑当门前。

井税有常期，日晏犹得眠。[5]

忽然遭世变，数岁亲戎旃。[6]

今来典斯郡，山夷又纷然。[7]

城小贼不屠，人贫伤可怜。

是以陷邻境，此州独见全。[8]

使臣将王命，岂不如贼焉。[9]

今彼征敛者，迫之如火煎。

谁能绝人命，以作时世贤。[10]

思欲委符节，引竿自刺船。[11]

将家就鱼麦，归老江海边。[12]

——孙望校《元次山集》，中华书局1960年版

【注释】1.癸卯岁：唐代宗广德元年(763)。西原贼：指当时广西少数民族"西原蛮"。道州：今湖南道县。2.永州：在今湖南零陵。邵：邵州，在今湖南邵阳。3.此州：指道州。鄙：边境。4.使：官吏。5.井税：指田赋。晏：晚。6.戎旃(zhān)：军队的旗子、旌旗。亲戎旃：指参加军事活动。7.典：管理。山夷：山区的少数民族。8.见全：被保全。9.使臣：朝廷官吏。将：奉。10."谁能"二句：谁能以断绝百姓活路的方式，来作当今的贤臣呢？11.委：弃。符节：古代将、官受任时的凭证。委符节：辞官不做。刺船：撑船。12.江海：一作"江湖"。

【简评】此诗是元结的代表作，作于道州刺史任上。诗人对朝廷派来的官吏横征暴敛十分反感，通过"贼"与"官"的对比，突出了官吏的残暴。作者身为地方官，写诗直刺横征暴敛、不恤民情的官吏，有辞官而去的想法，表明诗人同情百姓，不愿与贪官污吏同流合污的可贵品质。全诗语言朴实无华，直抒胸臆，收到了感人至深的艺术效果。

· 刘方平

刘方平,生卒年不详,河南府河南县(今河南洛阳)人。天宝中,举进士不第,终身不仕。工于诗,为时人所称道。《全唐诗》存录其诗一卷。

月夜

更深月色半人家,北斗阑干南斗斜。[1]

今夜偏知春气暖,虫声新透绿窗纱。[2]

——《全唐诗》卷二百五十一,中华书局 1960 年版

【注释】1.半人家:月光西斜,只照亮半个庭院。阑干:横斜的样子。南斗:即斗宿,二十八星宿之一。2.新透:第一次传来。

【简评】月色西斜,繁星点点,写出了夜的静谧安详。在这个温暖的夜晚,诗人格外地敏感,他敏锐地捕捉到了呢喃的虫声,这让他感觉到春天的脚步越来越近了。通过对物候变化的细腻感受,诗人传达了春的气息,带给读者一种清新自然的感受。

春怨

纱窗日落渐黄昏,金屋无人见泪痕。[1]

寂寞空庭春欲晚,梨花满地不开门。

——《全唐诗》卷二百五十一,中华书局 1960 年版

【注释】1.金屋:华丽的宫殿。汉武帝少时喜欢他的表妹阿娇,说:"若得阿娇作妇,当作金屋贮之。"

【简评】这是一首宫怨诗。时间是黄昏,季节是晚春,地点是皇宫中的一个庭院,主人公就是这位宫女。诗人用"泪痕"表现她的哀怨。"梨花满地"带给人无限的美感,在这美好的春光之中,"不开门"就尤其显得落寞、凄凉。诗人通过环境的点染,将宫女的哀怨之情,作了委婉细腻的表达。

127

·马逢

马逢,生卒年不详,稷州扶风(今陕西扶风)人。贞元五年(789)登进士第,官至殿中侍御史,任监察御史。《全唐诗》存录其诗五首。

宫词

玉楼天半起笙歌,风送宫嫔笑语和。[1]

月殿影开闻夜漏,水精帘卷近银河。[2]

——《全唐诗》卷二百六十七,中华书局 1960 年版

【注释】1.天半:形容楼高,如在半天之上。宫嫔(pín):宫女和嫔妃。2.漏:古代滴水计时器。水精:水晶。银河:一作"秋河"。

【简评】前两句写得宠宫人的欢声笑语,后两句虽然没有对宫人正面描写,但是通过描写宫殿中的月色,夜漏滴水声,以及卷起的水晶帘,含蓄地传达了失宠宫人的落寞、凄凉。诗人通过对比,委婉含蓄地表达了失宠者的怨恨之情。

· 柳中庸

柳中庸(？—775)，名淡，字中庸，以字行，蒲州虞乡(今山西永济)人。天宝中受学于萧颖士，后居江南。与陆羽、李端等友善，工于诗。《全唐诗》存录其诗十三首。

征怨[1]

岁岁金河复玉关，朝朝马策与刀环。[2]

三春白雪归青冢，万里黄河绕黑山。[3]

——《全唐诗》卷二百五十七，中华书局 1960 年版

【注释】1.诗题一作"征人怨"。2.金河：即黑河，故址在今内蒙古呼和浩特市南。玉关：玉门关，在今甘肃。马策：马鞭。刀环：刀柄上的环，这里代指刀。3.青冢：昭君墓，在今内蒙古呼和浩特。黑山：即黑虎山，在今内蒙古呼和浩特。

【简评】前两句，运用"岁岁""朝朝"两个叠词，表达征战生活的漫长，给人以日复一日，年复一年，无休无止之感。后两句，用"三春白雪"突出边地苦寒，用"青冢""黑山"写驻地的遥远。因此，征人的哀怨之情也就暗含其中。此诗音韵铿锵，境界阔大，虽然写征人之怨，却给人一种悲壮的美感。

· 张 继

张继,生卒年不详,字懿孙,襄州(今湖北襄阳)人。天宝十二载(753)登进士第。曾任盐铁判官,大历末授祠部员外郎。《全唐诗》存录其诗一卷。

枫桥夜泊[1]

月落乌啼霜满天,江枫渔火对愁眠。[2]

姑苏城外寒山寺,夜半钟声到客船。[3]

——《全唐诗》卷二百四十二,中华书局 1960 年版

【注释】1.枫桥:在今江苏苏州。2.火:《全唐诗》原作"父",下注"一作火"。3.姑苏:苏州的别称。寒山寺:寺在枫桥边,始建于南朝梁代。

【简评】"霜"是深秋时节的物候特征,而秋天最易引起文人悲凉的愁思。首句点染环境,给人凄凉冷落的感觉。诗人夜宿舟中,旅途的寂寞,乡思的侵扰,甚至人生的种种失意之情,不免缠绕心间。江边隐约的枫树,远处流动的渔火,伴随着诗人,也触动着他的愁思。夜半钟声悠扬而来,在这个不眠之夜,平添诗人多少愁肠。诗到这里戛然而止,给读者留下了咀嚼不尽的深厚韵味。

· 刘长卿

刘长卿(725？—790？)，字文房，宣城(今属安徽)人。至德二载(757)登进士第。任长洲尉、海盐令，不久被贬为南巴尉。后任监察御史、转运使判官等职，又被贬为睦州司马。德宗时任随州刺史。长卿当时诗名颇著，尤擅五言诗，自诩为"五言长城"。有《刘随州集》。

秋日登吴公台上寺远眺寺即南朝陈将吴明彻战场[1]

古台摇落后，秋入望乡心。[2]

野寺来人少，云峰隔水深。

夕阳依旧垒，寒磬满空林。[3]

惆怅南朝事，长江独至今。[4]

——储仲君《刘长卿诗编年笺注》，中华书局 1996 年版

【注释】1.吴公台：在今江苏江都。南朝时期大将军吴明彻所筑，因此称吴公台。2.摇落：草木零落。3.旧垒：指吴公台。寒磬：意谓磬声给人以寒冷的感觉。4.南朝：指宋、齐、梁、陈四个朝代。

【简评】登台远眺，首先引起了诗人的思乡之情，"入"字运用巧妙，显示出诗人对语言的锤炼之功。面对凄凉冷落的古台，引发了诗人的吊古幽情，不变的长江与沧桑的历史，让诗人平添几多怀古的惆怅。

饯别王十一南游[1]

望君烟水阔，挥手泪沾巾。

飞鸟没何处，青山空向人。

长江一帆远，落日五湖春。[2]

谁见汀洲上，相思愁白蘋。[3]

——储仲君《刘长卿诗编年笺注》，中华书局 1996 年版

【注释】1.王十一：十一是排行，其人不详。2.五湖：指太湖。3.汀洲：指水中小洲。白蘋：一种白色小草。

【简评】朋友已乘船离去，诗人还伫立岸边眺望，眼前苍茫的江水，孤独的飞鸟，静默的青山似乎都染上了离情别绪，和诗人落寞凄凉的心情融为一体。"长江一帆远，落日五湖春"一联，借景抒情，意境开阔，兴味悠然。

寻常山南溪道人隐居

一路经行处，莓苔见屐痕。[1]

白云依静者，春草闭闲门。[2]

过雨看松色，随山到水源。

溪花与禅意，相对亦忘言。[3]

——储仲君《刘长卿诗编年笺注》，中华书局 1996 年版

【注释】1.屐：木鞋。屐痕：指足迹。2.静者：一作"静渚"。3.忘言：《庄子·外物》说"言者所以在意，得意而忘言"。意思是说，领悟了其中的妙处，就不必用语言来描述了。

【简评】全诗围绕"寻"字立意，写寻访的过程。"白云依静者，春草闭闲门"一联，用工整的对仗，写出了道士居处的僻远幽静。最后，诗人在寻访的过程中，领悟了"禅意"，切合寻访道士的主题。

新年作[1]

乡心新岁切，天畔独潸然。[2]

老至居人下，春归在客先。[3]

岭猿同旦暮，江柳共风烟。

已似长沙傅，从今又几年。[4]

——储仲君《刘长卿诗编年笺注》，中华书局 1996 年版

【注释】1.此诗作于刘长卿被贬潘州（今广东茂名）任南巴尉之时。2.乡心：思乡之心。天

畔:天边。3."老至"句:人老了,却被贬为小官,居于人下。客:作者自指。4.长沙傅:西汉贾谊,被贬为长沙王太傅。这里借贾谊自喻。

【简评】诗人被贬官岭南,新春佳节,倍觉凄凉孤苦,思乡之情油然而生。"春归"一句,构思精巧。尾联以贾谊自喻,隐含着自伤自怜的情绪。

江州重别薛六柳八二员外[1]

生涯岂料承优诏,世事空知学醉歌。[2]

江上月明胡雁过,淮南木落楚山多。[3]

寄身且喜沧洲近,顾影无如白发何。[4]

今日龙钟人共弃,愧君犹遣慎风波。[5]

——储仲君《刘长卿诗编年笺注》,中华书局 1996 年版

【注释】1.江州:今江西九江。薛六、柳八:二人生平不详。员外:员外郎的简称。此诗作于刘长卿从贬地南巴返回,途经江州之时。2.生涯:仕宦生涯。承优诏:承蒙皇帝优待免罪的诏命。空知:徒知。3.胡雁:从北方飞来的大雁。淮南:指江州,唐代属于淮南道,所以称"淮南"。江州古代属于楚国,故说"楚山"。4.沧洲:水边小洲。顾影:回看自己的身影。无如白发何:对白发无可奈何。5.龙钟:年迈衰老的样子。愧:惭愧。遣:教,使。慎风波:当心风波,即在政治上小心。

【简评】诗人仕途坎坷,被贬岭南,于万般失意之时,奉召北还,有欣喜之情。然而鬓边白发,不能不让诗人产生时光流逝的无限感慨。结句表明诗人在年老失意的晚年,面对朋友的殷勤叮嘱,无比感动,朋友之间的深情厚谊也就溢于言表了。

长沙过贾谊宅[1]

三年谪宦此栖迟,万古惟留楚客悲。[2]

秋草独寻人去后,寒林空见日斜时。

汉文有道恩犹薄,湘水无情吊岂知。[3]

寂寂江山摇落处,怜君何事到天涯。[4]

——储仲君《刘长卿诗编年笺注》,中华书局 1996 年版

【注释】1.过：访。贾谊：西汉初年人，才华出众而又忠君爱国，遭人排挤，后被贬为长沙王太傅，长沙有贾谊故居。2.谪宦：贬官。栖迟：居留。楚客：指贾谊。长沙古属楚国。3.汉文：汉文帝。有道：政治清明。恩犹薄：还不能重用贾谊。湘水：今湘江。贾谊被贬长沙，途经湘水时，曾作《吊屈原赋》凭吊屈原。4.寂寂：冷清寂寞。摇落：秋天草木凋落。君：指贾谊。何事到天涯：为什么被贬到遥远的地方。这里也暗含有对自己被贬的不满。

【简评】贾谊才华出众而又无辜被贬的不幸遭遇，引起了历代文人的同情。刘长卿两度被贬，与贾谊有着相似的遭遇。此诗借寻访贾谊故宅，抒发自己怀才不遇、无辜被贬的悲愤之情。颔联写贾谊宅所见之景，给人以空旷凄凉之感。颈联就贾谊遭遇发表议论，表达作者对贾谊的同情与惋惜之心。诗借写景以抒情，抒情之中兼有议论，吊古怀人，而又自伤自叹，构思立意极为巧妙。

自夏口至鹦鹉洲夕望岳阳寄源中丞[1]

汀洲无浪复无烟，楚客相思益渺然。[2]

汉口夕阳斜渡鸟，洞庭秋水远连天。[3]

孤城背岭寒吹角，独戍临江夜泊船。[4]

贾谊上书忧汉室，长沙谪去古今怜。[5]

——储仲君《刘长卿诗编年笺注》，中华书局 1996 年版

【注释】1.夏口：地名，在今湖北武昌。鹦鹉洲：在湖北武汉西南长江中，因东汉末年祢衡作《鹦鹉赋》而得名。岳阳：今属湖南。源中丞：储仲君《刘长卿诗编年笺注》说"当为源休"，源休，《旧唐书》有传。中丞：御史中丞的简称。2.汀洲：鹦鹉洲。楚客：诗人自指。3.汉口：汉水入长江处，在今武汉。洞庭：洞庭湖。4.孤城：指岳阳城。戍：军队驻守的营房。戍，一作"树"。5.这两句用贾谊的典故。贾谊上书汉文帝，表达对国事的担忧，却被贬为长沙王太傅。

【简评】作者以此诗寄托对朋友的相思之情。"汉口夕阳斜渡鸟，洞庭秋水远连天"一联，上句写眼前所见，夕阳西下，归鸟回巢，反衬自己羁旅漂泊，无处安身之苦。下句紧扣诗题"望岳阳"三字，写想象中洞庭湖秋水连天的景象，承上联"益渺然"而来，却又不着痕迹。这一联诗写眼前所见之景和心中所想之景，没有一字表达相思之情，然而深沉绵渺的相思之情就已经展现在读者面前了。尾联以贾谊比喻源中丞，对其忧心国事却无辜被贬的遭遇表示同情。此诗题目所涉内容较多，全诗能够紧扣题目而展开，构思亦极为巧妙。

送灵澈上人[1]

苍苍竹林寺,杳杳钟声晚。[2]

荷笠带夕阳,青山独归远。

——储仲君《刘长卿诗编年笺注》,中华书局 1996 年版

【注释】1.灵澈:中唐著名诗僧,本姓汤,会稽(今浙江绍兴)人,自幼出家,号灵澈。2.苍苍:苍茫悠远的样子。竹林寺:故址在今江苏镇江。杳杳:深远的样子。

【简评】此诗为作者送灵澈归竹林寺而作。首二句想象苍茫悠远的竹林寺,传来傍晚的钟声。后二句为读者展现了一幅优美的画面:夕阳西下,一个头戴斗笠的僧人,向着淡淡的青山,越行越远。诗用寥寥几语,创造了一种清幽淡远,韵味无穷的意境。

听弹琴

泠泠七弦上,静听松风寒。[1]

古调虽自爱,今人多不弹。

——储仲君《刘长卿诗编年笺注》,中华书局 1996 年版

【注释】1.泠泠(líng):形容琴声清幽。松风:形容琴声。古琴曲有《风入松》,这里也暗指弹奏此曲。

【简评】"古调虽自爱,今人多不弹",表面看是诗人不合时宜的牢骚语,其实诗人借此表达的是超凡脱俗、孤芳自赏的高远情趣。

· 钱起

钱起(722?—780?),字仲文,吴兴(今浙江湖州)人。天宝九载(750)登进士第。曾任秘书省校书郎、司勋员外郎、考功郎中等职。钱起诗名颇著,是"大历十才子"之一。有《钱考功集》。

送僧归日本

上国随缘至,来途若梦行。[1]

浮天沧海远,去世法船轻。[2]

水月通禅观,鱼龙听梵声。[3]

惟怜一灯影,万里眼中明。[4]

——王定璋《钱起诗集校注》卷五,浙江古籍出版社 1982 年版

【注释】1.上国:指中国。随缘至:一作"随缘住"。来:归。2.法船:僧人所乘的船。一作"法舟"。3.水月:比喻一切都像水中月那样虚幻。禅观:参禅。梵声:诵经声。4.灯:灯能破除黑暗,佛教用灯比喻佛法。《维摩诘经》:"譬一灯燃百千灯,冥者皆明,明终不尽。"

【简评】诗是送行之作,所送对象是僧人,归往之处是遥远的日本。颔联写僧人乘船浮海而行。颈联以月映海中、鱼龙听经表达禅理,极为巧妙。尾联则借用佛教有关"灯"的特殊含义,表明诗人虽远隔万里,仍然眼望明灯,为佛法所感染。全诗几乎句句切合佛教义理,符合被送者身份,切合"送僧归日本"的主题。

谷口书斋寄杨补阙[1]

泉壑带茅茨,云霞生薜帷。[2]

竹怜新雨后,山爱夕阳时。[3]

闲鹭栖常早,秋花落更迟。

家童扫萝径,昨与故人期。[4]

——王定璋《钱起诗集校注》卷四,浙江古籍出版社 1982 年版

【注释】1.谷口:在今陕西泾阳西北。补阙:官名,负责向皇帝规谏和举荐人才。2.壑:山谷。带:环绕。茅茨(cí):茅屋,指书斋。薜(bì):薜荔,植物名。薜帷:薜荔密密麻麻像帷幕一样。3.怜:爱。4.萝径:长满薜萝的小路。故人:指杨补阙。期:约定。

【简评】此诗写谷口书斋的环境,突出其幽静安闲的特点。"竹怜新雨后,山爱夕阳时"一联,描摹细腻,对仗工整,将人所习见的事物摄入诗中,使诗歌获得了鲜活的艺术生命。

省试湘灵鼓瑟[1]

善鼓云和瑟,常闻帝子灵。[2]

冯夷空自舞,楚客不堪听。[3]

苦调凄金石,清音入杳冥。[4]

苍梧来怨慕,白芷动芳馨。[5]

流水传湘浦,悲风过洞庭。[6]

曲终人不见,江上数峰青。

——王定璋《钱起诗集校注》卷六,浙江古籍出版社 1982 年版

【注释】1. 省试:唐代进士考试,由尚书省礼部主试,称省试。湘灵鼓瑟:考试题目。2. 云和瑟:瑟名。帝子:指尧女,即舜妻。3. 冯(píng)夷:传说中的河神名。4. 金:指钟类乐器。石:指磬类乐器。5. 苍梧:山名,在今湖南宁远,又称九嶷,传说舜帝南巡,崩于苍梧,此代指舜帝之灵。白芷:草本植物。6.湘浦:一作"潇浦"。

【简评】前四句点出题目"湘灵鼓瑟",暗用湘水女神擅长鼓瑟的传说。她鼓瑟的声音如此动人,令水神冯夷起舞,也让路过湘水的楚客无比伤感,不忍倾听。那么,她的瑟音到底是怎样的呢?紧接着六句对湘灵鼓瑟进行了细致描绘,瑟音满是凄凉、哀怨、悲伤的情调。最后两句,以"曲终人不见"紧扣"湘灵",突出她的神性特点;用"江上数峰青"点明"鼓瑟"的效果,余音袅袅,悠然不尽,给人留下无穷的回味。此联是诗人的神来之笔,为历代读者所称道。

阙下赠裴舍人[1]

二月黄鹂飞上林,春城紫禁晓阴阴。[2]

长乐钟声花外尽,龙池柳色雨中深。[3]

阳和不散穷途恨,霄汉长悬捧日心。[4]

献赋十年犹未遇,羞将白发对华簪。[5]

——王定璋《钱起诗集校注》卷八,浙江古籍出版社 1982 年版

【注释】 1.诗题一作"赠阙下裴舍人"。阙下:指朝廷。舍人:中书舍人的简称。2.上林:上林苑,是汉代皇家苑囿。这里指唐宫苑。紫禁:皇宫。3.长乐:汉代宫殿,这里借指唐宫殿。龙池:唐宫池,在兴庆宫内。4.阳和:春天的温暖气息,这里暗喻皇帝的恩泽。霄汉:天空。悬:一作"怀"。捧日心:据说三国程昱年轻时梦见自己双手捧日,后来成为曹操的心腹。这里是说自己有效忠皇帝的愿望。5.献赋:向皇帝献辞赋,希望得到赏识。白发:作者自指。华簪:华丽的冠饰,这里指裴舍人。

【简评】 裴舍人是朝中高官,钱起写诗给他,希望得到援引推荐。诗的前两联写皇宫景象,用"上林""紫禁""长乐""龙池"等名词紧紧扣住题目"阙下"二字,裴舍人地位的尊崇不言而喻,隐含对裴舍人的颂扬之意,而又不露痕迹。后两联表达自己虽然忠于朝廷但至今未仕的惭愧之情,言外之意就是希望得到裴舍人的援引推荐。此诗求人援引,却又不卑不亢,表达方式委婉含蓄,体现了诗人高度的文学才华。

· 韩翃

韩翃,生卒年不详,字君平,南阳(今属河南)人。天宝十三载(754)登进士第。安史之乱后,得到淄青节度使侯希逸赏识,召入幕府。之后闲居十年之久。李勉镇守宣武时,聘为从事。后被唐德宗赏识,任驾部郎中,知制诰,官至中书舍人。韩翃有诗名,是"大历十才子"之一。有《韩君平集》。

酬程延秋夜即事见赠[1]

长簟迎风早,空城澹月华。[2]

星河秋一雁,砧杵夜千家。[3]

节候看应晚,心期卧亦赊。[4]

向来吟秀句,不觉已鸣鸦。[5]

——《全唐诗》卷二百四十四,中华书局1960年版

【注释】1.程延:其人不详。他以《秋夜即事》诗相赠,韩翃作诗酬答。2.簟:竹席。澹:荡漾的样子。3.砧:捣衣石。杵:捣衣棒。4.心期:指朋友之间心灵相通。赊(shē):迟。因为要作诗相酬,所以睡得晚了。5.向来:犹言一直。秀句:佳句,指程延的诗。鸣鸦:天亮时乌鸦鸣叫。

【简评】诗是应和之作。前两联写秋夜景色,秋风、秋月、秋雁、砧杵都表现了秋的特点。尤其是"星河秋一雁,砧杵夜千家",一只孤雁划过银河,夜空中传来千家万户的捣衣声。此联写眼前所见,耳中所听,对仗工整,意境优美,仿佛将读者拉回到千年之前唐代的一个秋夜。后两联以夜半不眠来表现友情之深,切合赠答的主题。

同题仙游观[1]

仙台下见五城楼,风物凄凄宿雨收。[2]

山色遥连秦树晚,砧声近报汉宫秋。[3]

疏松影落空坛静,细草香闲小洞幽。[4]

何用别寻方外去,人间亦自有丹丘。[5]

——《全唐诗》卷二百四十五,中华书局1960年版

【**注释**】1.同题:同游者一起题诗。仙游观:唐高宗为道士潘师正而建,在河南嵩山。2.五城楼:传说中神仙居住的地方。宿雨:下了一夜的雨。3.汉宫:指唐宫殿。4.坛:观内祭神的坛子。小洞:观内清幽的洞府。5.方外:世外。神仙所居之处。丹丘:神话中神仙所居之地。

【**简评**】此诗写游览道观的感受。首联点出"仙游观",表明天气特点。颔联通过想象和联想,由眼前的山色联想到秦地的树木,捣衣声提醒人们已经到了深秋时节,对仗工整,给人以意境开阔、气度雄浑之感。颈联则描写仙游观内的景物,给人以幽静之感,切合道观的特点。尾联则赞扬道观是人间仙境,这也是诗人游览的最大感受。

寒食[1]

春城无处不飞花,寒食东风御柳斜。[2]

日暮汉宫传蜡烛,轻烟散入五侯家。[3]

——《全唐诗》卷二百四十五,中华书局 1960 年版

【**注释**】1.寒食:古人以冬至后一百零五天为寒食节,大约在清明节前一两天,这一天禁火,吃寒食。2.御柳:皇宫中的柳树。3.汉宫:这里指唐朝皇宫。传蜡烛:传赐蜡烛燃火。唐朝旧例,寒食节宫中特许燃烛,至清明日,以火赐近臣。五侯:东汉桓帝在同一天封宦官单超等五人为侯,称五侯。这里泛指豪门贵族。

【**简评**】前联不说"处处",而说"无处不",用更为肯定的语气,把长安城柳絮纷飞、落红无数的景象展现在读者面前,让读者更为鲜明地感受到春意盎然的春城景象。后联才是诗的主题所在,作者用平缓的叙述语气,表现豪门贵族的骄奢之气。前人一般都认为诗人这两句旨在讽刺唐代中后期宦官专权的社会现象,有一定的现实意义。

· 皇甫冉

皇甫冉(717? —771?),字茂政,润州丹阳(今江苏丹阳)人。天宝十五载(756)登进士第,历任无锡尉、左拾遗、左补缺等。《全唐诗》存录其诗二卷。

春思

莺啼燕语报新年,马邑龙堆路几千。[1]

家住秦城邻汉苑,心随明月到胡天。[2]

机中锦字论长恨,楼上花枝笑独眠。[3]

为问元戎窦车骑,何时返旆勒燕然。[4]

——《全唐诗》卷二百五十,中华书局 1960 年版

【注释】1.马邑:汉代有马邑县,故址在今山西朔县。龙堆:白龙堆,在今新疆,古代交通要道。2.秦城:指京城。汉苑:指唐宫殿。胡天:指边塞,丈夫征战之地。3.机中锦字:据传晋代窦滔之妻苏蕙擅长写诗,窦滔被迁徙到流沙(西北沙漠地区)为官。苏蕙思念他,织锦为回文诗相赠,表达思念之情。4.元戎:主帅。窦车骑:指东汉车骑将军窦宪。返旆:班师。勒:刻石。燕然:燕然山,即今蒙古杭爱山。窦宪为车骑将军,大破匈奴,登燕然山,刻石记功而还。

【简评】莺啼燕语的新春景象,引起了闺中女子对丈夫的思念之情。"路几千"极言路途之远,"心随明月"表现相思之深。"独眠"为"花枝"所笑,十分形象地表现了女子落寞孤寂的心情。最后以问句作结:带兵打仗的主将啊,你什么时候才能立功而还?这一句是诗的主题所在,言外之意就是现在没有窦车骑那样的将军,战争什么时候才能结束呢。诗人借闺中女子表达了厌战之心。

· 司空曙

　　司空曙(720—790)，字文初，一字文明，广平(今河北永年)人。大历初年登进士第。曾任右拾遗、长林丞、检校水部郎中，官终虞部郎中。司空曙负有诗名，是"大历十才子"之一。《全唐诗》存录其诗二卷。

云阳馆与韩绅卿宿别[1]

故人江海别，几度隔山川。

乍见翻疑梦，相悲各问年。[2]

孤灯寒照雨，湿竹暗浮烟。[3]

更有明朝恨，离杯惜共传。[4]

——文航生校注《司空曙诗集校注》，人民文学出版社 2011 年版

【注释】1.云阳：今陕西泾阳。馆：驿站馆舍。宿别：同宿后分别。2.乍：突然。翻：反。问年：问年纪。3.湿竹：一作"深竹"。4.明朝恨：指明早离别之恨。惜：珍惜。共传：传杯共饮。

【简评】首联写分别时间之久，相距之遥。正因为这样，才有会面之不易，离别之感伤。颔联，"疑梦"表明相逢之意外；"问年"表明离别时间之长久，刻画了意外相逢的场面，可谓悲喜交加，感慨万端。颈联写景，突出孤独、寒冷和迷离的感受，情在景中，借景抒情。尾联点明明日即将分别，因此今晚的相聚更值得珍惜，短暂重逢之后的离别更加让人痛苦凄凉。

喜外弟卢纶见宿[1]

静夜四无邻，荒居旧业贫。[2]

雨中黄叶树，灯下白头人。

以我独沉久，愧君相见频。[3]

平生自有分，况是蔡家亲。[4]

——文航生校注《司空曙诗集校注》，人民文学出版社 2011 年版

【注释】1.外弟:表弟。卢纶:作者表弟,与作者同属"大历十才子"。见宿:过访并住宿。2.旧业:原有的家业。3.独沉久:独自长久地沉沦。4.分:情分、情谊。蔡家亲:指表亲。西晋羊祜伐吴有功,上表皇帝将功劳让给表兄蔡袭,后来用"蔡家亲"指姑舅表亲。

【简评】虽是"喜见外弟",但诗中处处表现出悲哀的情绪。"雨中黄叶树,灯下白头人"是历来传诵的名句。秋雨连绵,黄叶飘落,如此萧瑟凄凉的景象,让诗人对自己和表弟的衰朽残年产生了无限感慨。见景生情,取景入诗,寄托了诗人多少悲凉和辛酸。

贼平后送人北归[1]

世乱同南去,时清独北还。[2]

他乡生白发,旧国见青山。[3]

晓月过残垒,繁星宿故关。

寒禽与衰草,处处伴愁颜。

——文航生校注《司空曙诗集校注》,人民文学出版社 2011 年版

【注释】1.贼平:指安史之乱被平定。2.时清:时事安定。3.旧国:故乡。

【简评】这是一首构思别致的送别诗。诗从所送友人之角度落笔,"独还"与"同去"相对应,见出世事变化之沧桑、友人行程之孤独。后二联想象友人的一路行程,以友人之"愁颜"抒发自己的离情别绪,委婉含蓄,意味深长。

· 李端

李端(743—782),字正己,赵郡(今河北赵县)人。大历五年(770)登进士第,授秘书省校书郎。后因病辞官,隐居终南山,建中年间为杭州司马。李端有诗名,是"大历十才子"之一。《全唐诗》存录其诗三卷。

听筝

鸣筝金粟柱,素手玉房前。[1]

欲得周郎顾,时时误拂弦。[2]

——《全唐诗》卷二百八十六,中华书局 1960 年版

【注释】1.金粟柱:柱是琴或筝上安弦的轴。金粟:古代称桂为金粟。玉房:指筝。2.据说周瑜精通音乐,听人弹琴有误,他就会来看,当时有"曲有误,周郎顾"的说法。这两句用的就是这个典故。

【简评】小诗前两句通过"金粟柱""素手""玉房"等词语,暗示弹筝人高雅脱俗。那么,她的技艺必是非同一般,读者期待诗人即将对弹筝进行描写。然而,诗的后两句却语意一转,没有写她如何弹筝,却说她总是弹错弦音,为什么呢?因为她想得到知音的关注。而诗人识破她的心思,点出她"误拂弦"的原因,道出了弹筝者渴望知音的细腻心思。小诗构思极为巧妙,"误拂弦"获得了特殊意味。

· 皎然

皎然(720？—800？)，俗姓谢，字清昼，湖州长城(今浙江长兴)人。自称是谢灵运的十世孙。应试落第，出家为僧，法号皎然。皎然工于诗，还著有诗论专著《诗式》，是唐代著名的诗僧。有《昼上人集》。

寻陆鸿渐不遇[1]

移家虽带郭，野径入桑麻。[2]

近种篱边菊，秋来未著花。[3]

扣门无犬吠，欲去问西家。

报道山中去，归来每日斜。[4]

——《全唐诗》卷八百一十五，中华书局 1960 年版

【注释】1.陆鸿渐：陆羽，字鸿渐，竟陵(今湖北天门)人。隐居苕溪，著有《茶经》。后被奉为"茶神"。2 带郭：靠近城郭。3.著花：开花。4.报道：回答说。

【简评】前两联写隐士的生活环境。桑麻、篱菊，表明作者所寻访的是一位田园隐士。后两联扣紧题目中的"不遇"。每日黄昏才从山中归来，则隐士流连山林、忘情山水的生活就可想而知了。此诗虽未直接写隐士，但隐士的高情远志已经得到了委婉含蓄的表达。

· 韦应物

　　韦应物(737—791),京兆万年(今陕西西安)人。曾为玄宗侍卫,历任洛阳丞、比部员外郎、滁州刺史、江州刺史、苏州刺史等职。世称"韦江州"或"韦苏州"。韦应物各体兼工,风格多样,尤擅山水田园诗。有《韦应物集》。

简卢陟[1]

可怜白雪曲,未遇知音人。[2]

恓惶戎旅下,蹉跎淮海滨。[3]

涧树含朝雨,山鸟哢余春。[4]

我有一瓢酒,可以慰风尘。[5]

——孙望《韦应物诗集系年校笺》卷七,中华书局 2002 年版

【注释】1. 简:书信,此为致信之意。卢陟:韦应物的外甥。2. 白雪曲:即《阳春》《白雪》,指高雅的乐曲。3. 恓(xī)惶:不安的样子。戎旅:军队。蹉跎:时光流逝而无所作为。淮海滨:淮河以北,东至大海的地方。4. 含:孙望《韦应物诗集系年校笺》作"舍",当是笔误,其所据底本《四部丛刊》本《韦江州集》作"含"。哢(lòng):鸟鸣声。5.风尘:比喻劳苦奔波的生活。

【简评】首联借用阳春白雪,也即曲高和寡的典故,表明卢陟虽有才华,却不遇知音,无人赏识,充满了惋惜和感慨之情。颔联概括卢陟的经历,不论是戎旅生涯,还是居于淮海之滨,均是落寞凄凉,蹉跎无成,暗含诗人对卢陟怀才不遇的感慨。颈联写景,也许是前面对卢陟的惋惜和感慨过于压抑,此处诗人宕开一笔,展现出晚春时节大自然的蓬勃生机,令人精神为之一振。尾联诗人欲持酒慰问风尘劳顿的卢陟,表现了对卢陟的关爱和同情。

初发扬子寄元大校书[1]

凄凄去亲爱,泛泛入烟雾。[2]

归棹洛阳人,残钟广陵树。[3]

今朝此为别,何处还相遇。

世事波上舟,沿洄安得住。[4]

——孙望《韦应物诗集系年校笺》卷二,中华书局 2002 年版

【注释】 1.扬子:渡口名,在今江苏江都南。校书:校书郎的省称。2.去:离开。亲爱:指好友。3.棹(zhào):船桨,代指船。洛阳人:去洛阳的人,韦应物自称。广陵:扬州的古称。4.沿:顺流。洄(huí):逆流。

【简评】 这是作者在离开广陵前往洛阳途中,寄给朋友元大的诗。全诗饱含惜别之情,却委婉含蓄,不着痕迹。末句以眼前所见舟船作比,感叹人生漂泊、世事无常,进一步渲染了离情别绪。

长安遇冯著

客从东方来,衣上灞陵雨。[1]

问客来何为,采山因买斧。[2]

冥冥花正开,飏飏燕新乳。[3]

昨别今已春,鬓丝生几缕。

——孙望《韦应物诗集系年校笺》卷二,中华书局 2002 年版

【注释】 1.灞陵:在长安之东,汉文帝葬于此。2.来何为:一作"何为来"。采山:进山采伐树木,含有归隐之意。3.冥冥:形容繁花盛开,颜色深暗的样子。飏飏(yáng):形容燕子飞翔的样子。燕新乳:指初生的小燕。

【简评】 朋友一身行色,从灞陵而来,有归隐之意。原因如何,诗人并未多说,大概与朋友心照不宣,不必多说。和朋友一别经年,鬓角又多几缕白发,感慨之情,溢于言表。

寄全椒山中道士[1]

今朝郡斋冷，忽念山中客。

涧底束荆薪，归来煮白石。[2]

欲持一瓢酒，远慰风雨夕。

落叶满空山，何处寻行迹。

——孙望《韦应物诗集系年校笺》卷七，中华书局 2002 年版

【注释】1.全椒：在今安徽。山：指全椒西三十里的神山。2.束：捆绑。荆薪：柴草。煮白石：据晋代葛洪《神仙传》记载，有白石先生，煮白石为粮。这里代指山中道士。

【简评】诗由"冷"引出，因天气冷而想念朋友，可见诗人对朋友的挂念之深。颔联则想象朋友的日常生活，"煮白石"点出朋友的道士身份。颈联表达诗人的意愿，想要持一瓢酒，不顾路途遥远，在风雨之夕前去慰问朋友。尾联，诗人转念一想，在这落叶飘落的空山，到哪里去寻找朋友的踪迹呢？言外之意就是，道士朋友的生活空灵而自由，自己又何必前去慰问他呢？此诗意境淡泊悠远，全任自然，不加雕琢，向来为后人所称道。

夕次盱眙县[1]

落帆逗淮镇，停舫临孤驿。[2]

浩浩风起波，冥冥日沉夕。[3]

人归山郭暗，雁下芦洲白。[4]

独夜忆秦关，听钟未眠客。[5]

——孙望《韦应物诗集系年校笺》卷六，中华书局 2002 年版

【注释】1.次：止宿。盱眙：今江苏盱眙，在淮河南岸。2.逗：逗留，短暂停留。驿：驿站。3.风起波：孙望《韦应物诗集系年校笺》作"风波起"，其所据底本《四部丛刊》本《韦江州集》作"风起波"，据改。冥冥：昏暗的样子。夕：孙望《韦应物诗集系年校笺》作"多"，其所据底本《四部丛刊》本《韦江州集》作"夕"，据改。4.芦洲：开满芦花的水中小洲。5.独夜：孤独之夜。忆秦关：长安地区古为秦地，称为秦关。韦应物是长安人，这里含有思念家乡的意思。

【简评】诗是旅途所写,首联点出傍晚泊船。二、三联写诗人眼前所见之景,无论是孤驿、风波,还是夕阳、雁下,无不凄凉萧索,衬托出诗人孤独寂寞的旅人心情。尾联以思乡作结,听钟不眠,亦是旅人常有情怀。

淮上喜会梁川故人[1]

江汉曾为客,相逢每醉还。[2]

浮云一别后,流水十年间。

欢笑情如旧,萧疏鬓已斑。[3]

何因不归去,淮上对秋山。[4]

——孙望《韦应物诗集系年校笺》卷七,中华书局 2002 年版

【注释】1.淮上:淮河边上。此指楚州,今江苏淮安。梁川:指流经梁州一带的汉水,借指梁州。2.江汉:指江汉平原一带,在湖北。3.斑:斑白。4.对:一作"有"。

【简评】诗写与故人相会。首联以回忆往事开端,一个"醉"字,足以表现当年二人关系之亲密。颔联写相逢之后,难免忆旧,诗人以少总多,用"流水十年间"一句,概括十年往事,要言不烦。颈联用"欢笑"扣住题目中的"喜"字,用"萧疏"一句,表明分别之久,变化之大,其中暗寓时光流逝、人生易老的感慨,给人以无穷的回味。尾联则是回答朋友的疑问,既可看出朋友对自己的关心,又能体现自己对淮上生活的喜爱,含有希望朋友不必挂念自己的意味,更可见二人情意之深厚。

赋得暮雨送李胄[1]

楚江微雨里,建业暮钟时。[2]

漠漠帆来重,冥冥鸟去迟。[3]

海门深不见,浦树远含滋。[4]

相送情无限,沾襟比散丝。[5]

——孙望《韦应物诗集系年校笺》卷七,中华书局 2002 年版

【注释】1.赋得:古人分题作诗,分到的诗题称"赋得"。李胄:一作"李渭"。2.楚江:指长江。流经古楚国,称楚江。建业:今江苏南京。3.漠漠:水汽迷漫的样子。帆来

重:微雨打湿船帆,船行迟缓。冥冥:天色昏暗。4.海门:长江入海处。浦树:指江边的树林。含滋:带着水汽。5.沾襟:比喻眼泪。散丝:指雨水。

【简评】诗人紧扣"暮雨"来写送别之情。首联交待送别的时间、地点,点出暮雨送别的特殊情景。颔、颈联写眼前所见之景,都以暮雨为衬托,用"漠漠""冥冥"表现沉重、迟缓之感,用"深不见""远含滋"表现迷离怅惘之情。以工整的对句营造了一种阴沉抑郁的气氛,很好地表达了送别朋友的伤感情绪。

寄李儋元锡[1]

去年花里逢君别,今日花开已一年。[2]

世事茫茫难自料,春愁黯黯独成眠。[3]

身多疾病思田里,邑有流亡愧俸钱。[4]

闻道欲来相问讯,西楼望月几回圆。[5]

——孙望《韦应物诗集系年校笺》卷七,中华书局 2002 年版

【注释】1.李儋(dān):武威(今属甘肃)人,曾任殿中侍御史。元锡:字君贶(kuàng)。二人都是韦应物好友。2.已:一作"又"。3.黯黯:心神暗淡的样子。4.思田里:想要退隐田园。邑:自己所治理的地方。流亡:外出逃荒的人。愧俸钱:对自己拿朝廷俸禄感到惭愧。5.问讯:探问,问候。

【简评】首联,由今年花开而想起去年花开时节与朋友相别,花开花谢,总是令人无限感慨。颔联便顺承而下,抒发人生无常之感,表达自己落寞孤寂之情。诗人为什么"春愁黯黯"?颈联"身多疾病""邑有流亡",揭示了其中原因,表现了一个封建官僚的良知和责任心。尾联表达对朋友的思念之情,"西楼望月几回圆"一句,表现诗人长久思念朋友的深情,深沉而含蓄,收到了感人至深的效果。

秋夜寄丘二十二员外[1]

怀君属秋夜,散步咏凉天。[2]

山空松子落,幽人应未眠。[3]

——孙望《韦应物诗集系年校笺》卷九,中华书局 2002 年版

【注释】1.丘员外:指丘丹,浙江嘉兴人,曾任仓部员外郎。韦应物任苏州刺史时,丘丹在
临平山(今浙江余杭附近)学道,二人常有唱和。2.属:正值。3.幽人:指丘丹。

【简评】诗人秋夜散步怀念友人,同时设想友人也在怀念自己,构思精巧,情意深长。

滁州西涧[1]

独怜幽草涧边生,上有黄鹂深树鸣。[2]

春潮带雨晚来急,野渡无人舟自横。

——孙望《韦应物诗集系年校笺》卷六,中华书局 2002 年版

【注释】1.滁州西涧:在滁州(今属安徽)城西。2.独怜:最爱。

【简评】诗写滁州西涧,着力表现其清幽自然的境界。用"独怜"领起全诗,诗人忍不住要
表达他强烈的喜爱之情,幽草、黄鹂、深树,滁州西涧的独特环境都是他喜爱的对
象。尤其是临近傍晚,水涨潮生之时,野渡无人,诗人流连其间,怡然自乐。在诗
人创造的这幅画面中,不见有人,而人在其中。一幅泼墨写意的山水画,就展现在
读者面前。

· 戴叔伦

戴叔伦(732—789)，字次公，一字幼公。润州金坛(今属江苏常州)人。曾任湖南转运留后、东阳令、抚州刺史、容州刺史等。晚年出家为道士。《全唐诗》存录其诗二卷。

江乡故人偶集客舍[1]

天秋月又满，城阙夜千重。

还作江南会，翻疑梦里逢。[2]

风枝惊暗鹊，露草覆寒蛩。[3]

羁旅长堪醉，相留畏晓钟。[4]

——蒋寅《戴叔伦诗集校注》，上海古籍出版社 1993 年版

【注释】1.《全唐诗》作"客夜与故人偶集"。2.翻疑：反而怀疑。3.蛩：蟋蟀。4.羁旅：长期旅居他乡。

【简评】羁旅他乡，本是让人无限伤感的事情。他乡遇故知，惊喜之情可想而知。首联点明相逢的时令、地点。颔联写重逢聚会，似乎与当年在江南聚会时一样热闹，"翻疑梦里逢"一句，道出意外重逢带给诗人的真实感受。颈联写景，给人以凄凉之感。尾联表明羁旅他乡已是凄凉无奈，况且此时又送别朋友，不舍之情，溢于言表。

· 卢纶

卢纶(737？—799？)，字允言，河中蒲(今山西永济)人。大历中屡试进士不中，后经宰相元载举荐，出仕小官。得唐德宗赏识，任过秘书省校书郎、昭应令、检校户部郎中等。是"大历十才子"之一。《全唐诗》存录其诗五卷。

送李端[1]

故关衰草遍，离别正堪悲。[2]

路出寒云外，人归暮雪时。

少孤为客早，多难识君迟。[3]

掩泪空相向，风尘何处期。[4]

——刘初棠《卢纶诗集校注》卷五，上海古籍出版社 1989 年版

【注释】1.李端：字正己，赵州(今河北赵县)人。"大历十才子"之一。2.故关：故乡。3.少孤：指自己早年丧父。客：古人称在他乡谋生或做官的人。君：指李端。4.风尘：指世事纷乱。何处：一作"何所"。期：会合。

【简评】首联点出离别之"悲"，这是送别朋友的主观感受。颔联用"寒云""暮雪"等景物描写，烘托离别之悲。颈联通过自伤身世深化离别之悲。尾联用掩泪相向、会面无期进一步强化离别之悲。全诗紧扣"悲"字而写，字字含悲，句句写悲，充分表现了送别朋友的悲伤之情。

晚次鄂州[1]

云开远见汉阳城，犹是孤帆一日程。

估客昼眠知浪静，舟人夜语觉潮生。[2]

三湘衰鬓逢秋色，万里归心对月明。[3]

旧业已随征战尽，更堪江上鼓鼙声。[4]

——刘初棠《卢纶诗集校注》卷四，上海古籍出版社 1989 年版

【注释】1.鄂州:今湖北武汉市武昌。2.估客:商人。3.三湘:代指湖南。卢纶此行将由武昌南下,进入湖南。衰鬓:一作"愁鬓"。4.旧业:家业。鼙:古代军中的一种小鼓。

【简评】首联写傍晚时分泊船鄂州,远远望见汉阳城,推测还有一天的行程,诗人淡淡道出,完全是旅客的口吻。颔联写白天看到同船的商人睡觉,知道江上风平浪静;晚上听到船家说话的声音,知道潮水上涨。将乘船的感受写入诗中,真实而又自然,很容易唤起有相同经历者的共鸣。颈联对仗极为工稳,境界亦极为阔大,是对内心忧愁和思归之心的充分表达。尾联承接颈联的"衰鬓"和"归心"而来,想到家乡旧业已毁于战火,江上传来的战鼓之声让人不觉心惊不已,表现了一个历经战乱者的敏感心思。

和张仆射塞下曲[1]

其一

鹫翎金仆姑,燕尾绣蝥弧。[2]

独立扬新令,千营共一呼。[3]

【注释】1.此题下原有六首,此选前四首。2.鹫翎:鹫鸟的翎毛。鹫:鹰的一种,猛禽。金仆姑:箭名,一种用鹫鸟的翎毛作箭尾的箭。燕尾:旗上的飘带。蝥(máo)弧(hú):旗帜名。3.扬:宣布。

【简评】前两句写军容整肃,后两句写军令严明。"千营共一呼"给人以排山倒海、气势磅礴之感,展现了不可侵犯的军威。

其二

林暗草惊风,将军夜引弓。[1]

平明寻白羽,没在石棱中。[2]

【注释】1.引弓:拉弓。将军:指李广。2.平明:天刚亮。白羽:指箭。没:陷入。

【简评】这首诗吟咏汉代名将李广的故事。据《史记·李将军列传》记载,李广有一次晚上出去打猎,看到草丛中的一块大石头,误认为是老虎,一箭射去,箭头射入石中。作者以诗的形式再现了李广的神勇。文字虽少,却给读者以真实生动的感受。

其三

月黑雁飞高,单于夜遁逃。[1]

欲将轻骑逐,大雪满弓刀。[2]

【注释】1.月黑:没有月亮的夜晚。单于:古代匈奴的首领。2.将(jiāng):率领。轻骑:轻装骑兵。逐:追击。

【简评】此诗描绘了一幅抗击匈奴的战争画面。"大雪"一句,以环境的恶劣,衬托将士不畏艰难困苦,英勇杀敌,保家卫国的精神,给人痛快淋漓的感觉。

其四

野幕敞琼筵,羌戎贺劳旋。[1]

醉和金甲舞,雷鼓动山川。[2]

——刘初棠《卢纶诗集校注》卷二,上海古籍出版社 1989 年版

【注释】1.野幕:野外设帐。敞:开。琼筵:丰盛的筵席。羌戎:羌和戎都是古代西北的少数民族。劳:慰劳。旋:凯旋。2.和:指穿戴着。金甲:铠甲。雷鼓:八面鼓,一种大鼓。

【简评】这首诗表现庆功宴的场面。野外设宴,羌戎来贺,将士穿金甲起舞,敲起了惊天动地的庆祝鼓声,那种豪迈奔放,欢声雷动的宴饮场面,令人精神振奋。

·李益

李益(748—827?),字君虞,郑州(今属河南)人。大历四年(769)登进士第。任郑县县尉,久不升迁,弃官而去。漫游燕赵,被幽州节度使刘济引为从事。后又到西北边塞,任节度使幕僚。前后有多年戎马生涯。唐宪宗闻其诗名,将其召入朝中,任秘书少监,官至礼部尚书。李益诗名颇著,尤擅边塞诗,是"大历十才子"之一。有《李君虞集》。

喜见外弟又言别[1]

十年离乱后,长大一相逢。

问姓惊初见,称名忆旧容。

别来沧海事,语罢暮天钟。[2]

明日巴陵道,秋山又几重。[3]

——王亦军、裴豫敏《李益集注》,甘肃人民出版社 1989 年版

【注释】1.外弟:表弟。2.沧海事:指沧桑变化之事。3.巴陵:唐代郡名,在今湖南岳阳。
【简评】首联写"见"。幼小时期因社会动乱而分别,十年之后长大成人方才相见,交代了诗人同表弟重逢的背景。颔联用"惊初见""忆旧容"刻画出久别重逢的场面,表现二人重逢的惊喜。颈联写重逢之后的叙旧,饱含不舍之意。尾联写"别"。难舍难分,彻夜长谈的重逢是这样短暂,明天还将踏上旅程,山川无尽,不知将归向何方。诗人不写未来如何,一句"秋山又几重",言有尽而意无穷,令人平添多少惆怅之情。

江南词

嫁得瞿塘贾,朝朝误妾期。[1]

早知潮有信,嫁与弄潮儿。[2]

——王亦军、裴豫敏《李益集注》,甘肃人民出版社 1989 年版

【注释】1. 瞿塘：瞿塘峡，长江三峡之一，在今重庆。贾：商人。期：约定的归期。2.潮有信：指潮水涨落有固定的时候。弄潮儿：在浪潮中驾船的人。

【简评】因为商人不能如期归家，让妻子产生了不满，产生了不如嫁给弄潮儿的想法，表达了妻子的哀怨之情，想象新颖而独特。

夜上受降城闻笛[1]

回乐烽前沙似雪，受降城外月如霜。[2]

不知何处吹芦管，一夜征人尽望乡。[3]

——王亦军、裴豫敏《李益集注》，甘肃人民出版社 1989 年版

【注释】1.受降城：唐王朝为抵御突厥侵扰，在黄河以北修筑三座受降城，这里指西受降城，故址在今宁夏灵武。2.回乐烽：指回乐城附近的烽火台。3.芦管：用芦苇做的笛子，即芦笛。

【简评】这首诗表现边疆战士的思乡之情。"雪"和"霜"给人寒冷凄凉之感，边关苦寒，本就容易引起征人的思乡之情，而芦笛之声，恰好触动了乡思。"一夜征人尽望乡"，诗人把边疆战士的思乡之情作了有力的表达，明白如口语，但却收到了感人至深的艺术效果。

春夜闻笛

寒山吹笛唤春归，迁客相看泪满衣。[1]

洞庭一夜无穷雁，不待天明尽北飞。

——王亦军、裴豫敏《李益集注》，甘肃人民出版社 1989 年版

【注释】1. 寒山：在今江苏徐州东南。迁客：被贬之人。作者此时正被贬，亦属"迁客"。

【简评】诗人在春夜听到吹笛之声，伴随着笛声，又一年的春天悄然而至，"唤"字运用巧妙。春归大地，而贬谪之人却无法回到家乡，笛声唤回春天，也唤起了迁客的思乡之情。在笛声中，诗人仿佛看到了另一个画面：在遥远的洞庭湖，无数大雁不待天明，就迫不及待地要飞回北方。大雁尚且能北飞，而迁客却有家不能归。诗人的无奈和凄凉，伴随着悠扬的笛声，没有尽头。

· 王建

　　王建(766? —?)，字仲初，颍川(今河南许昌)人。大历十年(775)登进士第，曾官县尉、县丞。大和年间出为陕州司马，后从军塞上。有《王司马集》。

宫词[1]

树头树底觅残红，一片西飞一片东。

自是桃花贪结子，错教人恨五更风。

——《全唐诗》卷三百二，中华书局 1960 年版

【注释】 1.宫词：原诗一百首，写宫女生活，这里选其中一首。

【简评】 看到桃花被一夜春风吹落，引起了宫女的惜春之情。着一"觅"字，最能体现宫女的这种惜春之情。桃花的凋落，也许会让宫女们联想到美好青春的逝去，令她们无比伤感，以至于怨恨昨晚五更天的那一场春风。然而诗人却说，那桃花因为贪图结出果实，因此不惜让花瓣飘落。诗人从旁观者的角度，清楚地知道，宫女即使青春老去，也没有"结子"的可能，她们深处宫中，没有正常的家庭生活，是多么可悲啊！诗的前两句，描绘出宫女惜春的美好画面，后两句用旁观者的画外音，引起读者对宫女的深刻同情，收到了很好的艺术效果。

· 孟 郊

孟郊(751—814)，字东野，湖州武康(今浙江德清)人。贞元十四年(798)登进士第。任过溧阳尉、水陆转运从事、大理评事等职。孟郊长于五古，诗风古朴凝重，精于构思，以"苦吟"著称。有《孟东野诗集》。

游子吟

慈母手中线，游子身上衣。

临行密密缝，意恐迟迟归。

谁言寸草心，报得三春晖。[1]

——韩泉欣《孟郊集校注》卷一，浙江古籍出版社 2012 年版

【注释】1.寸草：小草。寸草心：象征儿女对父母的孝心。三春：因春季有三个月，往往称之为"三春"。晖：阳光。三春晖：比喻母爱。

【简评】此诗是孟郊五十岁任溧阳尉时接母亲来溧阳有感而作。诗人抓住临别之时母亲为游子缝衣这一具有典型意义的细节，歌颂了母爱的伟大。最后两句，以寸草无法报答春晖，比喻儿女无法报答母爱，感情真挚强烈，用最平易的语言，道出了人间最神圣的感情。

· 韩 愈

　　韩愈(768—824),字退之,河南河阳(今河南孟县)人,郡望昌黎(今属河北),世称韩昌黎。贞元八年(792)进士及第,曾任监察御史等职。因关中大旱,上书请求减免赋税,触怒权贵,贬为阳山令。宪宗时随宰相裴度平淮西有功,迁刑部侍郎。元和十四年(819)因谏迎佛骨获罪,贬为潮州刺史。穆宗时,召为国子监祭酒,历任京兆尹及兵部、吏部侍郎。死后谥文,后世也称韩文公。韩愈倡导古文,反对骈文,是唐代著名古文家。诗歌方面,韩愈主张"以文为诗",喜用生僻字,押险韵,形成了奇崛险怪的风格。有《昌黎先生集》。

山石[1]

山石荦确行径微,黄昏到寺蝙蝠飞。[2]

升堂坐阶新雨足,芭蕉叶大支子肥。[3]

僧言古壁佛画好,以火来照所见稀。

铺床拂席置羹饭,疏粝亦足饱我饥。[4]

夜深静卧百虫绝,清月出岭光入扉。

天明独去无道路,出入高下穷烟霏。[5]

山红涧碧纷烂漫,时见松枥皆十围。[6]

当流赤足踏涧石,水声激激风吹衣。

人生如此自可乐,岂必局束为人靰。[7]

嗟哉吾党二三子,安得至老不更归。[8]

——钱仲联《韩昌黎诗系年集释》卷二,上海古籍出版社 1984 年版

【注释】1.此诗作于贞元十七年(801),韩愈时在洛阳惠林寺。2.荦(luò)确:险峻不平。微:狭窄。3.支子:即栀子,常绿灌木,夏天开白花。4.疏粝:指简单的饭菜。5.烟霏:烟霞。6.山红:山花红艳。涧碧:涧水清澈。枥:即栎树。7.靰(jī):马络头。为人靰:被人束缚。8.吾党二三子:指志同道合的几个朋友。

【简评】这是一首纪游诗。诗人按照游踪顺序,逐步叙写,仿佛一个个电影镜头,将一路行程展现在读者面前,使读者充分领略了古寺的清幽和山间景物的壮美。此诗采用

古文笔法,用散文句式进行直接的铺叙与描写,气势遒劲,足以代表韩愈"以文为诗"的诗歌风格。

八月十五夜赠张功曹[1]

纤云四卷天无河,清风吹空月舒波。[2]

沙平水息声影绝,一杯相属君当歌。[3]

君歌声酸辞且苦,不能听终泪如雨。

洞庭连天九疑高,蛟龙出没猩鼯号。[4]

十生九死到官所,幽居默默如藏逃。[5]

下床畏蛇食畏药,海气湿蛰熏腥臊。[6]

昨者州前捶大鼓,嗣皇继圣登夔皋。[7]

赦书一日行万里,罪从大辟皆除死。[8]

迁者追回流者还,涤瑕荡垢朝清班。[9]

州家申名使家抑,坎轲只得移荆蛮。[10]

判司卑官不堪说,未免捶楚尘埃间。[11]

同时辈流多上道,天路幽险难追攀。[12]

君歌且休听我歌,我歌今与君殊科。[13]

一年明月今宵多,人生由命非由他,有酒不饮奈明何![14]

——钱仲联《韩昌黎诗系年集释》卷三,上海古籍出版社 1984 年版

【注释】1.张功曹:即张署。贞元十九年(803),韩愈和张署同遭贬谪,韩愈为阳山令,张署为临武令。贞元二十一年(805),唐顺宗即位,大赦天下,二人到郴州(今湖南)待命,遭到湖南观察使杨凭的压制,未得调任。此诗作于这一年的中秋节。2.河:银河。3.属(zhǔ):劝酒。4.九疑:九嶷山,又称苍梧山,在今湖南宁远。猩:猩猩。鼯:鼯鼠。号:叫。5.十生九死:即九死一生。如藏逃:像躲藏的囚犯。6.食畏药:怕误食毒药。湿蛰:蛰伏在潮湿地方的蛇虫。熏腥臊:散发出的腥臊气味。7.昨者:以前。捶大鼓:唐代宣布大赦令时,击鼓聚众。嗣皇:唐宪宗。继圣:继承皇帝位。登夔皋:登,进用。夔皋,舜时的贤臣夔和皋陶,这里比喻任用贤臣。8.赦书:大赦令。大辟:死刑。除死:免死。9.迁者:贬官在外的人。朝清班:清理朝政,免

除不贤之人。朝清:一作"清朝"。10.州家:州刺史。申名:申报姓名。使家:观察使。移荆蛮:调往江陵任职。江陵旧属楚国,所以称荆蛮。11.判司:诸曹参军的统称。卑官:官职低微。当时韩愈被调任江陵府法曹参军,张署为功曹参军。捶楚:捶,同"箠",马鞭。楚:一种灌木的枝条。这里名词用作动词,指"鞭打"。12.同时流辈:一起被流放的人。天路:进身朝廷之路。13.殊科:不同类。14.他(tuō):其他,此处读托音,押韵。奈明何:怎么对得起明月呢?

【简评】诗人借中秋之夜朋友对饮之际,赋诗抒怀。全诗以张署的悲歌为主,先写贬谪生活的种种苦难艰辛,再渲染唐宪宗大赦天下的浩大声势,与自己不能回朝任职的遭遇形成鲜明对比,酣畅淋漓地表达了抑郁不平之气和无可奈何之情。诗人叙完张署的悲歌之后,最后以"人生由命非由他"来安慰朋友,表面把坎坷命运归于天命,实际上寄寓了诗人宦海沉浮的深沉感慨。

左迁至蓝关示侄孙湘[1]

一封朝奏九重天,夕贬潮州路八千。[2]

欲为圣明除弊事,肯将衰朽惜残年。[3]

云横秦岭家何在?雪拥蓝关马不前。

知汝远来应有意,好收吾骨瘴江边。

——钱仲联《韩昌黎诗系年集释》卷十一,上海古籍出版社 1984 年版

【注释】1. 左迁:贬官,汉代以右为上,所以贬官称左迁,后世沿用。蓝关:在陕西蓝田县南。侄孙湘:韩愈的侄孙韩湘。2. 一封:指一封奏章,即韩愈所作《论佛骨表》。九重天:指朝廷、皇帝。3. 弊事:指劝谏唐宪宗不要迎佛骨事。

【简评】此诗首联叙述自己被贬之事,"朝奏""夕贬",极言自己获罪之快,叮见一封上疏确实惹恼了皇帝。颔联阐述自己被贬原因,要为国家去除弊政,而不惜自己的衰朽残年,态度极为坚决,表明自己忠君爱国之情。颈联写景,景中有情,且气象雄浑,对仗工整,是历来传诵的名句。尾联向侄孙托付后事,更表明自己坚定不屈的意志。

春雪

新年都未有芳华,二月初惊见草芽。[1]

白雪却嫌春色晚,故穿庭树作飞花。

——钱仲联《韩昌黎诗系年集释》卷九,上海古籍出版社 1984 年版

【注释】1.新年:新年以来。芳华:芬芳的春花。

【简评】诗咏春雪。前两句谓新年以后仍未见春花,二月才见春草发芽,极写春色之迟,透露出作者的遗憾之情。后两句将春雪拟人化,谓春雪也嫌春色之迟,因此化为飞花装点春色。诗人抓住白雪与飞花的相似之处,将白雪比为飞花,带给人意外的惊喜,构思极为巧妙。

· 刘禹锡

刘禹锡(772—842),字梦得,洛阳(今属河南)人。唐德宗贞元九年(793)登进士第。曾任太子校书,后为淮南节度使杜佑幕僚,调任监察御史。唐顺宗永贞年间,参与王叔文集团政治革新活动。革新失败后,被贬为连州刺史、朗州司马。十年后召回长安,为权贵所忌,出任播州刺史、连州刺史。五年后转夔州、和州刺史。唐文宗大和二年(828)为集贤殿学士,任礼部郎中,出为苏州刺史。后以裴度力荐,迁太子宾客。世称"刘宾客"。刘禹锡才力雄厚,所作诗歌雄奇俊快而又蕴藉含蓄,形成了具有鲜明个性的诗风。有《刘宾客集》。

蜀先主庙[1]

天地英雄气,千秋尚凛然。[2]

势分三足鼎,业复五铢钱。[3]

得相能开国,生儿不象贤。[4]

凄凉蜀故妓,来舞魏宫前。[5]

——陶敏《刘禹锡全集编年校注》卷五,岳麓书社 2003 年版

【注释】1.蜀先主:指刘备。先主庙在夔州,即今重庆奉节。2.凛然:形容让人肃然起敬的样子。3.三足鼎:指刘备建立蜀汉政权,与曹魏、孙吴成三足鼎立之势。五铢钱:是汉武帝时的通用钱币,王莽篡汉后被废止,东汉光武帝恢复五铢钱。这里用来比喻刘备恢复汉室的功业。4.相:指诸葛亮。儿:指后主刘禅。象贤:指效法先人的好榜样。5."凄凉"两句:据《汉晋春秋》记载,魏灭蜀后,刘禅被送到洛阳,封为安乐县公。一天,魏太尉司马昭与他宴饮,让蜀国女乐在刘禅面前歌舞,别人都为他感伤,而刘禅谈笑自若,乐不思蜀。这两句说的就是这件事。

【简评】首联是对刘备的总体概括,给予极高评价。颔联赞扬刘备建立蜀汉政权,恢复汉室的功业。颈联感慨刘备能够得到诸葛亮的辅佐,从而建立政权,但他的儿子刘禅却没有父辈的贤才。尾联化用刘禅"乐不思蜀"的故事,表达对刘备所建政权最终被消灭的深沉慨叹。

西塞山怀古[1]

西晋楼船下益州，金陵王气漠然收。[2]

千寻铁锁沉江底，一片降幡出石头。[3]

人世几回伤往事，山形依旧枕寒流。

今逢四海为家日，故垒萧萧芦荻秋。[4]

——陶敏《刘禹锡全集编年校注》卷五，岳麓书社 2003 年版

【注释】1.西塞山：在今湖北黄石，是长江中的要塞，三国时东吴曾在此设防。2.西晋：一作"王濬(jùn)"。晋武帝太康元年(280)正月，王濬奉命自成都出发伐吴，顺流而下，直取吴国都城。益州：指成都。金陵：即建业，今江苏南京。王气：古人认为帝王所居之地，上面有特殊的气，称为王气。漠然：一作"黯然"。3."千寻"句：吴国为了阻止晋军进攻，将铁锁铁链放置在长江上进行阻拦。王濬用火烧断了铁锁链。寻：八尺为一寻。降幡：降旗。石头：即石头城。故址在今江苏南京。晋军攻入石头城，吴主孙皓到营门投降。4.四海为家：四海为一家所有，也就是天下统一。故垒：当年的营垒。芦：芦苇。荻：芦苇一类的植物。

【简评】前两联写王濬收复东吴的史事，东吴虽有牢固的江防，但最终举旗投降。后两联借古抒情，表达山川依旧而人世沧桑的感慨。全诗气韵流畅，声势飞动，尤其是中间两联，采用流水对的方式，一联之内语意完足，而又极为工整巧妙，的确是唐代怀古诗的杰作。

石头城[1]

山围故国周遭在，潮打空城寂寞回。[2]

淮水东边旧时月，夜深还过女墙来。[3]

——陶敏《刘禹锡全集编年校注》卷六，岳麓书社 2003 年版

【注释】1.石头城：故址在今南京清凉山一带，三国时孙吴曾在此筑城。2.故国：故都，这里指石头城。3.女墙：城上的矮墙。

【简评】此诗吟咏石头城，是作者所作《金陵五题》之一。石头城乃孙权所筑，是六朝繁华的象征，现在早已人去城空，繁华不在，只有潮水和明月，不知人世已改，浑然如故。诗人抓住几个典型意象，没有议论，也没有发表任何看法，就已表达出深沉的

怀古幽情。

乌衣巷[1]

朱雀桥边野草花,乌衣巷口夕阳斜。[2]

旧时王谢堂前燕,飞入寻常百姓家。[3]

——陶敏《刘禹锡全集编年校注》卷六,岳麓书社 2003 年版

【注释】1.乌衣巷:旧址在今南京,秦淮河之南。东晋时王、谢两大豪门家族居住在此。2.朱雀桥:秦淮河上的一座桥梁,是当时的交通要道,临近乌衣巷。3.王谢:王导和谢安,当时的豪门贵族。

【简评】昔日繁华的朱雀桥边,如今长满了野草,可见是多么破败荒凉。夕阳是衰落的象征,乌衣巷口斜挂的夕阳,暗示着它已今非昔比。最后,诗人抓住燕子这个特殊的意象,将今昔、盛衰作了鲜明对比,抒发了深沉的历史沧桑感。

和乐天春词

新妆宜面下朱楼,深锁春光一院愁。

行到中庭数花朵,蜻蜓飞上玉搔头。[1]

——陶敏《刘禹锡全集编年校注》卷八,岳麓书社 2003 年版

【注释】1.玉搔头:玉簪。据说汉武帝每次到李夫人那里,就取玉簪搔头,从此宫人都用玉簪来搔头。

【简评】这是一首闺怨诗。首联说闺中女子精心打扮,下楼来到院中,小院之中春光虽美,却有无限的忧愁。这忧愁是什么?诗人没有明说。颔联"数花朵"刻画出女子寂寞而又无聊的样子,梳妆打扮原是为了博得夫君的喜爱,但蜻蜓却飞上了玉搔头。似乎只有蜻蜓才欣赏她的美丽,女子的失望和忧愁也就可想而知了。

酬乐天扬州初逢席上见赠[1]

巴山楚水凄凉地,二十三年弃置身。[2]

怀旧空吟闻笛赋,到乡翻似烂柯人。[3]

沉舟侧畔千帆过,病树前头万木春。

今日听君歌一曲,暂凭杯酒长精神。

——陶敏《刘禹锡全集编年校注》卷六,岳麓书社 2003 年版

【注释】1. 酬:酬答。乐天:指白居易,字乐天。2. 巴山楚水:今重庆、四川一带,泛指刘禹锡被贬之地。3.闻笛赋:指西晋向秀因闻笛而作《思旧赋》,以怀念故友嵇康、吕安。烂柯人:相传晋人王质上山砍柴,观看两童子下棋,一局终了,手中的斧柄(柯)已经朽烂,回乡才知道已过了一百年。

【简评】"沉舟侧畔千帆过,病树前头万木春"一联,以"沉舟""病树"为喻,谓此为大自然的正常现象。那么,自己被新进士人超越,也就不足为憾了。此联用大自然的新陈代谢,表达对新旧更替的社会现象的哲理概括,体现了诗人豁达的思想境界,成为历来传诵的名句。

· 白居易

　　白居易(772—846),字乐天,祖籍太原(今属山西),生于郑州新郑(今属河南)。贞元十六年(800)登进士第。历任秘书省校书郎、左拾遗、京兆府户曹参军等职。元和十年(815),因上疏力主捕捉刺杀宰相武元衡的凶手,被贬为江州(今江西九江)司马。之后做过中书舍人、杭州刺史、苏州刺史、刑部侍郎、河南尹等职,官至刑部尚书。晚年信奉佛教,寓居河南洛阳香山,自号"香山居士"。白居易诗歌题材丰富,风格多样,具有较高的艺术成就。尤其是提倡新乐府,主张以诗歌反映社会现实,对当时和后世都产生了广泛影响。有《白氏长庆集》。

轻肥[1]

意气骄满路,鞍马光照尘。[2]

借问何为者,人称是内臣。[3]

朱绂皆大夫,紫绶或将军。[4]

夸赴军中宴,走马去如云。[5]

樽罍溢九酝,水陆罗八珍。[6]

果擘洞庭橘,脍切天池鳞。[7]

食饱心自若,酒酣气益振。[8]

是岁江南旱,衢州人食人。[9]

——朱金城《白居易集笺校》卷二,上海古籍出版社 1988 年版

【注释】1.诗题一作"江南旱"。轻肥:即轻裘肥马,指达官显贵的侈靡生活。语出《论语·雍也》:"乘肥马,衣轻裘。"2.光照尘:形容鞍马的华丽。3.内臣:指宦官。4.朱绂(fú):朱红色的官服。紫绶(shòu):指紫色的官服。5.军:指宦官所统领的神策军。6.樽罍(léi):指酒器。九酝:美酒名。水陆:指水陆所产的各种珍奇食物。八珍:泛指美食。7.擘(bò):剖开。洞庭橘:太湖洞庭山产的橘子。脍(kuài)切:把肉切细。天池:指大海。鳞:指鱼。8.心自若:心情安闲自得。振:读平声,押韵,振奋。9.江南旱:元和三年(808)、元和四年(809),江南发生旱灾。衢州:今属浙江。

【简评】本篇系白居易所作《秦中吟》十首中的第七首。诗人在长安的路上遇到一群衣着

光鲜、趾高气扬的达官贵人,向人询问,才知道是宫中内臣,也就是受皇帝宠幸的太监。他们向人夸耀,要去神策军赴宴。诗人既而写到宴会的豪华奢侈,以及他们志得意满的神态。经过这一番刻意描绘,这群"内臣"不可一世、嚣张跋扈之态跃然纸上。最后,诗人轻轻一句"是岁江南旱,衢州人食人",用尖锐的对比,不动声色地表达了自己强烈的讽刺之意,收到了震撼人心的艺术效果。

长恨歌

汉皇重色思倾国,御宇多年求不得。[1]

杨家有女初长成,养在深闺人未识。[2]

天生丽质难自弃,一朝选在君王侧。

回眸一笑百媚生,六宫粉黛无颜色。[3]

春寒赐浴华清池,温泉水滑洗凝脂。[4]

侍儿扶起娇无力,始是新承恩泽时。

云鬓花颜金步摇,芙蓉帐暖度春宵。[5]

春宵苦短日高起,从此君王不早朝。

承欢侍宴无闲暇,春从春游夜专夜。

后宫佳丽三千人,三千宠爱在一身。

金屋妆成娇侍夜,玉楼宴罢醉和春。[6]

姊妹弟兄皆列土,可怜光彩生门户。[7]

遂令天下父母心,不重生男重生女。

骊宫高处入青云,仙乐风飘处处闻。[8]

缓歌慢舞凝丝竹,尽日君王看不足。[9]

渔阳鼙鼓动地来,惊破霓裳羽衣曲。[10]

九重城阙烟尘生,千乘万骑西南行。[11]

翠华摇摇行复止,西出都门百余里。[12]

六军不发无奈何,宛转蛾眉马前死。[13]

花钿委地无人收,翠翘金雀玉搔头。[14]

君王掩面救不得，回看血泪相和流。

黄埃散漫风萧索，云栈萦纡登剑阁。[15]

峨嵋山下少人行，旌旗无光日色薄。

蜀江水碧蜀山青，圣主朝朝暮暮情。[16]

行宫见月伤心色，夜雨闻铃肠断声。[17]

天旋日转回龙驭，到此踌躇不能去。[18]

马嵬坡下泥土中，不见玉颜空死处。

君臣相顾尽沾衣，东望都门信马归。[19]

归来池苑皆依旧，太液芙蓉未央柳。[20]

芙蓉如面柳如眉，对此如何不泪垂。

春风桃李花开日，秋雨梧桐叶落时。

西宫南苑多秋草，宫叶满阶红不扫。

梨园弟子白发新，椒房阿监青娥老。[21]

夕殿萤飞思悄然，孤灯挑尽未成眠。[22]

迟迟钟鼓初长夜，耿耿星河欲曙天。[23]

鸳鸯瓦冷霜华重，翡翠衾寒谁与共。[24]

悠悠生死别经年，魂魄不曾来入梦。

临邛道士鸿都客，能以精诚致魂魄。[25]

为感君王展转思，遂教方士殷勤觅。[26]

排空驭气奔如电，升天入地求之遍。[27]

上穷碧落下黄泉，两处茫茫皆不见。[28]

忽闻海上有仙山，山在虚无缥缈间。

楼阁玲珑五云起，其中绰约多仙子。[29]

中有一人字太真，雪肤花貌参差是。[30]

金阙西厢叩玉扃，转教小玉报双成。[31]

闻道汉家天子使，九华帐里梦魂惊。

揽衣推枕起徘徊，珠箔银屏迤逦开。[32]

云鬓半偏新睡觉，花冠不整下堂来。

风吹仙袂飘飘举，犹似霓裳羽衣舞。[33]

玉容寂寞泪阑干，梨花一枝春带雨。[34]

含情凝睇谢君王，一别音容两渺茫。[35]

昭阳殿里恩爱绝，蓬莱宫中日月长。[36]

回头下望人寰处，不见长安见尘雾。

惟将旧物表深情，钿合金钗寄将去。[37]

钗留一股合一扇，钗擘黄金合分钿。[38]

但教心似金钿坚，天上人间会相见。

临别殷勤重寄词，词中有誓两心知。[39]

七月七日长生殿，夜半无人私语时。[40]

在天愿作比翼鸟，在地愿为连理枝。[41]

天长地久有时尽，此恨绵绵无绝期！

——朱金城《白居易集笺校》卷十二，上海古籍出版社 1988 年版

【注释】1.汉皇：指唐玄宗李隆基。倾国：汉代李延年作歌说，"北方有佳人，绝世而独立。一顾倾人城，再顾倾人国。宁不知倾城与倾国，佳人难再得。"古人常用倾城倾国指代美女。御宇：统治天下。2."杨家有女"两句：指杨贵妃，小名玉环。蒲州永乐（今山西永济）人，开元二十三年（735）封为唐玄宗之子寿王李瑁妃。开元二十八年（740）玄宗让她出家为女道士，改名太真。天宝四年（745）册封为贵妃。这里是故意为玄宗隐讳。3.六宫粉黛：泛指宫中后妃。无颜色：意谓宫中美女和杨贵妃一比，都黯然失色。4.华清池：华清宫的温泉浴池，在今陕西临潼骊山上。凝脂：比喻白嫩柔滑的肌肤。5.金步摇：步摇是首饰名。6.金屋：华美的房屋。据《汉武故事》记载，汉武帝幼时，喜欢姑母的女儿阿娇，说"若得阿娇作妇，当作金屋贮之"。7.列土：古代封侯时，帝王把土赠给受封的人。这里用"列土"指封侯。姊妹兄弟：指杨玉环家的兄弟姐妹都被封赏。可怜：意谓令人羡慕的。8.骊宫：骊山上的华清宫。9.丝竹：丝，泛指弦乐器；竹，泛指管乐器。10.渔阳鼙鼓：指安禄山起兵渔阳叛乱的事情。渔阳：唐郡名，在今天津蓟州区一带。鼙鼓：战鼓。霓裳羽衣曲：著名舞曲，唐玄宗据西域舞曲改编而成。11.九重城阙：此指京城长安。烟尘生：指战火逼近。千乘万骑：指天宝十五载（756），安禄山攻破潼关，唐玄宗带着杨贵妃出逃西南。12.翠华：用翠鸟羽毛装饰的旗帜，这里指皇帝的车驾仪仗。

13.宛转:可爱动人的样子。蛾眉:细长的眉毛,用作美女代称,这里指杨贵妃。唐玄宗行至马嵬坡,卫队哗变,要求处死杨国忠和杨贵妃。玄宗被逼无奈,杀杨国忠,令杨贵妃自缢而死。14.花钿、翠翘、金雀、玉搔头:都是首饰名。15.云栈:高耸入云的栈道。萦纡:曲折。剑阁:剑门关,是古代由秦入蜀的必经之道。16.圣主:指唐玄宗。17.行宫:指唐玄宗离京出行在外的临时住所。夜雨闻铃:据《明皇杂录》记载,唐玄宗进入四川后,一连下了十多天的雨。玄宗在栈道中听到铃音,念及杨贵妃,作《雨霖铃》曲,以寄托哀思。18.天旋地转:指时局转变。唐肃宗至德二载(757)十月,唐军收复长安。龙驭:皇帝车驾。此:指马嵬坡。踌躇:徘徊。19.信马:任由马走,形容没有心思。20.太液、未央:太液指太液池,在唐皇宫内。未央指未央宫,本是汉代宫殿,这里指唐宫殿。21.梨园弟子:指当年玄宗训练的歌舞艺人。椒房:指后宫。古代后宫常用花椒涂墙,所以也称后宫为椒房。阿监:宫中女官。青娥:指美好容颜。22.悄(qiǎo)然:忧愁的样子。23.耿耿:明亮的样子。24.鸳鸯瓦:两片扣在一起的瓦。霜华:霜花。翡翠衾:有翡翠图案的被子。25.临邛(qióng):四川邛崃。鸿都:代指长安。临邛道士和鸿都客指同一人。致魂魄:把杨贵妃的魂魄招来。26.展转:同"辗转"。方士:方术之士,指道士。27.排空驭气:即腾云驾雾。28.穷:尽。碧落:天空。黄泉:地下很深的地方。29.绰约:姿态柔美的样子。30.太真:杨玉环做女道士时的道号。参差是:差不多是这样。31.金阙:道教中神仙居住的地方。玉扃(jiōng):玉做的门。小玉:传说是吴王夫差女。双成:传说中西王母的侍女。这里用小玉、双成代指杨玉环的侍女。32.珠箔(bó):珠帘。迤(yǐ)逦(lǐ):一个接一个。33.袂(mèi):衣袖。34.阑干:纵横的样子,形容泪流满面。35.凝睇(dì):注视。36.昭阳殿:本是汉代宫殿名,这里指杨贵妃生前居住的寝宫。蓬莱宫:传说中海上仙山蓬莱山上的宫殿,这里指杨贵妃死后住的地方。37.钿合:首饰盒。合,同"盒"。38."钗留"两句是说,留下金钗中的一股和钿盒中的一扇。39.重寄词:再三传话。40.七月七日:传说中牛郎织女天上鹊桥相会的日子。长生殿:在华清宫中,是祭神之宫。41.比翼鸟:比翼齐飞的鸟,比喻恩爱夫妻。连理枝:两棵根不同的树木,枝干连在一起,比喻不可分割的爱情。

【简评】这是白居易脍炙人口的名篇。诗以唐玄宗和杨贵妃的爱情故事为题材,前半部分写唐玄宗的荒淫腐朽和杨贵妃的恃宠而骄,笔调充满了讽刺和谴责。后半着力写马嵬之变后,唐玄宗对杨贵妃刻骨铭心的思念之情,充满了同情。由政治上的批判到对李、杨爱情的热烈歌颂,主题的转变使诗歌获得了更为强烈的抒情意味。《长恨歌》在艺术上取得了极高的成就,全诗融抒情于叙事之中,用婉转动人、缠绵悱恻的艺术形式,层层渲染,反复抒情,把历史上的李、杨故事以形象化、艺术化的手法,层层展开,步步推进,充分营造了回环曲折、波澜起伏的艺术氛围。尤其是对玄宗思念之情的描摹,从触物伤情到苦苦追寻,从现实到梦境,从梦境到仙宫,淋漓尽致,千回百转,荡人心魄、韵味无穷。

琵琶引并序[1]

　　元和十年，予左迁九江郡司马。[2]明年秋，送客湓浦口。[3]闻舟中夜弹琵琶者，听其音，铮铮然有京都声。[4]问其人，本长安倡女，[5]尝学琵琶於穆、曹二善才，[6]年长色衰，委身为贾人妇。[7]遂命酒，使快弹数曲，曲罢悯默。[8]自叙少小时欢乐事，今漂沦憔悴，转徙于江湖间。[9]余出官二年，[10]恬然自安，感斯人言，是夕始觉有迁谪意。[11]因为长句，歌以赠之，凡六百一十六言，命曰《琵琶行》。[12]

浔阳江头夜送客，枫叶荻花秋瑟瑟。[13]

主人下马客在船，举酒欲饮无管弦。[14]

醉不成欢惨将别，别时茫茫江浸月。

忽闻水上琵琶声，主人忘归客不发。

寻声暗问弹者谁，琵琶声停欲语迟。

移船相近邀相见，添酒回灯重开宴。

千呼万唤始出来，犹抱琵琶半遮面。

转轴拨弦三两声，未成曲调先有情。[15]

弦弦掩抑声声思，似诉平生不得意。[16]

低眉信手续续弹，说尽心中无限事。

轻拢慢撚抹复挑，初为霓裳后六幺。[17]

大弦嘈嘈如急雨，小弦切切如私语。[18]

嘈嘈切切错杂弹，大珠小珠落玉盘。

间关莺语花底滑，幽咽泉流冰下难。[19]

冰泉冷涩弦凝绝，凝绝不通声渐歇。

别有幽愁暗恨生，此时无声胜有声。

银瓶乍破水浆迸，铁骑突出刀枪鸣。

曲终收拨当心画，四弦一声如裂帛。[20]

东船西舫悄无言，唯见江心秋月白。

沈吟放拨插弦中，整顿衣裳起敛容。[21]

自言本是京城女，家在虾蟆陵下住。[22]

十三学得琵琶成，名属教坊第一部。[23]

曲罢曾教善才伏，妆成每被秋娘妒。[24]

五陵年少争缠头，一曲红绡不知数。[25]

钿头云篦击节碎，血色罗裙翻酒污。[26]

今年欢笑复明年，秋月春风等闲度。

弟走从军阿姨死，暮去朝来颜色故。[27]

门前冷落鞍马稀，老大嫁作商人妇。

商人重利轻别离，前月浮梁买茶去。[28]

去来江口守空船，绕舱月明江水寒。

夜深忽梦少年事，梦啼妆泪红阑干。[29]

我闻琵琶已叹息，又闻此语重唧唧。[30]

同是天涯沦落人，相逢何必曾相识！

我从去年辞帝京，谪居卧病浔阳城。

浔阳小处无音乐，终岁不闻丝竹声。[31]

住近湓城地低湿，黄芦苦竹绕宅生。[32]

其间旦暮闻何物，杜鹃啼血猿哀鸣。

春江花朝秋月夜，往往取酒还独倾。[33]

岂无山歌与村笛，呕哑嘲哳难为听。[34]

今夜闻君琵琶语，如听仙乐耳暂明。

莫辞更坐弹一曲，为君翻作琵琶行。[35]

感我此言良久立，却坐促弦弦转急。

凄凄不似向前声，满座重闻皆掩泣。[36]

座中泣下谁最多，江州司马青衫湿。[37]

——朱金城《白居易集校笺》卷十二，上海古籍出版社 1988 年版

【注释】 1. 诗题各本均作"琵琶引"，《唐诗品汇》作"琵琶行"。 2. 元和十年：公元 815 年。左迁：贬官。九江郡：郡名，唐代还曾改称江州或浔阳郡，治所在今江西九江。司

马:官名,州刺史的下属,当时是闲职。3.湓浦口:湓水汇入长江处,在今九江市西。4.铮铮然:形容琵琶声铿锵有力。京都声:唐代首都长安流行的演奏方式。5.倡女:以歌舞、演奏为业的艺人。6.善才:对乐师的称呼。7.委身:托身,嫁给。贾人:商人。8.悯默:一作"悯然"。9.转徙:流转迁移。10.出官:由京城被贬到外地。11.迁谪:贬官。12.行:《文苑英华》作"引"。13.浔阳江:指今九江附近的一段长江。荻花:芦苇一类植物的花。14.管弦:管乐器和弦乐器,这里泛指音乐。15.转轴拨弦:弹奏前的准备动作。16.掩抑:压抑低沉。思:有悲伤的意思。不得意:一作"不得志"。17.拢、撚(niǎn)、抹、挑:都是弹奏琵琶的指法。霓裳:即《霓裳羽衣曲》。六么:唐代流行乐曲,又名"绿腰"或"录要"。18.大弦:粗弦。嘈嘈:形容声音繁多。小弦:细弦。切切:形容声音急促细碎。19.间关:鸟鸣声。冰下难:此处异文较多,有作"水下滩""水下难""冰下滩"等,何焯、段玉裁、陈寅恪等人认为当作"冰下难",以与上句"花底滑"相对。20.拨:弹琵琶的拨片。当心画:用拨片划过几根琴弦的当中,表示结束。21.敛容:表情又变得严肃而庄重。22.虾(há)蟆陵:在长安城东南,是当时歌妓舞女聚居之地。"虾"通"蛤"。23.教坊:唐代管理音乐的机构。24.伏:通"服",佩服。秋娘:唐代歌妓的统称。25.五陵:指长安附近五个汉代皇帝的陵墓,是豪门贵族聚居的地方。五陵年少:泛指富贵人家子弟。争缠头:送给歌伎舞女丝织品作为礼物,称为"缠头采",争缠头就是争着赠送缠头。绡(xiāo):丝织品,指缠头。26.钿头银篦:镶嵌着金花的银发篦。击节:打拍子。27.故:改变。28.浮梁:县名,在今江西景德镇。29.阑干:眼泪纵横的样子。30.唧唧:叹息声。31.小处:一作"地僻"。32.湓城:一作"湓江"。33.倾:倒出来。34.呕哑嘲(zhāo)哳(zhā):杂乱刺耳的声音。35.翻:副词"却"的意思。36.向前:刚才。37.青衫:唐代八、九品文官穿青衣。白居易当时为江州司马,九品,穿青衣。

【简评】此诗作于元和十一年(816)秋,作者当时被贬为江州司马。诗着力塑造了琵琶女的哀怨形象,借琵琶女的不幸遭遇,自怜自伤,抒发了诗人压抑、愤懑之情。"同是天涯沦落人,相逢何必曾相识",将琵琶女引为同调,寄寓了作者满腔迁谪之感、身世之悲,成为后世一切有相似遭遇者的共同心声。诗以一系列生动、形象的比喻,对琵琶声进行了细腻逼真、精彩绝伦的描摹。"此时无声胜有声"等名句早已超越音乐本身而获得了更为广泛的哲理意蕴。《长恨歌》与《琵琶行》是白居易长篇歌行的双璧,在作者生前就有"童子解吟《长恨》曲,胡儿能唱《琵琶》篇"的说法。二诗千百年来传唱不衰,足见其具有永恒的艺术魅力。

赋得古原草送别[1]

离离原上草，一岁一枯荣。[2]

野火烧不尽，春风吹又生。

远芳侵古道，晴翠接荒城。[3]

又送王孙去，萋萋满别情。[4]

——朱金城《白居易集校笺》卷十三，上海古籍出版社 1988 年版

【注释】1.此诗是白居易少年时准备应试的试帖诗习作。按科考规矩，凡限定的诗题，题目前须加"赋得"二字。2.离离：形容草长得茂盛。3.远芳：蔓延到远处的绿草。晴翠：草在阳光下显出青翠的颜色。4.王孙：指送别之人。萋萋：形容草茂盛。这两句化用《楚辞·招隐士》"王孙游兮不归，春草生兮萋萋"的诗意。

【简评】"野火烧不尽，春风吹又生"一联，诗人抓住原上草岁岁荣枯、周而复始的特点，以形象的语言，展示了小草顽强的生命力，概括出一个含义深刻的道理。这句诗饱含哲理，发人深思，在人类社会生活中具有普遍的意义。

自河南经乱，关内阻饥，兄弟离散，各在一处。因望月有感，聊书所怀，寄上浮梁大兄，於潜七兄，乌江十五兄，兼示符离及下邽弟妹[1]

时难年荒世业空，弟兄羁旅各西东。[2]

田园寥落干戈后，骨肉流离道路中。[3]

吊影分为千里雁，辞根散作九秋蓬。[4]

共看明月应垂泪，一夜乡心五处同。[5]

——朱金城《白居易集校笺》卷十三，上海古籍出版社 1988 年版

【注释】1.河南经乱：指贞元十五年(799)河南发生的节度使叛乱事件。关内：指陕西、甘肃一带。阻饥：因饥荒而阻隔不通。浮梁：今江西景德镇。大兄：白居易的长兄。名幼文。於潜：今浙江临安。乌江：在今安徽和县。符离：今安徽宿县符离集。下邽(guī)：今陕西渭南下邽镇。2.世业：祖先留下的家业。羁旅：指寄寓他乡。3.寥落：荒废。干戈：指战争。4.吊影：对着身影哀伤。吊：哀怜。千里雁：指兄弟分居各地。古人常用雁行比喻兄弟。九秋蓬：秋天的蓬草。秋天共有九十天，故称"九秋"。5.五处：指诗题中提到的各个地方。

【简评】战乱,饥荒,家业凋零,兄弟离散,在这样的背景之下,作者对亲人的思念之情就尤其显得沉痛凄凉。以"千里雁""九秋蓬"比喻兄弟离散,形象而贴切。尾联不但说自己思念亲人,同时也表明各处亲人都有思乡之情,具有一定的概括力,能够引起与亲人离散者的共鸣。

问刘十九

绿蚁新醅酒,红泥小火炉。[1]

晚来天欲雪,能饮一杯无?

——朱金城《白居易集校笺》卷十七,上海古籍出版社 1988 年版

【注释】1.绿蚁:未经过滤的米酒上,浮有米粒,呈微绿色,像蚂蚁,故称"绿蚁"。醅(pēi):没有过滤的酒。

【简评】在要下雪的傍晚,以酒待客,驱散了窗外的寒冷,友人一定能够为友情的温暖所感动。小诗明白如口语,读来亲切自然,韵味深厚。

后宫词

泪湿罗巾梦不成,夜深前殿按歌声。[1]

红颜未老恩先断,斜倚熏笼坐到明。[2]

——朱金城《白居易集校笺》卷十八,上海古籍出版社 1988 年版

【注释】1.按歌声:按着歌声打拍子。2.恩:指皇帝的宠爱。熏笼:熏香炉上罩着的笼子。

【简评】诗用前殿歌舞的喧闹来衬托失宠宫女的凄凉。"红颜未老恩先断"一句,饱含多少无奈和痛苦,能够引起一切失意者的共鸣,具有震撼人心的艺术效果。

· 王涯

　　王涯(764—835),字广津,太原祁(今山西祁县)人。贞元八年(792)登进士第。以左拾遗为翰林学士,进起居舍人。元和时,累官中书侍郎,同中书门下平章事。出为剑南、东川节度使。《全唐诗》存其诗一卷。

秋夜曲

桂魄初生秋露微,轻罗已薄未更衣。[1]

银筝夜久殷勤弄,心怯空房不忍归。

——《全唐诗》卷三百四十六,中华书局 1960 年版

【注释】1.桂魄:月亮的代称,因传说月亮中有桂树,所以将月和桂联系起来。轻罗:轻薄的丝织衣服。更衣:指换厚衣服。

【简评】诗写秋夜弹筝女子的哀怨之情。前两句用"秋露""未更衣"等字眼紧扣题目中的"秋夜"。第三句写她深夜弹筝,第四句交代她弹筝的原因,用一个"怯"字,形象地表达了她独守空房的哀怨之情。

· 柳宗元

柳宗元(773—819),字子厚,河东(今山西永济)人。贞元九年(793)进士。唐顺宗时,积极参加王叔文的政治革新活动。失败后,于永贞元年(805)被贬为永州司马,后又被贬为柳州刺史,卒于任上。柳宗元在文学方面建树颇多,与韩愈共同推动古文运动,是"唐宋八大家"之一。工于诗,尤擅山水田园诗,与韦应物并称"韦柳",对后世影响很大。有《柳河东集》。

溪居

久为簪组累,幸此南夷谪。[1]

闲依农圃邻,偶似山林客。

晓耕翻露草,夜榜响溪石。[2]

来往不逢人,长歌楚天碧。[3]

——尹占华、韩文奇《柳宗元集校注》卷四十三,中华书局 2013 年版

【注释】1.簪组:古代官员的帽饰,这里指做官。南夷:指永州地区。2.榜:船桨。这里指划船。3.楚天:永州古代属于楚地,故称。

【简评】此诗是柳宗元被贬永州司马时所作。作者虽然政治失意,但心胸旷达,开篇便说因为被贬才免除了为官的烦恼,在山林田野之中寻到了乐趣。末句"长歌楚天碧",诗人的旷达形象跃然纸上。

渔翁

渔翁夜傍西岩宿,晓汲清湘燃楚竹。[1]

烟销日出不见人,欸乃一声山水绿。[2]

回看天际下中流,岩上无心云相逐。

——尹占华、韩文奇《柳宗元集校注》卷四十二,中华书局 2013 年版

【注释】 1.汲:打水。清湘:清澈的湘江。2.欸(ǎi)乃:摇桨的声音。唐代有民歌《欸乃曲》,有人认为此处指唱船歌。

【简评】 此诗作于诗人被贬永州时期。描写青山绿水之间的渔翁生活:独来独往,汲水燃竹,自唱自答。诗人借渔翁形象寄托自己因政治失意而产生的孤愤之情,同时也暗寓高洁傲世之心。末句则以山上白云表明自己无心争斗、恬然自守的情怀。

登柳州城楼寄漳汀封连四州[1]

城上高楼接大荒,海天愁思正茫茫。[2]

惊风乱飐芙蓉水,密雨斜侵薜荔墙。[3]

岭树重遮千里目,江流曲似九回肠。[4]

共来百粤文身地,犹自音书滞一乡。[5]

——尹占华、韩文奇《柳宗元集校注》卷四十二,中华书局 2013 年版

【注释】 1.柳州:在今广西。漳州:在今福建。汀州:今福建长汀。封州:今广东封川。连州:今广东连县。柳宗元当时被贬为柳州司马,这是他寄给其他几个被贬同僚的诗。2.大荒:荒凉僻远的地方。海天愁思:形容愁思像大海和天空一样无边无际。3.惊风:狂风。飐(zhǎn):吹动。芙蓉水:长有荷花的水面。薜荔:一种蔓生植物。4.重遮:层层遮蔽。目:一作"月"。江流:指柳江。5.百粤:泛指南方少数民族地区。文身:在身上刺花纹,是南方少数民族的风俗。

【简评】 诗人参加王叔文集团的政治革新,失败后被贬为永州司马。十年后,再被贬为柳州刺史,此诗正是作于柳州刺史任上。诗写登楼所见,气象雄浑,意境开阔。"愁思"是诗人此时心情的写照。"惊风""密雨"有暗喻政治险恶的意思。"九回肠"象征自己愁肠百结。最后希望和同贬诸人互通音讯,表达了对友人的深情厚谊。

酬曹侍御过象县见寄[1]

破额山前碧玉流,骚人遥驻木兰舟。[2]

春风无限潇湘忆,欲采蘋花不自由。[3]

——尹占华、韩文奇《柳宗元集校注》卷四十二,中华书局 2013 年版

【注释】1. 侍御：侍御史。象县：今广西象州。2. 碧玉流：形容江水如碧玉之色。骚人：即文人，此指曹侍御。木兰舟：用木兰木做的船，是船的美称。3. 潇湘：湖南境内二水名。忆：一作"意"。

【简评】诗前两句写曹侍御，在碧玉般的流水中，他停下木兰舟。为何停舟呢？那一定是因为他对作者有深厚的思念之情。作者当然领会朋友的深情厚谊，后二句便落到作者身上。春风之中，引起了诗人对曹侍御的回忆。此诗另一版本作"春风潇湘无限意"，似更为通行。刘学锴《唐诗选注评鉴》云："这里的'潇湘'，并非实指潇水、湘水及其附近的地域，而是用典。南朝诗人柳恽的名作《江南曲》云：'汀洲采白𬞟，日落江南春。洞庭有归客，潇湘逢故人。'这里的'潇湘意'，当指故人的情意。"所说极是。而作者想要采花相赠，却无法实现，"不自由"道出了作者的无奈和身不由己，意在言外，产生了朦胧而又缠绵的艺术效果。

江雪

千山鸟飞绝，万径人踪灭。[1]

孤舟蓑笠翁，独钓寒江雪。[2]

——尹占华、韩文奇《柳宗元集校注》卷四十三，中华书局 2013 年版

【注释】1. 绝：尽。2. 蓑：蓑衣，用草编的雨衣。

【简评】这首诗作于柳宗元被贬永州时期。政治上的失意，造成诗人精神上的压抑苦闷。诗的前两句描绘了一幅广大无边的境界，"鸟飞绝""人踪灭"把读者引入到一个绝对寂静，毫无生命迹象的环境之中。作者用这样一个环境来象征他内心的感受：空旷，寂寞，没有生机，没有前途。而在这样一个环境之中，出现了渔翁的形象，他"孤舟""独钓"，毫不在意环境的凄冷、幽寂，全身心地投入到垂钓之中，甚至垂钓的根本就不是鱼，而是一江风雪。渔翁是柳宗元笔下一个具有特殊含义的意象，柳宗元借这个意象，表达了他清高、孤傲、顽强、绝不屈服的内心情感。

· 元稹

元稹(779—831),字微之,河内(今河南洛阳)人。幼年丧父,家境贫寒。唐德宗贞元九年(793)以明经登第,后授秘书省校书郎。曾任左拾遗、监察御史、通州司马、虢州长史、中书舍人等职,卒于武昌节度使任所。元稹和白居易是知己之交,文学见解相近,共同倡导并推动了新乐府运动,世称"元白"。有《元氏长庆集》。

三遣悲怀[1]

其一

谢公最小偏怜女,自嫁黔娄百事乖。[2]

顾我无衣搜荩箧,泥他沽酒拔金钗。[3]

野蔬充膳甘尝藿,落叶添薪仰古槐。[4]

今日俸钱过十万,与君营奠复营斋。[5]

【注释】1.这是元稹为追悼亡妻所作的三首诗。诗题一作"遣悲怀三首"。元稹原配韦丛,字茂之,殁于元和四年(809)七月,年仅二十七岁。2.谢公:指东晋宰相谢安。韦丛之父官至太子少保,地位相当于宰相,韦丛是其幼女。这里以谢安比韦丛之父。偏怜:偏爱。黔娄:春秋时洁身自好的贫士,其妻也很贤惠。这里元稹用黔娄自比。乖:不顺利。3.顾:看。荩(jìn)箧:草编的箱子。荩:一种草。箧:箱子。泥(nì):软语央求。他:指韦丛。沽酒:买酒。4.膳:饭食。藿:豆叶。这里泛指蔬菜。薪:柴。仰:依靠。5.俸钱:官吏的俸禄。营奠:置办祭品。营斋:请僧人超度亡灵。

【简评】这首诗追忆和妻子婚后的贫穷生活。首联写妻子出身名门,诗人以"黔娄"自比,隐含对妻子的感激之心。中间两联,追忆过去穷困的生活,从中可见妻子贤惠的品德。尾联以"营奠""营斋"表现对妻子的感愧和忆念之情。

其二

昔日戏言身后意，今朝都到眼前来。[1]

衣裳已施行看尽，针线犹存未忍开。[2]

尚想旧情怜婢仆，也曾因梦送钱财。

诚知此恨人人有，贫贱夫妻百事哀。[3]

【注释】1.戏言：说玩笑话。身后意：死后的安排。2.施：施舍。行看尽：马上就没有了。3.贫贱夫妻：元稹和韦丛共同生活时较为贫困。

【简评】这首写妻子死后，自己睹物思人。中间两联，用具体的事情，表达对妻子的思念之情。尾联说，同贫贱共患难的夫妻，令人哀伤的事情实在是很多。这句诗写出了贫贱夫妻的心声，具有很高的概括力和感染力。

其三

闲坐悲君亦自悲，百年都是几多时。[1]

邓攸无子寻知命，潘岳悼亡犹费词。[2]

同穴窅冥何所望？他生缘会更难期。[3]

惟将终夜长开眼，报答平生未展眉。[4]

——冀勤点校《元稹集》卷九，中华书局 1982 年版

【注释】1.君：指韦丛。"百年"句：意思是说，人生活到百年又有多少时间呢。2.邓攸无子：西晋末年，邓攸携妻、子、侄渡江避乱，他舍子保侄，后终无子嗣。知命：知道是命中注定。潘岳悼亡：潘岳是西晋著名文人。妻子死后，写了三首《悼亡诗》，寄托哀思。犹费词：白白浪费言辞，妻子也不知道。这里作者借邓攸和潘岳指自己。3.同穴：合葬。窅（yǎo）冥：深远、幽暗的样子。他生缘会：意思是说，来生有缘还做夫妻。4.未展眉：皱起眉头。指韦丛生前因操劳生活而心情忧郁。展：开。

【简评】这首由悲念妻子，转而悲念自己。感慨人生短暂，死后能否同穴还很难说，更不要说来生的缘分了。最后说要以终夜不眠报答妻子一生忧劳，表达了自己对妻子的愧疚与感恩之情，情真意切，令人动容。

行宫[1]

寥落古行宫，宫花寂寞红。[2]

白头宫女在，闲坐说玄宗。[3]

——冀勤点校《元稹集》卷十五，中华书局 1982 年版

【注释】1.行宫：帝王出行时住的宫殿。2.寥落：空虚冷落。3.玄宗：指唐玄宗李隆基。

【简评】这首诗写古行宫的落寞，"白头宫女"作为具有时代特点的产物，确实能够引起读者无限的感慨。

· 贾 岛

贾岛(779—843),字阆仙,一作浪仙。范阳(今北京)人。家境贫寒,曾出家为僧,屡举进士不第,做过几任小官。由于受到韩愈赏识,诗名大振。曾任长江(今四川蓬溪县)主簿,故世称"贾长江"。贾岛以苦吟著称,长于五律,注重字句锤炼。有《长江集》。

忆江上吴处士

闽国扬帆去,蟾蜍亏复团。[1]

秋风生渭水,落叶满长安。[2]

此地聚会夕,当时雷雨寒。

兰桡殊未返,消息海云端。[3]

——黄鹏《贾岛诗集笺注》卷五,巴蜀书社 2002 年版

【注释】1.闽国:代指福建。蟾蜍:代指月。2.生:一作"吹"。3.桡:船桨,指船。兰桡:即"木兰舟",船的美称。

【简评】此诗表达对朋友的思念之情。"秋风生渭水,落叶满长安",是历来传诵的名句。秋风、落叶透露出秋天的萧瑟凄凉之感,诗人于此时更加思念友人,思念之情却并未直说,寓情于景,含而不露,意在言外。此联语言浅近,即目而得,颇有自然天成之趣。

寻隐者不遇[1]

松下问童子,言师采药去。

只在此山中,云深不知处。

——黄鹏《贾岛诗集笺注》补遗,巴蜀书社 2002 年版

【注释】1.此诗贾岛集不载,惟《唐诗品汇》录为贾岛诗。《文苑英华》作孙革诗,题"访羊尊师",且"松下"作"花下"。

【简评】一句"云深不知处",表现了隐者逍遥遁世的形象。全诗着墨不多,但意味悠长。

· 张祜

张祜(792? —853?),字承吉,南阳(今河南邓县)人,早年漫游江湖,屡次应试不中。受到令狐楚赏识,向朝廷推荐,但未获官职。与白居易、杜牧等人有交往,当时有诗名。有《张承吉文集》。

宫词

故国三千里,深宫二十年。[1]

一声何满子,双泪落君前。[2]

——尹占华《张祜诗集校注》卷六,巴蜀书社 2007 年版

【注释】1.故国:故乡。2.何满子:曲调名,以哀婉悲切著称。

【简评】这首诗表现宫女的哀怨之情。"三千里""二十年"可见离家之远、入宫时间之久,凄婉哀怨之情溢于言表。

集灵台二首[1]

其一

日光斜照集灵台,红树花迎晓露开。

昨夜上皇新授箓,太真含笑入帘来。[2]

【注释】1.集灵台:即长生殿,在华清宫内,是祭神的宫殿。2.上皇:太上皇。玄宗传位肃宗后,称太上皇。箓:道家的秘文。新授箓:指唐玄宗下诏让杨玉环出家为女道士事。太真:杨玉环为道士时,道号太真。

【简评】"含笑"一词,活画出杨玉环对玄宗让她为道士之事心照不宣的样子,具有强烈的讽刺意味。

其二

虢国夫人承主恩,平明骑马入宫门。[1]

却嫌脂粉污颜色,淡扫蛾眉朝至尊。[2]

——尹占华《张祜诗集校注》卷五,巴蜀书社 2007 年版

【注释】 1.虢国夫人:杨贵妃的三姐,封虢国夫人。承主恩:得到唐玄宗的恩宠。平明:天刚亮。2.据说虢国夫人常不化妆就去见皇帝。淡扫:轻描。蛾眉:细长的眉毛。朝:朝见。至尊:指皇帝。

【简评】 "淡扫蛾眉朝至尊"一句,暗示虢国夫人的特殊地位,委婉含蓄地表达了作者的讥刺。

题金陵渡[1]

金陵津渡小山楼,一宿行人自可愁。[2]

潮落夜江斜月里,两三星火是瓜洲。[3]

——尹占华《张祜诗集校注》卷五,巴蜀书社 2007 年版

【注释】 1.金陵渡:即西津渡,本为江苏镇江长江南岸的渡口,与瓜洲隔岸相对,清代以后江水北移,渡口已变为陆地。2.津渡:渡口。小山楼:作者住宿的地方。行人:作者自称。3.瓜洲:在今江苏扬州市南,与镇江隔江相望。

【简评】 首句点出住宿的地点。次句用"自可愁"表明一夜的感受。第三句承"愁"而写,潮水已落,江月西斜,诗人又是一个不眠之夜,不言愁,而愁在其中。末句,诗人在这个不眠之夜,依稀看到几点火光,江对面就是瓜洲了,诗人此时大概在盘算明日的旅途,预计着回家的日期。脱口而出的诗句,写出了旅客常有的感受,给人无比亲切、自然的感觉。

· 朱庆余

　　朱庆余,生卒年不详,名可久,字庆余,以字行,越州(今浙江绍兴)人,宝历二年(826)登进士第,官至秘书省校书郎。《全唐诗》存其诗两卷。

宫词

寂寂花时闭院门,美人相并立琼轩。[1]

含情欲说宫中事,鹦鹉前头不敢言。

——《全唐诗》卷五百十四,中华书局 1960 年版

【注释】1.琼轩:对廊台的美称。

【简评】首句写繁花似锦的季节,却院门紧闭,给人以压抑之感。次句写美人并肩而立,给人一种美好的感觉。后两句,诗人笔锋忽然一转,"鹦鹉前头不敢言"刻画了宫女谨小慎微的样子。看来锦衣玉食的宫中生活也并不幸福,让读者不禁对宫女产生了同情。

近试上张水部[1]

洞房昨夜停红烛,待晓堂前拜舅姑。[2]

妆罢低声问夫婿,画眉深浅入时无?[3]

——《全唐诗》卷五百十五,中华书局 1960 年版

【注释】1.近试:临近考试。张水部:张籍,当时任水部郎中,名望很大。诗题一作"闺意献张水部"。2.停:停留,不熄灭。停红烛:红烛彻夜不熄。待晓:等到早晨。舅姑:公婆。3.画眉:描画眉毛。入时:合乎时尚。

【简评】应举进士是关系到人生前途的大事,诗人在考试前,心情忐忑不安,不知自己的作品是否符合主考的要求,于是写下这首诗,向水部郎中张籍征求意见。诗中以新娘自比,以公婆比主考,以夫婿比张籍。"待"字表明新娘早早便已起床,梳洗打扮,等待拜见公婆,可见新娘对这件事是多么重视。然而新娘对自己的打扮还不

能十分自信，"低声问"将她羞怯的样子活画出来了。以男女关系比喻君臣、上下级等社会关系，是从屈原《离骚》就已使用的艺术手法，这首诗也运用男女关系作为比喻，把本来不太好说的事情作了委婉含蓄的表达，让读者不禁为他巧妙的艺术手法而叹服。

· 李贺

　　李贺(790—816),字长吉,福昌县昌谷乡(今河南宜阳县)人,少有诗名,仕途不顺,任太常寺奉礼郎,从九品。早卒。李贺诗歌富有大胆瑰琦的想象,语言表达具有新颖拔俗的特点,形成了独特的艺术风格。有《李长吉歌诗》。

雁门太守行[1]

黑云压城城欲摧,甲光向日金鳞开。[2]

角声满天秋色里,塞上燕脂凝夜紫。[3]

半卷红旗临易水,霜重鼓寒声不起。[4]

报君黄金台上意,提携玉龙为君死。[5]

——叶葱奇编订《李贺诗集》卷一,人民文学出版社 1959 年版

【注释】1. 雁门太守行:古乐府旧题。2. 甲光:铠甲的亮光。金鳞开:铠甲像金色的鱼鳞一样闪闪发光。3. 角:号角。燕脂:即胭脂,这里比喻战场血迹。4. 易水:河名,在今河北易县。5. 黄金台:战国燕昭王所筑,置黄金于其上,以招揽天下人才。玉龙:代指宝剑。

【简评】此诗起句用"黑云压城城欲摧"渲染紧张的战争气氛,后来多用于比喻事态紧急,成为广为传诵的名句。次联先写号角满天,再写战场的夜色泛着胭脂一样的紫红色,没有写交战的场面,却让人联想到血染沙场的残酷,表达方式极为含蓄而深沉。三联写冒着严寒进军,突出战争的艰苦。尾联则表达以死报国的志愿,点明主题,升华了全诗的思想境界。

李凭箜篌引[1]

吴丝蜀桐张高秋，空山凝云颓不流。[2]

江娥啼竹素女愁，李凭中国弹箜篌。[3]

昆山玉碎凤凰叫，芙蓉泣露香兰笑。[4]

十二门前融冷光，二十三丝动紫皇。[5]

女娲炼石补天处，石破天惊逗秋雨。[6]

梦入神山教神妪，老鱼跳波瘦蛟舞。

吴质不眠倚桂树，露脚斜飞湿寒兔。[7]

——叶葱奇编订《李贺诗集》卷一，人民文学出版社 1959 年版

【注释】1. 箜篌：古代弦乐器名。2. 吴丝蜀桐：吴地之丝，蜀地之桐，都是制作箜篌的材料，此指箜篌。3.江娥：一作"湘娥"。传说舜南巡死于苍梧，二妃娥皇、女英泪下染竹，称湘妃竹。素女：传说中的神女。这句说乐声使江娥、素女为之而愁。中国：这里指京城。4.昆山：即昆仑山，以产玉著称。5.十二门：长安城东西南北每面各三门，共十二门。二十三丝：二十三弦，指箜篌。紫皇：道教称天上地位最高的神为"紫皇"。6.女娲：上古神话有女娲炼五色石补天的故事。逗：引。7.吴质：即吴刚，神话人物，在月中砍桂树。

【简评】音乐是无形的声音，很难用形象的语言去传达。此诗用一系列的具体事物表现箜篌演奏的声音，富有浪漫不羁的想象力。将听觉转化为视觉，通过具体的事物表现所听到的音乐，这是中国诗歌表现音乐的常用手法。

金铜仙人辞汉歌

　　魏明帝青龙元年八月,诏宫官牵车西取汉孝武捧露盘仙人,欲立置前殿。宫官既拆盘,仙人临载,乃潸然泪下。唐诸王孙李长吉遂作《金铜仙人辞汉歌》。[1]

茂陵刘郎秋风客,夜闻马嘶晓无迹。[2]

画栏桂树悬秋香,三十六宫土花碧。[3]

魏官牵车指千里,东关酸风射眸子。

空将汉月出宫门,忆君清泪如铅水。[4]

衰兰送客咸阳道,天若有情天亦老。[5]

携盘独出月荒凉,渭城已远波声小。[6]

——叶葱奇编订《李贺诗集》卷二,人民文学出版社 1959 年版

【注释】1. 魏明帝:名曹睿,曹操之孙。青龙元年:公元 233 年。宫官:指宦官。捧露盘仙人:汉武帝时所作以手掌举盘承露的仙人铜像。唐诸王孙:李贺是唐宗室之后,故称"唐诸王孙"。李长吉:即李贺,字长吉。2.茂陵:汉武帝刘彻的陵墓。刘郎:指汉武帝。3.三十六宫:泛指长安的宫殿。土花:苔藓。4.君:指汉武帝。铅水:比喻铜人所落的眼泪。5.客:指铜人。咸阳道:此指长安城外的大道。6.渭城:秦都咸阳,代指长安。

【简评】诗以金铜仙人迁往洛阳为题材,全凭想象,创造出一种凄清感伤的氛围。衰兰送客的场景,极为哀怨。"天若有情天亦老",幸亏上天无情,不然也要为之忧伤、衰老,构思极为巧妙,成为历来传诵的名句。

天上谣

天河夜转漂回星,银浦流云学水声。[1]

玉宫桂树花未落,仙妾采香垂珮缨。[2]

秦妃卷帘北窗晓,窗前植桐青凤小。[3]

王子吹笙鹅管长,呼龙耕烟种瑶草。[4]

粉霞红绶藕丝裙,青洲步拾兰苕春。[5]

东指羲和能走马,海尘新生石山下。[6]

——叶葱奇编订《李贺诗集》卷一,人民文学出版社 1959 年版

【注释】1.银浦:天河岸边。2.玉宫:月宫。仙妾:仙女。缨:系玉佩的丝带。3.秦妃:秦穆公的女儿弄玉,嫁给萧史,夫妻乘风飞升,做了神仙。4.王子:王子乔。周灵王太子,名晋,字子乔,擅长吹笙,后成仙。鹅管:指笙,其上有状如鹅毛的玉管。耕烟:耕耘云烟。瑶草:仙草。5.粉霞:粉霞般的衣衫。绶:丝带。藕丝裙:藕丝一样白的裙子。青洲:传说中的仙洲。兰苕:兰花。6.羲和:神话中给太阳驾车的神。海尘:大海扬尘。

【简评】诗人看到银河里的流星而想象天上的情景:月宫的桂树,采花的仙女,传说中的仙人弄玉,还有她养的青凤,善于吹笙的王子乔,正指挥着龙在烟里耕种瑶草,穿着漂亮的仙女在水边采摘兰花。最后,诗人想象羲和驾车载着太阳,周而复始,海水退去,石山下又新生了尘土,不管沧海桑田如何变化,天上的仙境仙人却是永恒不变。此诗充满了奇幻的想象,这也是李贺诗歌的典型特征。

梦天

老兔寒蟾泣天色,云楼半开壁斜白。[1]

玉轮轧露湿团光,鸾珮相逢桂香陌。[2]

黄尘清水三山下,更变千年如走马。[3]

遥望齐州九点烟,一泓海水杯中泻。[4]

——叶葱奇编订《李贺诗集》卷一,人民文学出版社 1959 年版

【注释】1.老兔寒蟾:在神话故事里,月中有白兔和蟾蜍。云楼:月中的楼宇。2.玉轮:玉做的车轮,形容华美。轧(yà):车轮碾压。鸾珮:雕刻着鸾凤的玉佩,代指仙女。桂香陌:桂花飘香的道路。3.黄尘清水:指沧海桑田的变化。三山:指蓬莱、方丈、瀛洲三座海上神山。走马:奔跑的马,形容变化之快。4.齐州:即中国。《尚书·禹贡》言中国有九州。这两句说在月宫俯瞰中国,九州如同烟雾一样的小点,海水像是一杯水而已。

【简评】前两联想象月中的景象,给人以凄清迷离之感。后两联想象从月中下视,沧海桑田的变化极为迅速,九州如烟尘般渺小,海水如同倾倒的一杯水而已,想象极为大胆奇特。此诗将视角转换到天上,下视人间,沧海桑田,千年一瞬,寄寓了诗人排遣人生苦闷的出世之思。

· 许浑

许浑(788—860?),字用晦,润州丹阳(今属江苏镇江)人,大和六年(832)登进士第。曾任当涂令、监察御史、润州司马,及睦州、颍州刺史等职。许浑工于律诗,多登临怀古之作,句法圆熟,声调和谐。有《丁卯集》。

行次潼关驿[1]

红叶晚萧萧,长亭酒一瓢。[2]

残云归太华,疏雨过中条。[3]

树色随关迥,河声入海遥。[4]

帝乡明日到,犹自梦渔樵。[5]

——罗时进《丁卯集笺证》卷二,江西人民出版社 1998 年版

【注释】1.诗题一作"秋日赴阙题潼关驿楼"。2.长亭:古时大道旁,十里设一长亭,五里设一短亭,作为休息、送别之所。3.太华:华山。为与附近的少华山相区别,故称太华。中条:中条山,在山西永济,处于华山和太行山之间。4.迥:远。5.帝乡:指都城长安。渔樵:打鱼,砍柴。指隐居生活。

【简评】这首诗是许浑的名篇。全诗音韵铿锵,流畅自然。中间两联写潼关一带的风物景色,给人以苍茫雄浑之感,归、过、随、入四个动词的运用,使诗歌在表达上具有流畅自然之美。结句不忘渔樵,表明自己赴京并非为了求取功名,显示了诗人的高远志趣。

早秋

遥夜泛清瑟,西风生翠萝。[1]

残萤委玉露,早雁拂银河。[2]

高树晓犹密,远山晴更多。

淮南一叶下,自觉老烟波。[3]

——罗时进《丁卯集笺证》卷一,江西人民出版社 1998 年版

【注释】1.泛:这里指瑟声回响。萝:原作"罗",据宋刻本及《全唐诗》改。2.委:一作"栖"。玉露:白露。银:一作"金"。3."淮南"两句:《淮南子·说山训》说"见一叶落而知岁之将暮",《楚辞·九歌·湘夫人》有"袅袅兮秋风,洞庭波兮木叶下"的句子,这里化用它们的意思。

【简评】首联,用"遥夜"暗示早秋,"西风"就是秋风,尽管藤萝仍然翠绿,却已有秋风生起,点出"早秋"。颔联,"残萤""早雁"亦是"早秋"所见。颈联,"晓犹密"暗示夏未去,而"晴更多"点出秋已至,仍扣住"早秋"而写。尾联通过"一叶下"点出"早秋",暗用有关秋的典故,使诗获得了悠远的文化意味。诗人选取具有早秋特点的景物入诗,句句切合"早秋"的主题,是此诗在写作艺术上的显著特点。

咸阳西门城楼远眺

一上高城万里愁,蒹葭杨柳似汀洲。[1]

溪云初起日沉阁,山雨欲来风满楼。[2]

鸟下绿芜秦苑夕,蝉鸣黄叶汉宫秋。[3]

行人莫问当年事,渭水寒声昼夜流。[4]

——罗时进《丁卯集笺证》卷六,江西人民出版社 1998 年版

【注释】1.汀洲:水中小洲。2.阁:此句下有作者自注"南近磻溪,西对慈福寺阁",此"阁"当是慈福寺阁。3.秦苑:泛指当年秦朝宫苑。4.渭水寒声昼夜流:此句宋刻本、《全唐诗》均作"故国东来渭水流"。

【简评】此诗写登楼远眺所见之景,抒发怀古之情。其中,"山雨欲来风满楼"一句,表达风起城楼、山雨欲来的真实体验,让千载之后的读者有身临其境之感。人们常用此句比喻局势将变的紧张气氛,富有哲理意蕴,最为人所称道。

· 杜 牧

　　杜牧(803—853)，字牧之，京兆万年(今陕西西安)人，宰相杜佑之孙。大和二年(828)登进士第。任弘文馆校书郎，后辗转各节度使任幕僚。做过监察御史、左补阙等。在黄州、池州、睦州、湖州等地做过刺史。官至中书舍人。杜牧是晚唐著名文人，在诗文辞赋方面取得了很高成就。与李商隐齐名，人称"小李杜"。著有《樊川文集》。

旅宿

旅馆无良伴，凝情自悄然。[1]

寒灯思旧事，断雁警愁眠。[2]

远梦归侵晓，家书到隔年。

沧江好烟月，门系钓鱼船。

——吴在庆《杜牧集系年校注·樊川别集》，中华书局 2008 年版

【注释】1.凝情：心情郁结。悄(qiǎo)然：忧伤的样子。2.断雁：离群之雁。警：警醒。

【简评】这是一首表达羁旅乡愁的诗。"远梦归侵晓，家书到隔年"一联，表达诗人强烈的思乡之情，连做梦都难回家乡，极言乡关之远，与家书隔年才到，一起突出了诗人的思乡之情。构思新巧，别致有味。尾联承颈联而写：家乡烟月虽好，亦有小船可供垂钓，但自己却奔波于旅途，无法回乡——寄寓了诗人对家乡的思念之情，以及对归隐生活的向往。

将赴吴兴登乐游原一绝[1]

清时有味是无能，闲爱孤云静爱僧。[2]

欲把一麾江海去，乐游原上望昭陵。[3]

——吴在庆《杜牧集系年校注》卷二，中华书局 2008 年版

【注释】1.吴兴：唐代郡名，今浙江湖州。乐游原：在长安城南。2.清时：政治清明的时候。有味：有生活情趣。这两句是说，当政治清明的时候，应该有所作为，而自己却这

样有生活情趣,这是无能的表现。3.把:持,拿。麾:旗帜一样的东西,古代官员出行时用以表示身份。江海:指湖州,因湖州靠近长江和大海。昭陵:唐太宗李世民的陵墓,在长安西面的九嵕(zōng)山上。

【简评】杜牧当时在京城任吏部员外郎,因无法施展抱负,便请求到外地任职,这首诗就写于他赴任吴兴刺史之前。当时战乱频仍,社会矛盾尖锐,本不是"清时",诗人偏说是"清时",且又说自己"无能",这其实正反映了他内心的不满情绪。乐游原地势高敞,可望的东西很多,诗人只说"望昭陵",便就此收束。唐太宗举贤任能,大有作为,诗人借"望昭陵"表达追怀盛世、自伤生不逢时的感慨,只是表达得十分含蓄委婉,给读者留下了咀嚼寻味的余地。

赤壁[1]

折戟沉沙铁未销,自将磨洗认前朝。[2]

东风不与周郎便,铜雀春深锁二乔。[3]

——吴在庆《杜牧集系年校注》卷四,中华书局 2008 年版

【注释】1.赤壁:湖北境内长江沿岸叫"赤壁"的地方有好几处。历史上周瑜火烧曹营的赤壁,一说在今湖北蒲圻西北长江岸边,一说在嘉鱼东北长江南岸。2.戟:古代一种兵器。认前朝:认出是前朝遗物。3.东风:赤壁之战中,周瑜采用火攻战术,趁着东南风,火烧曹军战船,大获全胜。铜雀:铜雀台,曹操在邺城(今河北临漳)所建的高台,台上有一丈五尺高的铜雀,故名铜雀台。二乔:东吴美女大乔、小乔。大乔嫁给孙权的哥哥孙策,小乔嫁给周瑜。

【简评】赤壁之战是关系到东吴存亡的一场大战,诗人因当时战场遗留的一只铁戟而兴起怀古幽思。诗从反面着眼,设想东吴失败的结局,没有写如何国破家亡,而是联想到二乔会被曹操掠去,藏于铜雀台。以巧妙的设想,形象地表达了对历史成败的思考,含蓄蕴藉,韵味无穷。将周瑜成功破敌,归结为"东风"之便,有人批评诗人对周瑜的功劳认识不足;其实,这里一方面说明诗人认识到偶然因素在历史发展过程中所起的重要作用;另一方面,从诗歌创作的角度来讲,抓住事物的某一典型特征进行描绘,以小见大,正是诗人经营构思的巧妙之处。

泊秦淮[1]

烟笼寒水月笼沙,夜泊秦淮近酒家。

商女不知亡国恨,隔江犹唱后庭花。[2]

——吴在庆《杜牧集系年校注》卷四,中华书局 2008 年版

【注释】 1.秦淮:即秦淮河,发源于江苏溧水东北,流经南京入长江。2.商女:卖唱的歌女。后庭花:即《玉树后庭花》,是南朝陈后主所作乐曲,陈后主荒于酒色,导致亡国,所以后人把《玉树后庭花》看作亡国之音。

【简评】 说是"商女不知",其实不知亡国恨的何止是商女呢? 那些花钱买唱的听众,他们沉迷于声色享乐之中,对现实没有清醒的认识,更是诗人要讽刺的对象。诗人通过商女寄托对社会现实的辛辣讽刺,表达对风雨飘摇的政治局面的担忧,抒发了自己忧心国事的深沉感慨。

寄扬州韩绰判官[1]

青山隐隐水遥遥,秋尽江南草木凋。[2]

二十四桥明月夜,玉人何处教吹箫。[3]

——吴在庆《杜牧集系年校注》卷四,中华书局 2008 年版

【注释】 1.韩绰:其人不详。判官:唐代节度使的僚属。2.隐隐:模糊不清的样子。遥遥:一作"迢迢"。草木凋:一作"草未凋"。3.二十四桥:一说,扬州曾有二十四座桥。一说,二十四桥是一座桥的名称,即吴家砖桥,又名红药桥,相传古时有二十四位美女在桥上吹箫,故名。玉人:这里指韩绰。

【简评】 读者随着诗人的思绪,飞跃隐隐青山、迢迢绿水,来到已是晚秋时节的扬州。在这个皓月当空的秋夜,扬州二十四桥和它美丽的传说,让人浮想联翩,心驰神往,而朋友是不是正在某个地方教美女吹箫呢? 用调侃的方式表达了对朋友的关心。全诗用旖旎的风物,创造了优美的意境,表达思念之情又是这样的风流蕴藉,让读者生发出美的联想,获得了美的享受。

遣怀

落魄江南载酒行,楚腰肠断掌中轻。[1]

十年一觉扬州梦,占得青楼薄幸名。[2]

吴在庆《杜牧集系年校注·樊川外集》,中华书局 2008 年版

【注释】1.江南：一作"江湖"。楚腰：《韩非子·二柄》说"楚灵王好细腰,而国中多饿人"。这里借指美人细腰。肠断：一作"纤纤"。掌中轻：据说汉成帝皇后赵飞燕体态轻盈,能在掌中起舞。这里借指扬州歌伎。2.占得：一作"赢得"。青楼：歌楼妓院。薄幸：薄情。

【简评】诗人追怀流连于歌楼舞馆的扬州生活,以"扬州梦"对这段生活进行总结,饱含失落和怅惘之情。结句是对"扬州梦"的否定,表达了诗人的无限追悔之情。

秋夕

红烛秋光冷画屏,轻罗小扇扑流萤。[1]

瑶街夜色凉如水,坐看牵牛织女星。[2]

——吴在庆《杜牧集系年校注·樊川外集》,中华书局 2008 年版

【注释】1.红烛：一作"银烛"。画屏：上面有图画的屏风。轻罗小扇：用丝织品做的扇子。2.瑶街：一作"天街"。坐看：一作"卧看"。

【简评】这是一首宫怨诗,写宫女孤独凄凉的生活。红烛画屏的奢华,掩盖不了她内心的寂寞无聊,"扑流萤"的细节描写,反映了她百无聊赖的生活。"凉如水"说明夜色已深,宫女长久地仰望牵牛织女星,透露出她对夫妇和谐生活的向往。此诗不说怨,而怨在其中,含蓄蕴藉,耐人寻味。

赠别二首

其一

娉娉袅袅十三余,豆蔻梢头二月初。[1]

春风十里扬州路,卷上珠帘总不如。[2]

【注释】1.娉娉(ping)袅袅：形容女子体态柔美。豆蔻：多年生草本植物,夏天开花,二月正是含苞未放的时候,后来称十三四岁女孩为豆蔻年华。2."春风"两句：整个扬州珠帘卷处看到的女子都不如你貌美。

【简评】这首诗赞扬女子的美貌。前两句是实写,用含苞待放的豆蔻花来比喻女子婀娜多姿的体态,形象生动。后两句是虚写,在繁华的扬州城里,有多少美貌的女子,可她们都不如你漂亮,对女子的美貌作了盛情夸赞。

其二

多情却似总无情，唯觉樽前笑不成。[1]

蜡烛有心还惜别，替人垂泪到天明。

——吴在庆《杜牧集系年校注》卷四，中华书局 2008 年版

【注释】1.樽：酒杯。

【简评】这一首表达惜别之情。"多情却似总无情"是对复杂微妙的男女之情的概括。后两句用的是双关语：诗人不说自己惜别，却说蜡烛惜别；不说自己垂泪，却说蜡烛垂泪——语含双关，更为形象生动地表达了惜别之情。

金谷园[1]

繁华事散逐香尘，流水无情草自春。[2]

日暮东风怨啼鸟，落花犹似堕楼人。[3]

——吴在庆《杜牧集系年校注·樊川别集》，中华书局 2008 年版

【注释】1.金谷园：西晋石崇的别墅，故址在今河南洛阳西北金谷涧。2.香尘：据说石崇曾经把沉水香磨成粉末，铺在象牙床上，让人踩踏，无迹者赐与珍珠。3.堕楼人：指绿珠。绿珠是石崇的爱妾，聪明美貌，孙秀想要占有她，石崇不给。孙秀便在赵王面前陷害石崇，石崇被捕，满门遇害，绿珠因此跳楼殉情。

【简评】金谷园是当年名流云集、饮酒赋诗之地，但现在只有流水依旧、野草丛生，金谷园的荒凉，引发了诗人的怀古幽思。末句由眼前的落花，联想到堕楼自尽的绿珠，美人如花，花如美人，诗人借眼前之景，抒发了对往事的无限感慨。

· 温庭筠

温庭筠（801—866），本名歧，字飞卿，郡望太原，居苏州。屡试不第，经历坎坷，做过县尉，官终国子助教。文思敏捷，每次入试，叉八次手就能成八韵诗，人称"温八叉"。温庭筠诗风秾丽，辞藻华美。他还擅长写词，是晚唐著名词人。有《温飞卿集》。

商山早行[1]

晨起动征铎，客行悲故乡。[2]

鸡声茅店月，人迹板桥霜。

槲叶落山路，枳花明驿墙。[3]

因思杜陵梦，凫雁满回塘。[4]

——刘学锴《温庭筠全集校注》卷七，中华书局 2007 年版

【注释】1. 商山：在今陕西商洛市东南。2. 征铎：车行时悬挂在马颈上的铃铛。铎：铃铛。3. 槲（hú）：一种落叶乔木。枳（zhǐ）：一种落叶灌木或小乔木，春天开白花。驿墙：驿站的墙壁。4. 杜陵：汉宣帝陵墓，在今陕西西安东南，这里指长安。此句是说，想起昨夜梦到在杜陵家居时的情景。凫（fú）雁：野鸭和大雁。回塘：曲折的池塘。"凫雁满回塘"就是所梦之境。

【简评】此诗写行旅途中，一次早起出行的所见所感。"鸡声茅店月，人迹板桥霜"是历来传诵的名句。诗人用鸡鸣声、半空中的月亮、板桥上的寒霜及上面的足迹，表明行程之"早"，紧扣"早"字而写，带给读者早行所特有的感受。欧阳修《六一诗话》谓此二句写"道路辛苦，羁愁旅思"，有意在言外的效果。

送人东游

荒戍落黄叶，浩然离故关。[1]

高风汉阳渡，初日郢门山。[2]

江上几人在？天涯孤棹还。[3]

何当重相见，尊酒慰离颜。

——刘学锴《温庭筠全集校注》卷七，中华书局 2007 年版

【注释】1.戍:军队驻守的营地。浩然:坚决而豪迈的样子。故关:故乡。2.高风:长风。汉阳:在今湖北武汉。渡:渡口。郢门山:即荆门山,在今湖北宜都。3.还(huán):仍然。这两句是说,江上能有几个人与你同行呢? 即使远到天涯,你仍然要独自乘船前往。

【简评】首联点明送别的时间、地点,古朴雄浑,领起全篇。中间两联设想友人行程,突出友人"天涯孤棹"的旅途孤独之感。最后则表达了对重逢的期望。全诗气韵充沛,格调高昂,虽写离情,而有豪迈之气。

利州南渡[1]

澹然空水带斜晖,曲岛苍茫接翠微。[2]

波上马嘶看棹去,柳边人歇待船归。[3]

数丛沙草群鸥散,万顷江田一鹭飞。

谁解乘舟寻范蠡,五湖烟水独忘机。[4]

——刘学锴《温庭筠全集校注》卷四,中华书局 2007 年版

【注释】1.利州:今四川广元。渡:渡口。2.澹然:水波动荡的样子。曲岛:江中弯曲的小岛。翠微:青翠的山色。3.棹(zhào):船桨。这里指船。4.范蠡:春秋时楚国人,辅助越王勾践灭吴后,辞官而去,乘舟泛游五湖。五湖:指太湖。忘机:忘掉世俗机诈之心。

【简评】首联写渡口远望所见:清澈的江水流向远方,沾染了落日的余辉,蜿蜒的小岛连接着远方的山色。领联将视线拉回到渡口,送行的人看着扬帆远航的船不忍离去,马的嘶鸣增添了离情;柳树边上有人等着渡船归来。诗人将渡口常见之景纳入诗中,点染了一幅富有生活气息的画面。颈联,诗人将近处的群鸥、远处的白鹭摄入诗中,"群鸥散"可见沙草丛聚的景象,"一鹭飞"反衬江田的广阔无边,构思颇为巧妙。最后,诗人为眼前景致所感染,产生了长留山水、忘怀世事的想法,从而抒发了自己向往隐逸的情趣。

苏武庙[1]

苏武魂销汉使前,古祠高树两茫然。[2]

云边雁断胡天月,陇上羊归塞草烟。[3]

回日楼台非甲帐,去时冠剑是丁年。[4]

茂陵不见封侯印,空向秋波哭逝川。[5]

——刘学锴《温庭筠全集校注》卷八,中华书局 2007 年版

【注释】1.苏武:字子卿。汉武帝天汉元年(公元前 100 年)出使匈奴,被扣留逼降。苏武始终不屈,被流放北海(今俄罗斯贝加尔湖)牧羊,长达十九年,历尽艰辛,始终不渝。汉昭帝时,与匈奴和亲,发现苏武还活着,经过与匈奴交涉,苏武得以回国。2.魂销:形容内心极其激动。汉使:汉朝到匈奴迎接苏武的使者。古祠:指苏武祠庙。3.“云边”句:汉昭帝时,汉朝使者要匈奴归还苏武,匈奴谎称苏武已死。常惠教汉使向单于说,汉天子在上林苑中射猎,于雁足得苏武书,说他在某个大泽中,单于才不得不放还苏武。这就是雁足传书的典故。雁断:指苏武久在匈奴,音讯断绝。陇上:苏武牧羊的地方。4.甲帐:据说汉武帝用天下珍宝做成帷帐,分为甲帐和乙帐,甲帐居神,乙帐用以自居。这句是说,苏武回国时武帝已死,楼台宫殿已经不是以前的样子了。冠(guān)剑:帽子和佩剑。丁年:壮年。5.茂陵:汉武帝的陵墓,这里代指汉武帝。苏武回到汉朝时,武帝已死,苏武未得封侯。秋波:秋水。哭逝川:为像流水一样逝去的时光而哭泣。

【简评】这首诗是作者瞻仰苏武庙后追思凭吊之作。首联写来到苏武庙而兴起怀古思人之情,面对古祠高树,诗人联想到苏武当年见到汉朝使臣的激动场面。颔联将苏武与汉王朝断绝音信,仍独自牧羊塞外的事情进行了高度概括,以自然之景隐括人物历史,含而不露,且对仗工整而又音韵铿锵,可称佳句。颈联感慨苏武遭际之不幸,年轻时本是奉汉武帝命而出使,年老归来,武帝早已不在。尾联写苏武年华已逝,半生付出,却没有得到应有的回报。苏武没有封侯的历史往事引起了诗人的强烈感慨,其中也寄寓了诗人对自身遭受不公平待遇的不平之情。

瑶瑟怨[1]

冰簟银床梦不成,碧天如水夜云轻。[2]

雁声远过潇湘去,十二楼中月自明。[3]

——刘学锴《温庭筠全集校注》卷四,中华书局 2007 年版

【注释】1.瑶:美玉。瑶瑟:用玉作装饰的华美的瑟。2.冰簟:凉席。银床:华美的床。3.潇湘:潇水和湘水,都在湖南境内。十二楼:神仙所居之处,这里指京城宫殿。

【简评】这首诗表现宫中女子的相思之情。远处传来的雁声,引起了她的哀怨之情。而一轮皓月在秋天的夜晚格外明亮,望月怀人,更让她思绪起伏,夜不能寐。除首句"梦不成"微露哀怨之外,全诗没有直接表达哀怨之情,却营造了浓重的哀怨氛围,获得了言有尽而意无穷的艺术效果。

· 李 商 隐

　　李商隐(813？—858)，字义山，号玉溪生，又号樊南生，怀州河内(今河南沁阳)人。早年因文才出众受到牛僧孺党重要成员令狐楚赏识，辟为巡官。唐文宗开成二年(837)因令狐楚之子令狐绹之荐，登进士第。令狐楚死后，李商隐到李德裕党成员泾原节度使王茂元幕府任掌书记，并娶其女为妻，被牛党视为忘恩负义而受到排挤。李商隐身陷牛李党争的漩涡之中，一生沉沦下僚，坎坷不得志，英年早逝。李商隐擅诗歌，亦擅骈文。其诗歌题材丰富，工于造语，意境深婉，佳作极多。有《李义山诗集》和《樊南文集》。

蝉

本以高难饱，徒劳恨费声。[1]

五更疏欲断，一树碧无情。

薄宦梗犹泛，故园芜已平。[2]

烦君最相警，我亦举家清。[3]

——刘学锴、余恕诚《李商隐诗歌集解》，中华书局 2004 年版

【注释】1.高难饱：古人认为蝉居于高树，饮露而生，难以饱腹。"徒劳"句：蝉不论怎么鸣叫，都是徒然浪费自己的声音。2.薄宦：官职卑微。梗犹泛：用桃梗漂浮水上比喻人漂泊无依。芜：荒芜。这句是说故园长满杂草，一片荒凉。3.君：指蝉。警：警示。清：清贫，有操守。

【简评】前两联写蝉，抓住蝉鸣不止，而无人为其所动，暗喻诗人无论怎样表现自己，也都不能引起别人的关心和同情。诗人抓住了自己和蝉在处境上的共同点，既是写蝉，又是借蝉以抒发个人的感慨。颈联写自己漂泊在外，官职低微，而故园早已荒芜不堪，有家难回。这是由蝉鸣而想到自我的遭遇，引发了诗人的感慨之情。尾联落到"蝉"上，蝉鸣是对自己的警醒，古人认为蝉是高洁品行的象征，而自己全家清贫又有操守，这是自己和蝉的共通之处。

风雨

凄凉《宝剑篇》，羁泊欲穷年。[1]

黄叶仍风雨，青楼自管弦。[2]

新知遭薄俗，旧好隔良缘。[3]

心断新丰酒，消愁斗几千？[4]

——刘学锴、余恕诚《李商隐诗歌集解》，中华书局2004年版

【注释】 1.《宝剑篇》：唐代郭元振少有大志，得武则天召见，上《古剑篇》。武则天读后大为赞赏，立即提拔重用。这里说自己有郭元振之材，但无人赏识。羁泊：羁旅漂泊。穷：尽。2.仍：更，兼。青楼：富家高楼。3."新知"句：新交的朋友遭到浇薄世俗的诋毁。旧好：旧日好友。隔良缘：没有缘分再来往。4.心断：犹绝望。新丰酒：新丰，是地名，在陕西临潼。唐代马周未仕时，在新丰旅店住宿，受到店主人冷遇，便取酒独饮。后马周得到唐太宗重用，授监察御史。这里是说，自己对有像马周那样的幸遇已经绝望了。几千：指酒钱。

【简评】 诗人借风雨起情，表达漂泊沦落、怀才不遇的苦闷心情。首尾两联用了郭元振和马周的典故，这二人在唐初都凭借自己的才华得到重用，诗人虽也自负才华，但残酷的现实，已让他感到前途无望，陷入了深沉的悲哀失望之中。

落花

高阁客竟去，小园花乱飞。[1]

参差连曲陌，迢递送斜晖。[2]

肠断未忍扫，眼穿仍欲稀。[3]

芳心向春尽，所得是沾衣。[4]

——刘学锴、余恕诚《李商隐诗歌集解》，中华书局2004年版

【注释】 1.竟：都。2.参差：形容花乱飞的样子。曲陌：弯曲的小路。迢递：遥远的样子。指落花在夕阳下飞得很远。3.稀：一作"归"。4.芳心：双关语，既指落花，也指惜花之心。沾衣：指眼泪。

【简评】 首联借"落花"起兴，抓住落花"乱飞"的特点。颔联承"乱飞"而来，写落花漫天飞

舞,无所不在,突出暮春时节乱花之多。后两联表达因落花而产生的"惜春"之情。"落花"是古代诗歌中一个特殊意象,它象征着美好事物的消逝,寄寓着各种复杂的人生感慨。李商隐怀才不遇,坎坷一生,落花带给他的是更为沉痛的凄凉和失落之感。此诗将落花和对个人身世的感慨结合起来,传达了复杂难言的人生况味。

北青萝[1]

残阳西入崦,茅屋访孤僧。[2]

落叶人何在,寒云路几层。

独敲初夜磬,闲倚一枝藤。[3]

世界微尘里,吾宁爱与憎?[4]

——刘学锴、余恕诚《李商隐诗歌集解》,中华书局 2004 年版

【注释】1.北青萝:地名,在王屋山中。2.崦:崦嵫山,神话中太阳落山的地方。3.藤:指手杖。4."世界"句:佛教认为大千世界都在微尘之中。宁:岂,难道。

【简评】孤独而闲适的僧人带给诗人对佛理的体悟:世界如此渺小,爱与憎还有什么意义呢? 这也许就是诗人"茅屋访孤僧"的收获吧。

锦瑟[1]

锦瑟无端五十弦,一弦一柱思华年。[2]

庄生晓梦迷蝴蝶,望帝春心托杜鹃。[3]

沧海月明珠有泪,蓝田日暖玉生烟。[4]

此情可待成追忆,只是当时已惘然。

——刘学锴、余恕诚《李商隐诗歌集解》,中华书局 2004 年版

【注释】1.锦瑟:装饰华美的瑟。此诗取开头二字为题,相当于"无题"。2.无端:没原因。五十弦:据《史记·封禅书》记载,黄帝让素女鼓五十弦瑟,因声音过于悲切,黄帝把瑟破为二十五弦。这里用五十弦表明哀怨之意。3.庄生:即庄周。《庄子·齐

物论》说，一天早上，庄子梦见自己变成了蝴蝶。醒来后，不知是自己做梦变成了蝴蝶，还是蝴蝶做梦变成了庄周。这就是"庄周梦蝶"的典故。望帝：古代蜀国君主杜宇，号望帝。据说他死后化为杜鹃，啼声哀怨，直至口中流血。春心：伤春之心。4."沧海"句：据《博物志》记载，南海中有鲛人，样子像人，居住水中，哭泣时眼泪变成珍珠。蓝田：即蓝田山，在今陕西蓝田，以产玉而闻名。

【简评】这首诗是李商隐的名篇，它的主题是什么，历来众说纷纭，莫衷一是。前人有"咏物诗""悼亡诗""爱情诗""追溯平生"等说法。诗的首联以"锦瑟"发端，落在"思华年"上。"华年"就是美好的年华，在锦瑟声中追忆包括爱情在内的美好过去，这可能就是此诗的主旨所在。中间两联，运用了一系列的典故，塑造出生动的艺术形象，通过丰富的联想和暗示，创造了一种凄清哀怨、无限迷惘的艺术境界，带给读者朦胧飘渺的审美感受。尾联点出"此情"，应该是包括爱情在内的各种复杂人生情感。一唱而三叹，顿挫而生情，全诗带给读者无限凄迷怅惘的感觉，获得了咀嚼不尽的艺术韵味。

无题

昨夜星辰昨夜风，画楼西畔桂堂东。

身无彩凤双飞翼，心有灵犀一点通。[1]

隔座送钩春酒暖，分曹射覆蜡灯红。[2]

嗟余听鼓应官去，走马兰台类转蓬。[3]

——刘学锴、余恕诚《李商隐诗歌集解》，中华书局 2004 年版

【注释】1.灵犀：据说犀牛角是灵异之物，里面有一条白纹，贯通上下。这两句是说，虽然身上没有像彩凤那样的双翼，飞跃阻隔，但彼此的心灵息息相通。2.送钩：古代喝酒时的一种游戏，用一只钩相互传送，藏在一人手中，令人猜，猜不中就要罚酒。分曹：分组。射覆：一种游戏，在手绢或器皿下放东西让人猜。3.听鼓应官：唐代官府在五更时击鼓，召集官员。兰台：指秘书省。转蓬：随风飞转的蓬草。这里比喻身不由己。

【简评】诗的主题是怀想昨夜宴会上的一位女子。两人情意相通却又无从表达，是一场无望的爱情。"身无彩凤双飞翼，心有灵犀一点通"一联，把两情相悦，却又无法沟通的苦闷作了艺术的表达，具有高度的概括力，是千古传诵的名句。

隋宫

紫泉宫殿锁烟霞,欲取芜城作帝家。¹

玉玺不缘归日角,锦帆应是到天涯。²

于今腐草无萤火,终古垂杨有暮鸦。³

地下若逢陈后主,岂宜重问后庭花。⁴

——刘学锴、余恕诚《李商隐诗歌集解》,中华书局 2004 年版

【注释】1. 紫泉:即紫渊,水名,在长安北,因避唐高祖李渊讳,改为紫泉。这里用紫泉宫代指隋宫。芜城:即江都,旧称广陵。刘宋时期,鲍照因广陵兵乱荒芜作《芜城赋》,因此得名。隋炀帝即位后,三次乘船南游江都。2.玉玺:皇帝的玉印,是皇权的象征。缘:因。日角:指唐高祖李渊。古人把额骨隆起称为"日角",认为是帝王之相。李渊未做皇帝时,有人说他"日角龙庭",有天子相。锦帆:锦缎做的船帆。这两句是说,如果不是李渊取得了天下,隋炀帝的龙船应该游到天涯了。3.腐草无萤火:古人认为萤火虫是腐草变成的。隋炀帝好夜游,曾大量收集萤火虫,晚上游山时放出,光照山谷。这句是说,现在隋宫荒芜,腐草也不再变成萤火虫了。终古:长久。垂杨:据说隋炀帝开凿运河以后,下令沿河两岸植柳,后世称为"隋堤柳"。古人杨柳并称,这里垂杨即指"隋堤柳"。4.陈后主:南朝陈的最后一个君主,以荒淫著称。后庭花:指陈后主所作的《玉树后庭花》,被认为是亡国之音。

【简评】此诗咏隋炀帝故事,讽刺他耽于享乐以致亡国。诗人通过"烟霞""帝家""锦帆""腐草""垂杨"等一系列意象,在平静的叙述中,暗示隋炀帝的豪华奢侈,寄托作者的讽刺。最后,拉出历史上有名的亡国昏君陈后主,幽默而有力地表达了对隋炀帝的讽刺。

无题二首¹

其一

来是空言去绝踪,月斜楼上五更钟。²

梦为远别啼难唤,书被催成墨未浓。³

蜡照半笼金翡翠,麝熏微度绣芙蓉。⁴

刘郎已恨蓬山远,更隔蓬山一万重。⁵

【注释】1.原诗四首,这里选其中两首。2."来是"句:归来重逢已成空言,人去之后再也没有了踪影。3.此联是说,因远别而积想成梦,梦中为离别哭泣,但仍不能唤他回来;墨没磨浓就急忙写信给对方。4.蜡照:蜡烛的光亮。半笼:若明若暗地笼罩。金翡翠:上面绣有翡翠鸟的锦被。麝薰:麝香。度:透过。绣芙蓉:指绣有荷花图案的床帐。5.刘郎:指东汉时的刘晨。相传他和阮肇入天台山采药,遇见两位仙女邀请他们到山中居住,半年后回家,子孙已经七世。后重入天台山寻访仙女,却再也寻不到了。蓬山:即蓬莱山,神话中的海外仙山。此处借指情人所居之处。

【简评】诗的主题是表达对意中人的思念之情。一场夜半幽梦,唤起了久别之人的相思之情。尾联道出了道路遥远、音讯难通的离别之恨,悲切伤感,令人无限怅惘,可以代表一切经历过离愁别恨之苦者的共同心声。

其二

飒飒东南细雨来,芙蓉塘外有轻雷。[1]

金蟾啮锁烧香入,玉虎牵丝汲井回。[2]

贾氏窥帘韩掾少,宓妃留枕魏王才。[3]

春心莫共花争发,一寸相思一寸灰。[4]

——刘学锴、余恕诚《李商隐诗歌集解》,中华书局 2004 年版

【注释】1.飒飒:风声。东南:一作"东风"。芙蓉塘:荷花塘。2.金蟾:蟾蜍形的铜香炉。啮(niè)锁:啮,咬。锁,香炉上的鼻钮,开钮可填入香料。玉虎:即辘轳,提水用具。牵丝:牵动井绳。这两句是说,香炉虽锁,仍可开启,填入香料;井水虽深,借助辘轳牵丝,仍可汲水,以此比喻爱情是没有什么能够拦阻的。3."贾氏"句:据《世说新语》记载,西晋韩寿貌美,被司空贾充任命为掾。贾充之女偷看到韩寿,爱上了他,后来贾充得知,就把女儿嫁给了他。韩掾:指韩寿。掾:僚属。"宓(fú)妃"句:宓妃:相传是伏羲氏之女,溺死洛水,成为洛水女神。这里指甄氏。甄氏是袁绍的儿媳。据传曹植当年喜欢甄氏,曹操却将甄氏嫁给了曹丕。后来甄氏因事被曹丕赐死。曹丕称帝后,曹植入朝,曹丕将甄氏用过的枕头赠给他。曹植途经洛水时,遇见一女子,自言是甄氏,和他欢会,曹植因此作《感甄赋》,又名《洛神赋》。留枕:指幽会。魏王:指曹植。他曾被封为东阿王。才:才华,曹植是有名的才子。4.春心:指相思之心。一寸灰:指相思无望。

【简评】这首诗也是以男女相思为主题。诗借用了"金蟾啮锁""玉虎牵丝"两个生活中的常见意象,"贾氏""宓妃"两个历史典故,表现主人公对爱情的渴望,曲折隐晦,具体情事,已经无从索解。尾联奏出了全诗的最强音,主人公也许为相思所折磨,也许面对的根本就是一场无望的爱情。相思之情,让他备感煎熬。这一联诗,是他压抑而痛苦的呼声,能够引起一切有过相思之苦者的强烈共鸣。

筹笔驿[1]

猿鸟犹疑畏简书，风云常为护储胥。[2]

徒令上将挥神笔，终见降王走传车。[3]

管乐有才真不忝，关张无命欲何如。[4]

他年锦里经祠庙，《梁甫》吟成恨有余。[5]

——刘学锴、余恕诚《李商隐诗歌集解》，中华书局 2004 年版

【注释】1.筹笔驿：即朝天驿，在今四川广元北。相传诸葛亮伐魏时，曾驻扎此地筹划军机，故名筹笔驿。2.猿鸟：一作"鱼鸟"。简书：古人在竹简上写字，称为简书，这里指诸葛亮的军令。储胥：军队驻扎时用的樊篱，此处指军营。3.上将：指诸葛亮。挥神笔：指筹划军机。降王：指后主刘禅。传车：古代驿站的专用车辆。魏灭蜀之后，刘禅被押往洛阳，路过筹笔驿。4.管乐：管仲和乐毅。春秋时管仲曾辅佐齐桓公成就霸业；乐毅是战国时燕国大将，曾大破齐国。这里说诸葛亮有管、乐之才。忝(tiǎn)：惭愧。关张：关羽和张飞。孙权派吕蒙袭取荆州，关羽遇害。刘备想要伐吴时，张飞被部将所杀。无命：死于非命，不得善终。5.他年：往年，昔年。锦里：指成都。祠庙：指成都的武侯祠。作者在写此诗之前，到过武侯祠，写有《武侯庙古柏》诗。《梁甫》：古乐府《梁甫吟》。诸葛亮躬耕南阳时喜欢吟诵《梁甫吟》。

【简评】诗人经过筹笔驿，凭吊诸葛亮。"猿鸟""风云"本是无情之物，诗人将其人格化。以一个"畏"字，表现诸葛亮号令严明；以一个"护"字，表现诸葛亮营垒森严。猿鸟尚且如此，诗人对诸葛亮的钦敬仰慕之情就不言而喻了。中间四句，说诸葛亮虽然有神机妙算、运筹帷幄之才，但最后还是功业无成。于是很自然地以"恨有余"收束全篇，寄托了自己对诸葛亮功业未成的无限憾恨之情。

无题

相见时难别亦难，东风无力百花残。[1]

春蚕到死丝方尽，蜡炬成灰泪始干。[2]

晓镜但愁云鬓改，夜吟应觉月光寒。[3]

蓬山此去无多路，青鸟殷勤为探看。[4]

——刘学锴、余恕诚《李商隐诗歌集解》，中华书局 2004 年版

【注释】1.东风:春风。2.丝:双关语,既指蚕丝,也指相思之"思"。泪:双关语,既指烛泪,也指相思之"泪"。3.云鬓改:指头发由黑变白。4.蓬山:蓬莱山,传说中的海上仙山。青鸟:传说中为西王母传递消息的神鸟,后来用青鸟作为信使的代称。

【简评】诗写一位女子的相思之情。"相见时难别亦难"道出了相见不易、离别更难的人之常情。离别总带给人无限伤感。"东风无力百花残"一句,以百花凋谢,春意阑珊,暗示岁月不居、青春易老的深沉感慨,给人以无比凄楚的感觉。颔联是千古名句,以"春蚕""蜡炬"比喻义无反顾、誓死不休的相思之情,缠绵而沉痛,能够唤起读者感情上的强烈共鸣。这一联诗早已超越了男女相思之情,成为一切无私奉献者的精神赞歌,获得了更为深广的意义。

春雨

怅卧新春白袷衣,白门寥落意多违。[1]

红楼隔雨相望冷,珠箔飘灯独自归。[2]

远路应悲春晼晚,残宵犹得梦依稀。[3]

玉珰缄札何由达,万里云罗一雁飞。[4]

——刘学锴、余恕诚《李商隐诗歌集解》,中华书局 2004 年版

【注释】1.白袷(jiá)衣:即白夹衣,闲居时的便服。白门:地名。意多违:意思是不如意的事情很多。2.红楼:女子所居的闺楼。珠箔(bó):珠帘。飘灯:灯火飘忽不定。3.晼(wǎn):太阳落山的时候。4.玉珰:用玉做的耳珠。古时男女常以玉珰作为定情信物。缄:封。札:书信。何由达:怎样才能送到对方手中。云罗:阴云密布。雁:指传递书信,古代有鸿雁传书的说法。

【简评】这首诗表现爱情的苦闷。具体的情节、人物都已无法追寻。诗人以跳跃的思维,迷茫的笔调,展现了一个凄迷哀婉的爱情片段。全诗弥漫着冷落、伤感和惆怅的情调,给读者以凄美的审美体验。

无题二首

其一

凤尾香罗薄几重,碧文圆顶夜深缝。[1]

扇裁月魄羞难掩,车走雷声语未通。[2]

曾是寂寥金烬暗,断无消息石榴红。[3]

斑骓只系垂杨岸,何处西南待好风?[4]

【注释】1.凤尾香罗:有凤尾图案的丝织品。碧文圆顶:有碧绿色花纹的圆形帐顶。2."扇裁"句:月魄,月亮。汉代班婕妤《怨歌行》:"裁为合欢扇,团团如明月。"这句是说,用团扇掩盖含羞的面容。雷声:指车声。语未通:没有机会交谈。3.金烬暗:蜡烛将尽,光线暗淡。石榴红:石榴开花时节。4.斑骓(zhuī):青花马。西南待好风:等待西南好风,比喻等待相遇的机会。语本曹植《七哀诗》:"愿为西南风,长逝入君怀。"

【简评】这首诗曲折隐晦地表达女子的相思之情,表现她失落无望的爱情感受。语言华美,意境迷离,带给读者的仍然是一种凄婉哀怨的感觉。

其二

重帷深下莫愁堂,卧后清宵细细长。[1]

神女生涯元是梦,小姑居处本无郎。[2]

风波不信菱枝弱,月露谁教桂叶香。[3]

直道相思了无益,未妨惆怅是清狂。[4]

——刘学锴、余恕诚《李商隐诗歌集解》,中华书局 2004 年版

【注释】1.重帷:室内重重帷帐。莫愁:古乐府诗中的女子,这里泛指女子。2.神女:指宋玉《神女赋》中的巫山神女。小姑:古乐府《青溪小姑曲》说"小姑所居,独处无郎"。3.菱枝弱:比喻女子像菱枝一样柔弱。谁教:谁使。4.直道:即使,即便是。了无益:完全没有好处。

【简评】这首诗也写女子的相思之情,和作者其他的无题诗一样,隐晦曲折,不易索解。以特殊的意象,创造了迷离凄婉的意境,带给读者独特的审美感受。

登乐游原[1]

向晚意不适，驱车登古原。

夕阳无限好，只是近黄昏。

——刘学锴、余恕诚《李商隐诗歌集解》，中华书局 2004 年版

【注释】1.乐游原：在长安城南，登原可以眺望全城。

【简评】后两句是传诵千古的名句。诗人借夕阳表达了一切美好的事物都会结束的道理，富有哲理，耐人寻味。

夜雨寄北[1]

君问归期未有期，巴山夜雨涨秋池。[2]

何当共剪西窗烛，却话巴山夜雨时。[3]

——刘学锴、余恕诚《李商隐诗歌集解》，中华书局 2004 年版

【注释】1.关于此诗所寄对象，有朋友和妻子两种说法。2.巴山：这里泛指四川、重庆一带的山。3.剪烛：用剪刀剪去烛花，使烛光更明亮。

【简评】"问归期"是亲友对自己的关怀，"未有期"是说连自己也不知道什么时候回家，怅惘失落之情不禁油然而生。次句宕开一笔，夜色深沉，秋雨连绵，和诗人此时低沉的心情完全一致。诗人借景抒情，获得了景中含情的效果。后两句是对未来的期望，剪烛夜话，情意融融，带给读者无限遐想。这首诗借景抒情，不加雕琢，给读者以情真意切、余味无穷的感受。

寄令狐郎中[1]

嵩云秦树久离居，双鲤迢迢一纸书。[2]

休问梁园旧宾客，茂陵秋雨病相如。[3]

——刘学锴、余恕诚《李商隐诗歌集解》，中华书局 2004 年版

【注释】1.令狐郎中:指令狐绹,当时任右司郎中。唐武宗会昌五年(845)秋,李商隐闲居洛阳,身体多病。令狐绹从长安来信问候,李商隐作诗寄答。2.嵩云秦树:嵩,指洛阳,因为附近有嵩山。秦,指长安。双鲤:指令狐绹的来信。古人用鲤鱼作为书信的代称,语本汉乐府《饮马长城窟行》:"客从远方来,遗我双鲤鱼。呼儿烹鲤鱼,中有尺素书。"3.梁园:西汉梁孝王的园林。梁孝王喜爱文学,当时著名文人司马相如等曾游于梁园,创作了很多辞赋。这里指令狐楚的家。令狐楚任天平军节度使时,聘李商隐为军中巡官,当时李商隐才十七岁,以文学才华得到令狐楚的赏识。旧宾客:这里比喻自己曾游于令狐楚门下。茂陵:汉武帝的陵墓,司马相如因病辞官,住在茂陵。这里李商隐用司马相如自比。

【简评】故人一纸书信,唤起了诗人对过去生活的追忆。后两句,既感念故人的问候,又回忆过去与令狐父子的交谊,还诉说了自己目前凄凉孤苦的处境,语言虽少,但含蕴丰富。在写作手法上,此诗前两句运用了借代手法,使诗歌富于形象性。后两句用典,妥帖恰当,收到了以少总多,涵义丰富的效果。

为有[1]

为有云屏无限娇,凤城寒尽怕春宵。[2]

无端嫁得金龟婿,辜负香衾事早朝。[3]

——刘学锴、余恕诚《李商隐诗歌集解》,中华书局 2004 年版

【注释】1.为有:取首两字为题,相当于"无题"。2.云屏:用云母石做的精美屏风。无限娇:指屏风后面娇美的少妇。凤城:指京城。3.无端:没来由,没道理。金龟婿:做高官的夫婿。金龟:唐代三品以上的官员佩戴有金饰的龟袋。衾:被子。早朝:封建时代官员早上上朝见皇帝。

【简评】这是一首闺怨诗,闺中少妇因为丈夫要上早朝而颇有怨恨之情。作者把闺中少妇的怨情作了体贴入微的刻画,给人以绮靡香艳、摇曳生姿的感受。

隋宫[1]

乘兴南游不戒严,九重谁省谏书函?[2]

春风举国裁宫锦,半作障泥半作帆。[3]

——刘学锴、余恕诚《李商隐诗歌集解》,中华书局 2004 年版

【注释】1.隋宫:指隋炀帝在江都(今江苏扬州)所建的宫殿。2.南游:隋炀帝曾三次南游
扬州。九重:指皇宫,也可指皇帝。省:明白。谏书函:隋炀帝南游,当时官员崔民
象、王爱仁等上书劝谏,被杀。3.宫锦:供皇家使用的锦缎。障泥:指马鞯,垫在马
鞍下面,垂于马背两边以挡泥土。帆:船帆,隋炀帝乘大船南游,所以用很多船帆。

【简评】"不戒严"说明隋炀帝骄横,"九重"句点出隋炀帝昏庸。后两句讽刺隋炀帝奢侈浪
费。诗人对隋炀帝飞扬跋扈、靡费民财的劣行作了有力批判。借古鉴今,希望隋
炀帝的下场能够引起统治者的思考和警醒。

瑶池[1]

瑶池阿母绮窗开,《黄竹》歌声动地哀。[2]

八骏日行三万里,穆王何事不重来?[3]

——刘学锴、余恕诚《李商隐诗歌集解》,中华书局 2004 年版

【注释】1.瑶池:神话中西王母所居之地。传说周穆王和西王母相会于瑶池,临别,约定三
年以后再相会。2.阿母:西王母又称玄都阿母。绮窗:华丽的窗子。"黄竹"句:据
说周穆王在去黄竹的路上遇到大风雪,见有人冻死,作《黄竹诗》哀悼他们。这里
借以暗示周穆王已死。3.八骏:传说周穆王有八匹神马,日行三万里。

【简评】晚唐几个皇帝都迷信神仙,炼丹服食,追求长生,这首诗借周穆王和西王母的故
事,对求仙的做法进行了讽刺。周穆王虽然和西王母有约会,但就是西王母也无
法让穆王长生不老,言外之意就显而易见了。此诗不用一句议论,形象生动地点
破了追求长生不老的虚妄,构思巧妙,收到了含蓄蕴藉的效果。

嫦娥[1]

云母屏风烛影深,长河渐落晓星沉。[2]

嫦娥应悔偷灵药,碧海青天夜夜心。[3]

——刘学锴、余恕诚《李商隐诗歌集解》,中华书局 2004 年版

【注释】1.嫦娥:传说是后羿的妻子。后羿从西王母那里得到不死灵药,嫦娥偷吃之后,飞

升月宫。2.云母屏风:以云母石制作的屏风。长河:指银河。3."嫦娥"二句:嫦娥面对着碧海似的青天,心里感到十分懊悔。

【简评】这首诗吟咏嫦娥,写她在月宫中孤独寂寞,后悔不该偷吃灵药。有学者认为这是作者借嫦娥来表现自己处境的落寞凄凉,抒发他对现实人生的感受。联系作者困顿不得志的人生经历,这种说法是有一定道理的。

贾生[1]

宣室求贤访逐臣,贾生才调更无伦。[2]

可怜夜半虚前席,不问苍生问鬼神。[3]

——刘学锴、余恕诚《李商隐诗歌集解》,中华书局 2004 年版

【注释】1.贾生:指贾谊。贾谊是西汉初年人,以才学著称,年纪轻轻就做了高官,后受谗言,被贬为长沙王太傅。几年后,汉文帝又召见他。此诗所咏就是此事。2.宣室:汉代未央宫前的正殿,这里指汉文帝。逐臣:指贾谊。才调:才气。3.虚:徒然,白白地。前席:汉文帝召见贾谊,询问有关鬼神之事,贾谊给他详细解答,文帝听得入神,不知不觉地把坐席向前移动。苍生:指百姓。

【简评】这首诗借汉文帝召见贾谊之事,表达自己的感慨。前两句起调很高,汉文帝似乎要重用贾谊,读者精神为之一振。后两句忽然笔锋一转,原来汉文帝感兴趣的只是鬼神而已,黎民百姓并没有放在心上。言外之意就是,这样的皇帝怎么会重用关心国事的贾谊呢? 短短四句诗,在大起大落之间,达到了讽刺的目的。联系诗人的身世,诗人又何尝没有贾谊的遭遇呢? 怀才不遇的感慨也就不言而喻了。

· 陈陶

陈陶(803？—879？),字嵩伯,晚唐诗人。《全唐诗》存录其诗二卷。

陇西行[1]

誓扫匈奴不顾身,五千貂锦丧胡尘。[2]

可怜无定河边骨,犹是春闺梦里人。[3]

——《全唐诗》卷七百四十六,中华书局 1960 年版

【注释】1.陇西行:乐府旧题。陇西:在今甘肃、宁夏一带。2.貂锦:貂裘锦衣,这里指将士。3.无定河:源出内蒙古鄂尔多斯,流经陕西,汇入黄河。春闺:指出征将士的妻子。

【简评】前两句描述一个悲壮淋漓的战斗场面,五千战士奋勇杀敌,为国捐躯,营造了浓郁的悲壮气氛。后两句笔锋一转,妻子夜夜梦到的丈夫,已经变成了河边白骨。诗人用"河边骨"和"春闺梦"这两个反差极大的事物,形成鲜明对比,收到了震撼人心的艺术效果,沉痛而悲凉,能够引起读者的强烈感慨和无限同情。

·李频

李频(818?—876),字德新,睦州寿昌(今浙江建德)人。大中八年(854)登进士第。授校书郎。《全唐诗》存录其诗三卷。

湘口送友人[1]

中流欲暮见湘烟,苇岸无穷接楚田。

去雁远冲云梦雪,离人独上洞庭船。[2]

风波尽日依山转,星汉通霄向水连。[3]

零落梅花过残腊,故园归醉及新年。[4]

——《全唐诗》卷五百八十七,中华书局 1960 年版

【注释】1.湘口:湘水渡口。2.云梦:云梦泽,古代大湖,在今湖北江汉平原。洞庭:洞庭湖,在今湖南。3.风波:风浪。星汉:银河。4.腊:腊月,阴历十二月。残腊,腊月将尽。

【简评】此诗写送别友人的情景。首联写送别之地所见景物;颔联写大雁不畏严寒,暗示友人冒雪而行;颈联联想友人此行一定会日夜兼程;尾联则点出友人要趁着岁末赶回家乡,在新年时候,醉倒在家乡,那是多么惬意啊。此诗中间二联对仗工整,意境宏阔,为人称道。

· 马 戴

马戴,生卒年不详。字虞臣。唐武宗会昌五年(845)登进士第。唐宣宗大中年间,任太原军幕府掌书记,官终国子博士。马戴与姚合、贾岛等人友善,是晚唐颇有成就的诗人。《全唐诗》存录其诗二卷。

灞上秋居[1]

灞原风雨定,晚见雁行频。[2]

落叶他乡树,寒灯独夜人。

空园白露滴,孤壁野僧邻。[3]

寄卧郊扉久,何门致此身。[4]

——《全唐诗》卷五百五十五,中华书局 1960 年版

【注释】1.灞上:即霸陵、霸上,在今陕西西安东南的白鹿原上。2.雁行:雁阵。频:多次。3.孤壁:孤零零的房屋。4.郊扉:郊外的房屋。致此身:出仕为官,为国效力的意思。语出《论语·学而》:"事君,能致其身。"

【简评】"悲秋"是中国古代诗歌的传统主题。萧瑟凄凉的秋天,总是能引起诗人的种种人生感怀。此诗也因秋而起情,抒发诗人客居他乡的冷落孤独之感,表达自己渴望出仕的愿望。"落叶他乡树,寒灯独夜人"一联,造语精练,富于意境,是为人所称道的名句。

楚江怀古[1]

露气寒光集,微阳下楚丘。[2]

猿啼洞庭树,人在木兰舟。[3]

广泽生明月,苍山夹乱流。[4]

云中君不降,竟夕自悲秋。[5]

——《全唐诗》卷五百五十五,中华书局 1960 年版

【注释】 1.原诗三首,此选其中一首。楚江:这里指湘江。2.微阳:微弱的阳光。楚丘:楚地的山丘。3.洞庭树:洞庭湖边的树。木兰舟:木兰树做的船。4.广泽:广大的水域,指洞庭湖。5.云中君:屈原《九歌》有《云中君》一篇,是祭祀云神的诗。这里指云神。降:一作"见"。竟夕:整个晚上。

【简评】 诗人因事被贬龙阳(今湖南汉寿)。湘水、洞庭本是楚国旧地,诗人徘徊其中,触景生情,追思屈原,自伤身世。诗中所用都是《楚辞》中的名物、篇章,意在借屈原表达他仕途困顿、不遇于时的苦闷心情,但却婉约含蓄,不着痕迹。前人以"清微婉约"评价此诗,是十分恰当的。

· 罗隐

罗隐(833—910),字昭谏,杭州(今属浙江)人。应进士试十余次,不第,隐居于九华山。光启三年(887),归吴越王钱镠,历任钱塘令、给事中等职。有《谗书》《两同书》《甲乙集》等。

魏城逢故人[1]

一年两度锦江游,前值东风后值秋。[2]

芳草有情皆碍马,好云无处不遮楼。

山将别恨和心断,水带离声入梦流。

今日因君试回首,淡烟乔木隔绵州。[3]

——李定广《罗隐集系年校笺》卷六,人民文学出版社 2013 年版

【注释】1.诗题一作"绵谷回寄蔡氏昆仲"。2.锦江:一作"锦城"。锦江即成都之浣花溪。3.绵州:今绵阳。

【简评】颔联回忆锦城之游,将"草"和"云"拟人化,不论是"芳草"还是"好云",处处带给人美好的感觉,让诗人流连忘返,留下了深刻印象。颈联将"山"和"水"拟人化,通过回忆成都山水,寄寓离别相思之情。此二联构思巧妙,对仗工整,历来为人所称道。

· 韦庄

韦庄(836?—910),字端己,京兆杜陵(今陕西西安)人,韦应物四世孙。唐昭宗乾宁元年(894)登进士第,授校书郎。后入蜀,任藩将王建的掌书记。王建称帝后,任左散骑常侍等职。韦庄是晚唐著名诗人,亦工于词。有《浣花集》。

章台夜思[1]

清瑟怨遥夜,绕弦风雨哀。

孤灯闻楚角,残月下章台。[2]

芳草已云暮,故人殊未来。[3]

乡书不可寄,秋雁又南回。[4]

——李谊《韦庄集注》浣花集卷一,四川大学出版社 2017 年版

【注释】1.章台:即章华台,楚灵王修建的离宫,极壮丽。2.楚角:楚地乐曲。3.殊:有"竟"的意思,表示强调。4."乡书"两句:古人有鸿雁传书的说法。这两句是说,秋天的大雁已经南飞,自己的家书已无法寄回去。

【简评】前两联侧重写"夜"。突出了夜的漫长和人的凄凉;后两联侧重写"思"。故人不来,乡书难寄,抒发了念远怀乡之情。

台城[1]

江雨霏霏江草齐,六朝如梦鸟空啼。[2]

无情最是台城柳,依旧烟笼十里堤。

——李谊《韦庄集注》浣花集卷四,四川大学出版社 2017 年版

【注释】1.台城:六朝时的宫城旧址,在今南京玄武湖边。2.霏霏:细雨连绵的样子。六朝:指建都在南京的吴、东晋、宋、齐、梁、陈六个朝代。

【简评】诗人凭吊六朝古迹,抒发怀古之情。细雨蒙蒙、绿草如茵的景色描写,给人一种迷

茫空幻的感觉。诗人面对荒凉的台城遗址，思绪不禁回到了繁华的六朝。耳边的鸟鸣似乎提示诗人，六朝的繁华早已如梦一般逝去。只有当年的十里长堤，仍然杨柳依依，春意盎然。杨柳依旧，而繁华不再，诗人表达了对历史变迁、人世沧桑的感慨。

· 张乔

张乔,生卒年不详,字伯迁,池州(今安徽贵池)人。咸通年间应举进士,以诗擅场。与许棠、郑谷等人并称"咸通十哲"。黄巢起义后,归隐九华山。《全唐诗》存录其诗二卷。

书边事

调角断清秋,征人倚戍楼。[1]

春风对青冢,白日落梁州。[2]

大汉无兵阻,穷边有客游。[3]

蕃情似此水,长愿向南流。[4]

——《全唐诗》卷六百三十八,中华书局 1960 年版

【注释】1.调角:犹吹角。角:号角,是军中乐器。戍楼:戍守的城楼。2.青冢:昭君墓。据说塞外草衰时,昭君墓上的草仍然是青的,所以叫青冢,在今内蒙古呼和浩特。梁州:今陕西汉中一带为古梁州,这里泛指边关。3.汉:一作"漠"。4.蕃:旧时对外国或边境少数民族的称呼。

【简评】与唐代大多数边塞诗以战争和思妇为主题不同,这首诗展现了一幅和平安宁的边塞图景。"春风"一联,最富想像力。青冢让人联想到昭君和亲的故事;梁州本是战事多发之地;诗人将悬隔千里的两地纳入诗中,表现了边塞的和平安宁。民族团结,没有征战,也正是广大百姓的愿望。

· 韩偓

　　韩偓(wò)(842—914?),字致尧,小名冬郎,自号玉山樵人。京兆万年(今陕西西安)人。唐昭宗龙纪元年(889)进士,曾任左拾遗、翰林学士、中书舍人、兵部侍郎等职。韩偓十岁就能写诗,其姨父李商隐以"雏凤清于老凤声"之句相赠。其诗多感时伤事之作。有《韩翰林诗集》。

已凉

碧阑干外绣帘垂,猩色屏风画折枝。[1]

八尺龙须方锦褥,已凉天气未寒时。[2]

——吴在庆《韩偓集系年校注》卷四,中华书局 2015 年版

【注释】1.猩色:猩红色。2.龙须:指用龙须草编成的席子。此句是说,在龙须草织成的席子上铺上锦褥。

【简评】这首诗表现闺中女子的愁思。诗没有直接写女子,而是通过对"绣帘""屏风""锦褥"等具有闺中特点的事物的描写,烘托出女子的愁思。最后一句,只写天气特点,而女子此时的感受尽在不言之中,给读者留下想象的空间。

· 杜荀鹤

　　杜荀鹤(846—904),字彦之,号九华山人,池州石埭(今安徽石台)人。唐昭宗大顺二年(891)登进士第,当过主客员外郎,任翰林学士,知制诰。杜荀鹤生活于唐末社会混乱时期,有一些作品反映了社会现实,是晚唐较有影响的诗人。有《杜荀鹤文集》。

春宫怨

早被婵娟误,欲妆临镜慵。[1]

承恩不在貌,教妾若为容。[2]

风暖鸟声碎,日高花影重。

年年越溪女,相忆采芙蓉。[3]

——《全唐诗》卷六百九十一,中华书局 1960 年版

【注释】 1.婵娟:指美好的容貌。慵:懒。2.承恩:得到恩宠。若为容:怎样梳妆打扮。3.越溪女:指西施,西施未得宠前曾在溪边浣纱。这里借指宫女。这两句是说,宫女回忆起未入宫前,年年和女伴采芙蓉的情景,以此反衬宫中生活的哀怨愁苦。

【简评】 诗的主题是"怨"。首联,"误"字揭示了怨的原因;"慵"字表现了怨的情态。颔联直发议论,宫女得宠不在于容颜美丽。诗人在感叹宫女的同时,其实也是以宫女自比,暗喻臣子得宠也不一定是因为才学出众,获得了更为广泛的社会意义。三、四两联,花鸟的美好,让宫女更感哀怨,于是勾起了她对昔日自由生活的回忆。借景抒情,意境浑成。

· 崔涂

崔涂，生卒年不详。字礼山，睦州桐庐（今属浙江）人。唐僖宗光启四年（888）登进士第。崔涂家境贫寒，一生漂泊各地，诗歌多羁旅愁思之作。《全唐诗》存录其诗一卷。

巴山道中除夜抒怀

迢递三巴路，羁危万里身。[1]

乱山残雪夜，孤烛异乡春。[2]

渐与骨肉远，转于僮仆亲。[3]

那堪正飘泊，明日岁华新。[4]

——《全唐诗》卷六百七十九，中华书局 1960 年版

【注释】1.除夜：除夕。2.迢递：遥远。三巴：巴郡、巴东、巴西，今重庆一带。羁危：羁旅艰危。3.骨肉：亲人。4.岁华新：新的一年开始了。

【简评】除夕之夜本应是与家人团聚的时刻，而诗人却漂泊他乡，奔走于路上。首联点出"巴山道中"，自己奔波于遥远的巴山道路，长期漂泊，旅途艰辛。颔联扣住"除夜"，身在他乡，因而备感孤独。颈联表明自己因远离亲人，只能与童仆相亲的无奈，除夕之夜的孤独感也就更为强烈了。尾联感叹正在他乡漂泊之际，新的一年又开始了，诗人的孤独和无奈，足以引起读者的同情。

孤雁

几行归去尽，片影独何之。[1]

暮雨相呼失，寒塘独下迟。

渚云低暗度，关月冷遥随。[2]

未必逢矰缴，孤飞自可疑。[3]

——《全唐诗》卷六百七十九，中华书局 1960 年版

【注释】1.几行：几排雁阵。去：一作"塞"。片影：一作"念尔"。2.遥：一作"相"。3.矰（zēng）缴（zhuó）：用细丝系着的箭，射出去还可以收回来。矰是短箭，缴是细丝绳。

【简评】这首诗描写失群大雁。中间两联，以细腻的笔法，对失群大雁作了传神写照，给人以孤独凄凉之感。诗人借失群大雁，寄托自己漂泊不定、世路艰险的人生感受。借咏物以抒怀，这是诗的主旨所在。

· 秦韬玉

　　秦韬玉,生卒年不详。字仲明,湖南人。屡试不第,后依附宦官,为神策军判官。随唐僖宗入蜀,为工部侍郎。当时有诗名。《全唐诗》存录其诗一卷。

贫女

蓬门未识绮罗香,拟托良媒益自伤。[1]

谁爱风流高格调,共怜时世俭梳妆。[2]

敢将十指夸偏巧,不把双眉斗画长。[3]

苦恨年年压金线,为他人作嫁衣裳。[4]

——《全唐诗》卷六百七十,中华书局 1960 年版

【注释】 1.蓬门:蓬草做的门,指贫苦人家。拟:打算。2.风流:风韵,仪态美好。高格调:高尚的风格和情调。怜:爱。时世:当代。俭梳妆:俭朴的梳妆打扮。一说此处"俭"作"险"解,险梳妆意为奇形怪状的打扮。3.偏:一作"纤"。斗:夸耀。4.苦恨:深恨。压金线:指刺绣。

【简评】 这首诗表面上是写贫女的孤独无助,无人欣赏,其实作者是以贫女自喻,通篇是一位失意不得志的贫士的自我写照。"苦恨年年压金线,为他人作嫁衣裳",将无限的失意与憾恨之情作了尽情表达,收到了震撼人心的艺术效果。

· 张泌

张泌，生卒年不详。字子澄，淮南（今安徽寿县）人。在南唐李后主时曾任句容尉、监察御史、内史舍人等官职，工于诗词。《全唐诗》存录其诗一卷。

寄人

别梦依依到谢家，小廊回合曲阑斜。[1]

多情只有春庭月，犹为离人照落花。

——《全唐诗》卷七百四十二，中华书局 1960 年版

【注释】1.谢家：本为东晋豪门谢氏家族，这里代指所怀女子之家。回合：回绕。阑：栏杆。

【简评】梦回从前，说明诗人仍然不忘旧情。诗既写梦中所见，也借梦抒情。"多情"的只有明月，言外之意，让自己和所爱之人没有终成眷属的种种因素，或人或事，都是那样的无情。"落花"在这里是一个有特殊含义的意象，它象征着爱情的凋落，寄寓着诗人的感慨。全诗通过营造凄美迷蒙的意境，委婉含蓄地表达了诗人对旧情的深沉怀念。

· 金昌绪

金昌绪,生卒年不详,临安(今浙江杭州)人。《全唐诗》仅存其一首诗。

春怨

打起黄莺儿,莫教枝上啼。

啼时惊妾梦,不得到辽西。[1]

——《全唐诗》卷七百六十八,中华书局 1960 年版

【注释】1.妾:古代女子的自称。辽西:辽河西部地区,丈夫从军的地方。

【简评】此诗通过"打起黄莺儿"这样一个细节,委婉含蓄地表达了女子的相思和哀怨之情。小诗写得清新别致、生动活泼,给读者面目一新的感觉。

·无名氏

杂诗

近寒食雨草萋萋,著麦苗风柳映堤。[1]

早是有家归未得,杜鹃休向耳边啼。[2]

——《全唐诗》卷七百八十五,中华书局 1960 年版

【注释】1.寒食:寒食节。著:附着,指吹拂。2.杜鹃:即子规鸟。相传是古蜀国君主杜宇
所化,啼声哀怨,如同叫"不如归去",常触动人的乡思之情。

【简评】绿草萋萋、杨柳依依的春天,本来就容易引起人的思乡之情。而在此时,杜鹃鸟
"不如归去"的啼叫,更让人无比伤感。全诗以流畅自然的语言表达思归之情,给
人以朴素真切的感受。

杂诗

劝君莫惜金缕衣,劝君惜取少年时。[1]

有花堪折直须折,莫待无花空折枝。[2]

——《全唐诗》卷七百八十五,中华书局 1960 年版

【注释】1.金缕衣:贵重的衣服,借指豪华奢侈的生活。2.堪:可以。直:就。

【简评】这首诗的写作目的是劝人珍惜时光。用"莫惜"和"惜取"形成鲜明对照,使"劝君"
的意思获得了强烈的表达效果。后两句的比喻,直观而生动,让人警醒,达到了
"劝"的目的。